Claire Messud

DAS BRENNENDE MÄDCHEN

Roman

Aus dem amerikanischen Englisch
von Monika Baark

Hoffmann und Campe

Die Originalausgabe erschien 2017 unter dem Titel *The Burning Girl* bei W. W. Norton & Company, New York / London.

Der Auszug aus Elizabeth Bishops »Casabianca« wird zitiert nach der Übersetzung von Margitt Lehbert (in: Elizabeth Bishop, *Die Farben des Kartographen*, © 2001 Residenz Verlag GmbH, Salzburg–Wien)

1. Auflage 2021

www.hoffmann-und-campe.de
Umschlaggestaltung: Vivian Bencs © Hoffmann und Campe
Umschlagabbildung: © Daiga Ellaby / unsplash.com
Satz: Pinkuin Satz und Datentechnik, Berlin
Druck und Bindung: C.H.Beck, Nördlingen
Printed in Germany
ISBN 978-3-455-00887-6

HOFFMANN UND CAMPE

Ein Unternehmen der
GANSKE VERLAGSGRUPPE

Für Livia, Lucian und James

Und in Erinnerung an C. H.

Liebe ist der Junge, der stand auf dem brennenden Deck
und versuchte aufzusagen: »Der Junge stand
auf dem brennenden Deck.« Liebe ist der Sohn,
der da stand, und stammelte Diktion,
als das arme Schiff in Flammen versank.

… Liebe ist der brennende Junge.

Aus: Elizabeth Bishop, »Casabianca«

ERSTER TEIL

Man sollte meinen, es würde mich nicht mehr beschäftigen. Die Burnes sind vor langem weggezogen. Zwei Jahre sind seitdem vergangen. Aber ich kann immer noch nicht auf den Felsen am Rand des Steinbruchs in der Sonne liegen oder die Zehen ins kalte, klare Wasser baumeln lassen oder die anderen Mädchen dort singen hören, ohne mir die ganze Zeit über bewusst zu sein, dass Cassie nicht mehr da ist. Und dann will ich was sagen – aber es geht nicht, wisst ihr. Es ist, als hätte sie nie existiert.

Also fahre ich entweder gar nicht erst raus, oder ich komme direkt nach Hause, lasse mein Fahrrad im Garten auf den Rasen fallen und mit durchdrehenden Reifen liegen, schmeiße die Fliegengittertür hinter mir so laut zu, dass meine Mutter jedes Mal erschrickt und durch die Küche eilt und mich ansieht, die Augen voller Gefühle, die ich nacheinander wahrnehme – Liebe, Angst, Frustration, Enttäuschung, aber hauptsächlich Liebe. Meist sagt sie nur ein Wort – »Durst?« – mit Fragezeichen, und das Wort ist die Brücke von dort nach hier, und ich sage entweder ja oder nein, und sie schenkt mir Wasser aus dem Krug im Kühlschrank ein oder eben nicht. Und von da aus sehen wir weiter, machen wir weiter.

So vergehen die Tage und werden weiterhin vergehen – war es nicht Cassie selbst, die sagte: »Es ist alles nur eine Frage der Zeit«? –, und wir werden diesen Sommer überstehen, genau wie wir den letzten Sommer überstanden haben, genau wie wir alles, was vor mehr als zwei Jahren passiert ist, überstanden haben. Jeder Tag schafft etwas mehr Abstand zwischen heute und damals, also kann ich glauben – muss ich glauben –, dass ich eines Tages zurückblicken werde und das »Damals« nur noch ein Fleck am Horizont sein wird.

Je nachdem, wo man anfängt, ist es eine andere Geschichte: wer gut ist, wer böse ist, was das alles zu bedeuten hat. Wir alle legen uns unsere Geschichten zurecht, damit sie irgendwie unserem Selbstbild entsprechen. Ich kann da anfangen, als Cassie und ich beste Freundinnen waren; oder ich kann da anfangen, als wir es nicht mehr waren; oder ich kann mit dem düsteren Ende anfangen und das Ganze von hinten aufrollen.

Ein »Davor« gibt es aber nicht: Cassie und ich haben uns im Kindergarten kennengelernt, und ich kann mich an keine Zeit erinnern, in der ich sie nicht gekannt habe, in der ich nicht ihren glatten weißen Kopf in einer Menge entdeckt oder genau gewusst hätte, wo im Raum sie sich befindet, und sie auf gewisse Art als mein betrachtet hätte. Cassie war winzig, zart wie ein Vogel. Sie war immer die Kleinste in der Klasse, und ihr Fußgelenk war so schmal wie mein Handgelenk. Sie hatte glänzende weißblonde Haare, fast so hell wie die eines Albinos, und durchscheinende, leicht rosa schimmernde Haut. Aber es wäre falsch gewesen, sie wegen ihrer Größe und Blässe für zerbrechlich zu halten. Man brauchte ihr bloß in die Augen zu schauen – stille blaue Augen, die bei dunklem Wetter grau wurden wie das Wasser im Steinbruch –, um zu sehen, dass sie hartgesotten war. Oder *stark* – das ist wohl das bessere Wort. Wobei sie natürlich am Ende nicht stark genug war. Aber selbst damals, als wir noch klein waren, hatte sie so eine Art an sich, eine Mir-doch-egal-Haltung; sie hatte einfach vor nichts Schiss.

Laut meiner Mutter und Cassies Mutter Bev freundeten Cassie und ich uns in der zweiten Woche im Kindergarten an, als Vierjährige. Das war immer die Story, wobei ich heute nicht mehr sagen kann, ob ich mich wirklich daran erinnere oder mir die Geschichte nur so oft habe erzählen lassen, dass ich die Erinnerung dazu erfunden habe. Ich spielte mit ein paar anderen Kindern im Sandkasten, und Cassie stand mitten auf dem Spielplatz, die Hände an den Seiten herabhängend wie ein Zombie, und starrte alles an, nicht nervös, nur völlig unbeteiligt. Ich verließ meine Spielkameraden, ging zu ihr hin, berührte sie am Ellenbogen und sagte, so wurde es mir jedenfalls erzählt: »Na, willst du mit mir eine Sandburg bauen?« Und plötzlich erschien das seltene breite Lächeln auf ihrem Gesicht, ein berühmtes Lächeln, das später noch besser wurde wegen der Georgia-Jagger-Zahnlücke zwischen ihren Schneidezähnen. Sie kam mit mir zum Sandkasten. »Und das«, sagte meine Mutter immer, »war das.«

Wenn man im Kindergarten ist, macht man sich darüber keine allzu großen Gedanken. Wir waren beide Einzelkinder und sagten uns immer, die andere sei die Schwester, die wir nie hatten. Niemand hätte uns für blutsverwandt gehalten – ich war groß für mein Alter und kräftig, das Gegenteil von Cassie, und ich habe dunkle Locken. Aber blaue Augen hatten wir beide. »Guck dir unsere Augen an«, sagten wir immer. »Im Geheimen sind wir Schwestern.«

Ich kannte ihr Zuhause und ihr Kinderzimmer so gut wie mein eigenes. Cassie lebte mit ihrer Mutter am Ortseingang in einer Sackgasse abseits der Route 29 in einer relativ neuen Wohnsiedlung aus den Neunzigern, als die Wirtschaft boomte. Von außen war es das perfekte Häuschen und sah aus, als wäre es irgendwo aufgehoben und auf dieses bescheidene Grundstück gepflanzt worden; ein weißes Holzhaus mit roten Fensterläden, Dachfenstern, langem, dunklem Schrägdach und einem sorgfältig bemessenen Vorgarten, der ein bisschen mager war und Jahr für Jahr mehr Unkraut hervorbrachte, bis er fast nur noch aus Fingerhirse und Klee bestand, und mit einem komischen weißen Lattenzaun mit Eingangstörchen, der bloß ein U formte, also nicht das ganze Haus umgab – ein Dekozaun, würde man wohl sagen. Jenseits des Zauns und hinter dem Haus begann die unberührte Natur, Wilde Möhre und junger Ahorn, eifrige Akazien und Holundersträucher bis in den Himmel, und jenseits dieser ersten Wildnis kam der dunkle nordöstliche Wald, keine zehn Meter hinterm Haus, ein beständiger Hinweis darauf, dass die Bäume und Falken und Rehe und Bären – einmal sahen wir in der Sackgasse mitten auf der Straße eine Bärenmutter und ihre drei Jungen auf dem Weg zu den Mülltonnen – schon da waren, lange bevor die Menschen auftauchten, und bestimmt auch lange nach ihnen noch da sein würden.

Das Wort, das mir noch heute dazu einfällt, ist »übergriffig«: Es fühlte sich an, als würde der Wald auf das Haus der Burnes übergreifen, obwohl es in Wirklichkeit natürlich genau andersrum war: Die Bauunternehmer hatten den Menschen auf die Natur übergreifen lassen. Rechts und links vom Haus der Burnes standen wieder Häuser, keine kleinen weißen, sondern größere Modelle aus schlichten Zedernschindeln inmitten von aufgeblähten, hungrigen Büschen.

Die Familie auf der einen Seite, die Aucoins, hatte zwei Schäferhunde, die oft draußen waren und uns schreckliche Angst machten, als wir klein waren. Cassie hatte immer behauptet, Lottie, die Hündin, hätte mal einem Gast der Aucoins ein Loch in den Hintern gebissen, aber das konnte so nicht stimmen, wie ich heute weiß, denn in dem Fall hätte Lottie ja eingeschläfert werden müssen. Cassie mochte gute Storys, die nicht unbedingt wahr sein mussten.

Cassies Mutter, Bev, war Krankenschwester, aber keine normale Krankenschwester in einem Krankenhaus. Sie arbeitete in einem Hospiz und fuhr jeden Tag mit ihrem zerbeulten, weinroten Honda Civic voller Unterlagen und Gerätschaften zu den Sterbenden nach Hause, um dafür zu sorgen, dass es ihnen gutging oder zumindest so gut wie möglich. Mein Vater, der nicht religiös ist, der nicht mal mit mir und meiner Mutter an Weihnachten in die Kirche geht, sagte, Bev tue »Gottes Werk«.

Bev war immer gut gelaunt – oder fast immer, außer wenn sie es nicht war – und sehr sachlich, wenn es um ihren Job ging. Als gläubige Christin trug sie den Tod – sie sagte immer »das Ableben« – ihrer Patienten mit Fassung und sie redete, als würde sie ihnen helfen, sich auf eine mysteriöse, aber womöglich spannende Reise vorzubereiten statt auf ein Loch in der Erde.

Bev hatte große weiche Brüste und einen breiten Hintern. Sie trug gemusterte lange Röcke aus fließenden Stoffen, die beim Gehen ihre Beine umspielten. Nur ihre zarten Hände und Füße erinnerten mich an Cassie. Bevs größte Eitelkeit waren ihre Hände: Ihre Nägel waren immer perfekt manikürt, oval und zurechtgefeilt und in hübschen Bonbonfarben lackiert. Das und die Haare, eine süß duftende, honigblonde Wolke. Wenn man Bev umarmte, roch man ihre Haare.

Meine Mutter war in keinster Weise wie Bev, so wie es bei mir zu Hause in keinster Weise so ist wie bei Cassie. Und ich habe einen Vater, und in dieser Hinsicht waren wir immer verschieden. Lange Zeit war Cassie gern bei uns zu Hause, weil sie dann so tun konnte, als wären wir wirklich insgeheim Schwestern, als wäre meine Familie auch ihre Familie.

Meine Eltern ließen sich in Royston nieder, kurz nachdem mein Vater sein Studium abgeschlossen hatte, noch vor meiner Geburt. Als sie in unser Haus einzogen, muss es gewirkt haben wie ein Schloss: ein marodes, 150 Jahre altes viktorianisches Haus mit fünf Schlafzimmern, umlaufender Veranda und einem Gebäude dahinter, in dem früher die Ställe waren. Nicht vornehm, nur alt. Die Küche ist älter als meine Mutter – aus den fünfziger Jahren, mit weißen Schränken, die nicht richtig zugehen, und schachbrettgemustertem Linoleumboden –, und wenn der Backofen angeht, klingt er wie ein Kreuzfahrtschiff.

Mein Vater ist Zahnarzt, und er hat seine Praxis in den Ställen. Auf dem großen Rasen verkündet eine wappenschildförmige Schindel in großen schwarzen Lettern: DR. RICHARD ROBINSON, ZAHNARZT. Sie quietscht, wenn es windig ist. Wenn er zur Arbeit geht, tritt er durch die Gartentür und ist nach hundert Metern da. Wenn jemand abends um zehn Zahnschmerzen hat, wissen die Leute allerdings auch genau, wo sie ihn finden. Tracy Mann, die Prophylaxe-Frau, ist montags, mittwochs und freitags in der Praxis, und Anne Boudreaux, Papas Sprechstundenhilfe, ist jeden Wochentag da, seit ich mich erinnern kann.

Sie ist ungefähr so alt wie meine Eltern, wirkt aber älter, vielleicht weil sie so dick geschminkt ist. Sie hat ein dunkles Muttermal an der Oberlippe wie Marilyn Monroe, aber an Anne ist das nicht gerade sexy.

Meine Mutter ist freie Journalistin, was eher schwammig klingt und anscheinend bedeutet, dass sie Journalistin sein kann, wann es ihr passt. Sie schreibt Restaurantkritiken und Filmkritiken für die *Essex County Gazette*, und seit ein paar Jahren betreibt sie ein Literatur-Blog mit gar nicht so wenigen Followern, darunter ein Erwachsenen-Englischkurs aus Tokio, der sehr höfliche Kommentare postet. Im Dachgeschoss unseres Hauses befindet sich ihr Büro – der Vater meiner Freundin Karen hat den Umbau gemacht, als ich in der ersten Klasse war. Als wir neun waren, ist Karen nach Minneapolis gezogen.

Mein Zimmer ist das neben dem Bad im ersten Stock, zur Seite raus mit Blick auf das Haus unserer Nachbarn, die Saghafis. Vor ein paar Jahren wurde ein überirdischer Swimmingpool gebaut, und den ganzen Sommer lang höre ich ihre Kinder beim Planschen. Sobald es warm genug ist, dass ich mein Fenster weit öffnen kann, sind sie da draußen zugange. Die Saghafis haben gesagt, wir könnten jederzeit rüberkommen und den Pool mitbenutzen, aber damit habe ich aufgehört, weil die Kinder deutlich jünger sind als ich und ständig im Wasser.

Im ersten Sommer war ich oft drüben. Mein Vater nannte den Pool eine »Beleidigung fürs Auge«, aber meine Mutter sagte: »Lass den Leuten doch ihren Spaß.« Sie meinte, ich solle der Einladung ruhig folgen, andernfalls würden wir für arrogant gehalten. Mit Cassie bin ich in jenem Sommer fast täglich rübergegangen. Ich war gerade zwölf geworden:

Es war der Sommer, bevor wir in die siebte Klasse kamen. Die Kinder der Saghafis, die noch zu jung waren, um von der Mutter unbeaufsichtigt zu schwimmen, waren damals längst nicht so oft draußen, und Cassie und ich verbrachten ganze Nachmittage mit Schwimmen, Sonnenbaden und Quatschen und dann wieder Schwimmen, Sonnenbaden und Quatschen, sehr gezielt, als würden wir haargenau nach einem komplizierten Rezept kochen.

Könnte ich noch mal zurück, würde ich alles aufschreiben: die Geheimnisse, die wir austauschten, die Pläne, die wir machten. Sogar die Songs, die wir so laut auf ihrem iPod hörten, dass er wie ein kratziges Transistorradio klang: »California Gurls« von Katy Perry und diesen Hit, den Rihanna zusammen mit Eminem hatte, ein totaler Ohrwurm, aber auch gruselig, wenn man mal auf den Text achtete. »*Stand there and watch me burn* …« Meine Mutter wechselte immer den Sender, wenn der Song im Radio kam, schüttelte den Kopf und sagte: »Tut mir leid, ihr beiden, aber als Feministin bin ich dagegen.«

Es war der Sommer meines Nationalfarben-Bikinis – Sterne auf dem Oberteil, Streifen auf dem Unterteil –, und ich war stolz, dass sich das Höschen über meinen Hüftknochen spannte, wenn ich flach auf dem Rücken lag. Dazwischen war eine Senke, mein Bauch war eine Senke, und wenn ich den Kopf etwas anhob und nach unten sah, sah ich die geringelten dunklen Haare zwischen meinen Beinen, die neuerdings dort wuchsen. Cassie, hellhäutig, wie sie war, musste tonnenweise Sonnencreme auftragen, und auch dann blieben immer Stellen, an denen sie verbrannte, weil sie sie vergessen hatte. Ich erinnere mich an einen Abend, an dem sie bei uns übernachtete und die Rückseiten ihrer

Oberschenkel fast lila waren. Meine Mutter tauchte Stoffstreifen in Essig und legte sie ihr auf die verbrannten Stellen, um der Haut die Hitze zu entziehen. Cassie kreischte, als der erste Stoffstreifen ihre Haut berührte, aber sie weinte nicht. Cassie weinte fast nie.

Im selben Sommer meldeten wir uns als freiwillige Helfer im Tierheim; es lag außerhalb der Stadt auf der Route 29, und beide nahmen wir ein Kätzchen von dort mit. Die Kätzchen waren Schwestern aus demselben Wurf, zwei Schildpattkatzen, die so klein waren, dass sie auf die flache Hand passten, mit klitzekleinen weißen Zähnchen und schillernden Krallen, die sich einem pulsartig, aber schmerzlos in die Jeans bohrten, wenn man sie sich auf den Schoß setzte. Sie nannte ihre Katze Electra. Ich meine Xena, nach der Kriegerprinzessin, und weil der Name gut zu Electra passte. Heute ist Xena eine dicke und friedfertige Fellkugel auf dem Höhepunkt ihrer mittleren Jahre, deren Kriegernatur sich darauf beschränkt, im Schutz der Dunkelheit Vögel und Mäuse zu jagen – ab und zu bringt sie die geschundenen Opfer in die Küche und legt sie uns vor die Füße, als dächte sie, wir wollten sie uns zum Frühstück in der Pfanne braten. Electra dagegen war noch im selben Jahr, obgleich noch klein, einfach in die Dunkelheit verschwunden.

Sie war eine Abenteurerin und ging von früh auf im Wald hinter Cassies Haus auf Beutezug. Nicht lange, nachdem Anders Shute im Leben der Burnes auftauchte, kam Electra einfach nicht wieder nach Hause. Wäre sie auf der Route 29 überfahren worden, hätten wir ja ihre Leiche gefunden. Wir fragten uns, ob sie vielleicht von einem Menschen gekidnappt oder einem Falken geschnappt worden war oder ob ihr winziges Skelett irgendwo im übergriffigen Wald unter faulendem Laub lag. Cassie stellte sich gern vor, dass Electra abgehauen war, um bei einer anderen Familie zu leben, vielleicht nur ein paar Meilen die Straße runter, und dass sie glücklich aus einem Silberschälchen Thunfisch fraß: dass sie ein neues, besseres Leben führte.

»Wenn man sich schon was vorstellen muss, warum muss es dann was Schlimmes sein?«, sagte sie immer. Ich war es, die sicher war, dass Electra tot sein musste.

In dem Sommer wollten wir beide Tierärztin werden, unter anderem. Ich wollte Tierärztin, Popstar und Schriftstellerin werden – wobei ich manchmal überlegte, dass Popsongs schreiben vielleicht auch schon reichen würde; dann wollte ich nur Tierärztin und Popstar werden – und Cassie wollte Tierärztin, Schauspielerin und Modestylistin werden. Wiederholt blätterten wir uns durch die *Tiger Beat* – meine Mutter hatte die Zeitschrift für mich abonniert, weil ich an Musik interessiert war und weil sie als junges Mädchen auch ein Abo gehabt hatte. Ich interessierte mich dafür, was die Bands für Musik machten; Cassie bewertete sie danach, wie sie aussahen. Ihre Mutter hatte uns erklärt, drüben in Hollywood oder New York säßen Leute, die davon lebten, den Prominenten die Outfits auszusuchen. Bei Bev klang das so, als wäre das keine gute Sache, nach dem Motto: *Wir leben in einer so verrückten Welt, dass Leute so etwas tatsächlich für eine sinnvolle Beschäftigung halten!* Aber Cassie sah das anders. Sie begeisterte sich für Mode. Wir trieben uns stundenlang bei Rite Aid in der Kosmetikabteilung herum, und sie testete auf dem Handrücken sämtliche Lidschattenfarben. Ich tat so, als würde ich darauf abfahren, weil sie solchen Spaß dabei hatte. Sie fand Lady Gaga nicht wegen der Songs gut, sondern wegen der Klamotten: diese abgedrehten Schuhe, das Kleid aus Fleisch. Und teilweise vielleicht auch, weil Lady Gaga ungefähr das Gegenteil von Bev Burnes war.

Bev begrüßte unseren Wunsch, Tierärztinnen zu werden. Sie bestärkte uns darin. Sie war es, die meine Mutter ansprach und eine Fahrgemeinschaft vorschlug, damit wir stressfrei im Tierheim arbeiten könnten. Meine Mutter war ebenfalls der Meinung, die Arbeit dort würde uns »Verantwortung beibringen«. »Als ich jung war, in Philadelphia, habe ich im Krankenhaus gearbeitet«, erzählte sie uns. Die freiwilligen Helferinnen trugen alle rot-weiß gestreifte Schürzen. »Ich hab die Leute im Rollstuhl durch die Gegend geschoben«, erinnerte sie sich, »vom Zimmer zum Röntgen oder vom OP zurück zum Zimmer. Zur Physio. Manchmal auch zum Friseur. Eine alte Dame klatschte immer in die Hände, wenn sie mich sah, und rief: ›Mein Mädchen! Mein Mädchen!‹« Sie erzählte uns, wie sie mal etwas zu schwungvoll um die Ecke gebogen und mit dem ausgestreckten Gipsbein einer Frau gegen die Wand geknallt war. Selbst so viele Jahre später musste sie beschämt lachen. »So wie die gejault hat, muss es ganz schön schmerzhaft gewesen sein.« Tiere schienen ihr vermutlich weniger riskant, wenn wir schon »Gutes tun« wollten. Bev und meine Mutter hatten es beide mit »Gutes tun« und »der Gesellschaft etwas zurückgeben«, Ausdrücke, die uns daran erinnern sollten, wie glücklich wir uns schätzen konnten.

Royston ist keine wohlhabende Stadt, trotz der nahegelegenen Henkel-Fabrik und trotz der Tatsache, dass die benachbarten größeren Städte wie Newburyport und Ipswich am Wasser liegen und wohlhabende Leute anziehen, vor allem im Sommer. Wenn auch die Robinsons im Rahmen von, sagen wir, Boston, wenig Gewicht haben, sind wir in

Royston ziemlich privilegiert. Sogar Bev und Cassie waren privilegiert, auf ihre bescheidene Art.

Das Tierheim, ein flacher Betonbau, kam mir vor wie eine Mischung aus Tierarztpraxis und Zuchtstation. Im klimatisierten Empfangszimmer standen dunkelblaue Plastikstühle auf den Linoleumfliesen wie in einem Warteraum, und es gab einen Schalter, hinter dem ein oder zwei echte Mitarbeiterinnen mitsamt Computern und Aktenschränken saßen. Es roch nach Heftpflastern, und es war immer kalt, als handelte es sich um einen begehbaren Gefrierschrank. An den graubraunen Wänden hingen Plakate zum Thema Tierhaltung und Impfung (»Hundeherzwurm: Der Tod geht ans Herz«, »Schütz dein Tier vor Borreliose!«) und ein großes schwarzes Brett voller Fotos von Hunden und Katzen an der Seite ihrer neuen Besitzer.

Marj, die Chefin – klein, drahtig und braun –, hatte kurze graumelierte Haare, die wie selbstgeschnitten aussahen, und eine Reibeisenstimme. In ihren schlabbrigen ärmellosen Tops sah man ihre muskulösen Arme. Darunter, irgendwo knapp über ihrem Bauchnabel, baumelten zwei breite, flache Alte-Frauen-Brüste. Cassie und ich hatten uns als Tierärztinnen in weißen Kitteln und schicken klackernden Pumps vorgestellt, und auch wenn Marj keine Tierärztin war (wurde ein Tierarzt gebraucht, kam der schroffe und bärtige Dr. Murphy aus Haverhill in seinem weißen Kittel, der sich über seinem Bauch spannte), gab sie uns ein anderes Bild davon, wie man sein konnte auf der Welt: Man konnte jemand sein, der das, was er tat, aus Leidenschaft tat und dem es egal war, was andere dachten.

Marj liebte die Tiere wirklich. Ihre ledrigen Hände waren mit dicken Adern überzogen, aber wenn sie dem tattrigen einäugigen Mops Stinky den faltigen Bauch massierte, war sie zärtlich, und wenn sie eine launische Katze wie Loulou an ihren Hängebusen drückte, wurde der wilde Blick der Katze auf einmal schwer, sie entspannte sich zusehends und stieß ein tiefes elektrisches Summen der Zufriedenheit aus.

Besonders gut konnte Marj mit den Pitbulls und Pitbullmischlingen umgehen, die in rauen Mengen im Tierheim landeten. Die meisten Leute hatten Angst vor ihnen, zumindest ein bisschen, und Cassie und ich wurden als zu jung angesehen für die Pflege dieser Hunde; Marj hingegen ging mit tiefem Murmeln, vorsichtig, aber selbstgewiss, auf jeden Hund zu, als wäre er ein lang verschollener Freund. Man nannte sie den Pitbullflüsterer, wobei das auch nicht immer gutging. Ihre Narben zeugten davon.

Man betrat das Tierheim durch eine schwere Metalltür neben dem Empfangstresen. Erst kam die Katzenabteilung, zwar klimatisiert, aber nicht ganz so kühl, ein großer Raum mit ungefähr ein mal ein Meter großen Käfigen bis unter die Decke, in denen Katzen in allen Formen, Farben und Größen dösten, sich putzten oder im strengen Ammoniaknebel aus Katzenstreu und süßlichem Desinfektionsmittel auf und ab liefen. Manchmal hockte im hinteren Teil eines Käfigs auch ein Kaninchen mit zuckender Nase, und einmal gab es ein Frettchen namens Fred, das durch seinen Käfig huschte, als hätte es einen dringenden Termin.

Schon von dort aus hörte man durch die Wand hindurch die Hunde – sie bellten ununterbrochen, ein endlos schallender Missklang. Im Tierheim ging es vor allem um Hunde. Kam man zu den Hundezwingern, trat man in eine Welt von Geräuschen, Wärme und Bewegung. Die klebrige Sommerluft schlug einem ins Gesicht, der Krach war ohrenbetäubend. Im Sommer jedoch standen die Seitentüren der Zwingeranlage offen, und es gab Zugluft. Nur ein Schnappriegel trennte jeden Hund vom Auslaufgehege, das so lang war wie das Gebäude selbst und umgeben von einem Maschendrahtzaun. Die Hunde wurden zu zweit oder dritt in einem Zwinger gehalten: Es waren entlaufene oder ausgesetzte Tiere oder solche, die abgegeben wurden, weil ihre Besitzer nicht mehr mit ihnen zurechtkamen. Die kleinen alten Hunde landeten bei uns, weil ihre kleinen alten Besitzer gestorben oder krank geworden oder in Wohnungen gezogen waren, wo man keine Haustiere halten durfte. Es war schwer, ein neues Zuhause für sie zu finden – Stinky gehörte zu ihnen; und Elsie, eine zehnjährige Shih-Tzu-Hündin mit Inkontinenz; oder Fritzl, der schwerhörige Dackel mit dem Hohlkreuz, der fast durchgängig kläffte. Diese kleinen Hunde wohnten am dichtesten an der Metalltür; dann kam das Mittelfeld aus großen elastischen Junghunden, Mischlinge mit wunderschönen Gesichtern, Hunde mit Bewegungsdrang; und schließlich, mit dem größten Abstand zur Tür, die Pitbulls und dergleichen mit ihren kraftvollen Mäulern und dem glatten kurzen Fell, von denen ein paar so bösartig waren, dass sie immer einen Maulkorb trugen.

Cassie und ich waren zweimal die Woche im Tierheim, vormittags von neun bis eins. Unsere Aufgabe war es, die Tiere zu füttern und die Zwinger zu reinigen. Wir trugen Gummistiefel und Gummihandschuhe und gewöhnten uns an die Gerüche; es war immer ein kleiner Triumph, wenn ein ängstlicher Hund sich an einen gewöhnte und nicht mehr den Schwanz einzog, sondern langsam mit gesenktem Kopf auf einen zukam oder sich auf den Rücken rollte, um sich den Bauch kraulen zu lassen. Die meisten Hunde waren sehr lieb. Sie wollten geliebt werden, und wenn man sie liebte, erwiderten sie diese Liebe.

Wir hatten beide unsere Lieblingshunde – meiner, Delsey, ein schlanker brauner Labradormischling mit glänzendem Fell, gemeißeltem quadratischem Gesicht und traurigen dunklen Augen, war gerade erst dem Welpenalter entwachsen und bewegte sich, als wäre ihm seine eigene Körpergröße noch nicht ganz geheuer. Obwohl seine Augen traurig waren, hatte er ein gutmütiges Wesen; er liebte nichts so sehr, wie draußen auf dem Gelände einem alten Tennisball oder einem Stöckchen hinterherzujagen. Er brachte die vollgeschlabberte Beute zurück, und man sah ihm an, dass er überlegte, ob er loslassen sollte oder nicht, die Trophäe behalten oder weiterspielen. Manchmal lief er damit, Kopf hoch, Schwanz hoch, um den ganzen Auslaufplatz wie ein Sportler, der eine Ehrenrunde dreht.

Cassies Lieblingshund war Sheba, ein Pitbullmischling. Wir durften sie zwar füttern, aber nicht zu ihr in den Zwinger, es sei denn Marj war dabei; nicht wegen Sheba selbst, die mit ihrem gestromten Gesicht fast zu lächeln schien und immer mit ihrem Stummelschwanz wedelte, wenn sie uns sah, sondern wegen ihres Käfiggesellen Leo, eines knurrigen schwarzen Bullterriers, der die Stöckchen lieber zerlegte, als mit ihnen zu spielen.

Cassie mochte Sheba, weil sie schön, aber tough war, eine Überlebenskünstlerin. Offenbar war sie etwa fünfzehn Kilometer Richtung Inland gefunden worden, halbverhungert in einem Zwinger neben einem verlassenen Wohnwagen im Wald. Ihre Besitzer waren abgehauen – Cassie und ich dachten uns verschiedene Geschichten aus, was mit ihnen passiert sein könnte –, und zwei Jäger hatten das Jaulen gehört und beim Tierschutzverein angerufen. Cassie hatte ihre Mutter gefragt, ob sie Sheba nicht aufnehmen könnten, aber Bev war strikt dagegen und meinte, ein Hund sei eine viel zu große Belastung und erst recht einer wie Sheba, denn nach allem, was sie durchgemacht habe, brauche Sheba eine Familie, die Zeit für sie habe, sie verwöhnen und ihr das Gefühl geben könne, geliebt zu werden.

Cassie stellte sich gern vor, Sheba wäre ihr Hund. Daran schien ja eigentlich nichts verkehrt zu sein. Gleich zu Anfang, als Leo eines Morgens unterwegs war, öffnete Cassie den Riegel und ging einfach in den Zwinger. Sheba war außer sich vor Freude, sie wand sich und winselte, und als sich Cassie im Schneidersitz auf den Betonboden setzte, sprang Sheba auf sie zu, um sich streicheln zu lassen. Sie riss die Augen auf und rollte sich auf den Rücken, bot Cassie ihren gefleckten Bauch mit den winzigen unbenutzen Zitzen, und Cassie streichelte sie wie verrückt, und beide stießen kleine Seufzer der Freude und Aufregung aus.

Ich lauerte im Gang und ließ die Metalltür nicht aus den Augen: Wenn sie erwischt würde, würden wir doch mit Schimpf und Schande nach Hause geschickt werden, oder?

Doch als ich ihr leise zurief: »Schnell, Cassie … komm raus … Ich glaube, es kommt jemand!«, schenkte sie mir erst keine Beachtung und war dann genervt.

»Was ist dein Problem, Juju? Sind wir denn nicht hier, um ihnen das Leben schöner zu machen? Sie mag das total – ja, das magst du, mein feines Mädchen, stimmt's? Du feines Mädchen, du!«

Sie wurde nicht erwischt – wir wurden nicht erwischt –,

und als Nancy und Jo aus dem Vorzimmer mit ein paar möglichen Adoptiveltern auftauchten, waren wir längst wieder am hinteren Ende, wo Cassie mit dem Wasserschlauch Stinkys Käfig ausspritzte, während ich den keuchenden kleinen Mops im Arm hielt. Aber Cassie hatte jetzt eine fixe Idee. Von da an suchte sie ständig nach einer Gelegenheit, zu Sheba in den Zwinger zu schlüpfen, als wäre Sheba ihre verhängnisvolle Affäre.

Anfang August, an einem Donnerstag, als wir schon fast zwei Monate im Tierheim arbeiteten und nicht nur wir, sondern auch die Leute dort das Gefühl hatten, wir gehörten zum Inventar, war Leo draußen auf dem Auslaufplatz, um frische Luft zu schnappen, sofern man den feuchtwarmen Sumpf da draußen als frische Luft bezeichnen wollte. Er war allein – keine anderen Hunde, kein zweibeiniger Aufpasser –, und Marj war gerade ins Haus gegangen, um mit einem Lieferanten wegen der falschen Tierfutterlieferung vom Vortag zu telefonieren.

»Einfach weitermachen, ihr beiden«, hatte sie gesagt. »Ich bin sofort zurück.«

Kaum dass die Tür hinter Marj ins Schloss geknallt war, legte Cassie einen heimlichen Besuch bei Sheba ein. Sie hatte ein Kauröllchen in der Tasche, von zu Hause mitgebracht – sogar von ihrem eigenen Geld gekauft. Kauröllchen waren im Tierheim verboten, nicht zuletzt deshalb, weil die Hunde daran ersticken konnten; aber Cassie war das ziemlich egal. Sie hatte Sheba schon öfter welche zugesteckt und wusste, dass Sheba die Kauröllchen so sehr mochte, dass sie sie in weniger als drei Minuten weggeknabbert hatte. Wie so oft schon klappte Cassie den Riegel hoch und stieg in den Zwinger, wobei sie das Leckerli in die Luft hielt, um damit zu spielen. Auch das hatte sie schon öfter getan. Sheba war verspielt, von Natur aus nicht aggressiv; also machten wir uns keinerlei Gedanken.

Was dann geschah, bekam ich im Einzelnen nicht mit. Ich hatte die Metalltür im Blick, weil ich dachte, Marj taucht jeden Moment wieder auf. Ich dachte überhaupt nicht an Cassie und Sheba.

Und erst recht nicht an Leo. Weil die Klappe des Zwingers, die nach draußen führte, aussah, als wäre sie zu, kam es keiner von uns in den Sinn, den Riegel zu überprüfen. Wie groß war schon die Chance, dass Leo ausgerechnet in diesem Moment von seiner einsamen Schnuppertour genug haben würde, dass er sich auf den Rückweg machen und mit der Schnauze die Klappe aufschieben würde? Aber so war es, irgendwie genau in dem kurzen Augenblick, als Cassie das Kauröllchen in der Hand hatte.

Er sprang an ihr hoch, riss das Maul auf und schnappte nach dem Kauröllchen. Er versenkte die Zähne in Cassies rechter Hand und durchbohrte die Innenseite ihres Unterarms. Gott sei Dank hatte sie das Kauröllchen, das sie ihm überlassen konnte. Gott sei Dank. Sie schrie nur leise auf – aufgeschreckt durch Leos Knurren und Shebas schrilles verzweifeltes Kläffen fuhr ich herum und sah hin – von Cassie selbst kam kein Mucks –, und hätte ich sie nicht von hinten aus dem Zwinger gezerrt und die Tür hinter uns zugetreten, keine Ahnung, was noch passiert wäre.

Sie sah aus, als wäre sie mit dem Unterarm in einen Häcksler geraten, die Haut hing in Fetzen vom Handgelenk runter, und das Blut quoll so schnell aus der Wunde, dass es auf den Boden tropfte.

»Kannst du die Finger bewegen?«, fragte ich. Das war es,

was meine Mutter mich immer fragte, wenn ich mich verletzt hatte. »Kannst du dein Handgelenk bewegen? Tut es weh?«

»Weiß ich nicht, Mann.« Sie ließ sich gegen den Draht des gegenüberliegenden Zwingers fallen, in dem ein arthritischer Pitbull mit weißen Schnauzhaaren, Opie genannt, ausgesprochen neugierig das Geschehen verfolgte. »Ich weiß nicht mal, wie sehr es wehtut.«

»Scheiße, Scheiße, Scheiße.« Was anderes fiel mir nicht ein. Meine Mutter sagte immer, Fluchen deute auf ein beschränktes Vokabular und Phantasiemangel hin; in diesem Fall schien es mir aber das ideale Wort zu sein. Ich beugte mich über Cassies geschundene Hand, eigentlich wollte ich sie berühren, aber die Hand war ein pochendes blutiges Wrack und ich brachte es nicht fertig. Ich war mir kaum bewusst, dass sich Leo und Sheba direkt neben uns in ihrem mit Mühe und Not geschlossenen Zwinger gegenseitig anknurrten, Cassie hingegen ja. Sie schloss die Augen und begann zu zittern.

»Es ist alles gut. Alles wird gut. Ich lauf und hol Marj.«

Ich rappelte mich hoch und überprüfte vorsichtshalber ein zweites Mal den Riegel an der Gittertür. Eine seltsame Stille umgab mich, als wäre ich nur Zuschauerin, als würde das alles gerade gar nicht mir passieren. Dann, in der Stille in meinem Kopf, hörte ich die Kakophonie sämtlicher Hunde im Gang. Alle bellten gleichzeitig, wild und schallend, und ich stellte erstaunt fest, dass wir uns in diesen kurzen Minuten in einer gruseligen Blase der Lautlosigkeit bewegt hatten.

Ich ging zur Metalltür, ich drehte Cassie den Rücken zu, faktisch hatte ich mich von ihr abgewandt, aber es fühlte sich an, als wäre sie ein Teil von mir. Mitten in dem Chaos aus kläffenden, stinkenden Hunden und dem heißen, nassen Luftzug von draußen mit seinem schwachen Duft nach Heu waren sie und ich durch einen unsichtbaren Faden miteinander verknüpft, und dieser Faden war der Grund, dass Cassie wieder gesund werden würde und nicht mal wirklich allein wäre, wenn ich aus der Tür ins Hauptgebäude ging, denn wir waren durch eine Nabelschnur verbunden und unzertrennlich.

Ich war noch nicht an der Tür, da kam mir Marj schon entgegen. Sie sah sofort, was passiert war, zumindest genug. Noch während sie auf Cassie zurannte, piepste sie mit ihrem Pager Jo an, damit sie ihr den Verbandskasten brachte, und sie legte Cassie eine Decke um die Schultern wegen des Schocks und ließ Cassie den Arm hochhalten, um die Blutung zu stoppen, und als sie sich mehr oder weniger über den Verlauf der Ereignisse im Klaren war, hatte sie für mich nur folgende Worte übrig: »Wieso hast du sie allein gelassen?« Als hätte ich die ganze Sache von Anfang bis Ende durch fehlende Aufmerksamkeit verschuldet.

Nachdem sie Cassie so gut es ging versorgt hatte, beschloss Marj, sie nach Haverhill ins Krankenhaus zu schicken, damit sich jemand die Wunde ansah. Marj versuchte es bei Bev, es ging aber sofort die Mailbox ran, also rief sie meine Mutter an und erklärte ihr die Situation, und meine Mutter erklärte sich bereit, Cassie zu fahren. Logisch. Zu dem Zeitpunkt war keine Rede davon, ob wir wieder zurück ins Tierheim dürften – schließlich hatten wir gegen die wichtigsten Regeln verstoßen, und auch wenn wir es nicht zugaben, konnte Marj sich natürlich denken, dass es nicht das erste Mal war –, aber wir spürten sehr genau die Aura der Erwachsenenkritik, dieses Gefühl, dass man Hilfe bekommt und gleichzeitig bestraft wird.

Als wir schließlich zurück ins Tierheim kamen, war Leo eingeschläfert worden. Er war tot. Als Hund, und vor allem als ungeliebter Hund, konnte man nicht einfach ein Kind attackieren und ungestraft davonkommen. Aber natürlich war uns klar, und Marj sorgte ohne Worte dafür, dass uns klar war, dass Leo nichts falsch gemacht hatte: Wir waren in seinen Raum eingedrungen, ein verlockendes Kauröllchen in der Hand, und er hatte einfach nur im Rahmen seines tendenziell bösartigen und ungeduldigen Wesens genau so reagiert, wie es Jahrtausende genetischer Prägung einem Hund diktieren. Wir sollten nie vergessen, dass Cassies Tat – und vermutlich auch meine, denn ich war die Komplizin, ähnlich wie jemand, der bei einem Bankraub das Fluchtauto fährt – so zweifelsfrei Leos Tod herbeigeführt hatte, als hätten wir ihm mit bloßen Händen den Hals umgedreht.

Aber das kam später. Erst mal tauchte meine Mutter mit dem Kombi auf, um uns zur Notaufnahme zu fahren. Mit grimmiger Miene hörte sie während der ganzen Fahrt lautstark NPR, um sich nur nicht unterhalten zu müssen. Wir verbrachten die Fahrt nach Haverhill mit einer Anrufsendung zum Thema Wanderverhalten der Eulen, bis ein Anrufer berichtete, er habe eine riesige Eule angefahren, als er in der Dämmerung auf einem Feldweg über einen Hügel kam. Das war dann doch zu viel des Guten, und meine Mutter schaltete das Radio aus. Daraufhin lauschten wir dem Gebläse der Klimaanlage. Ich saß auf meinen Händen wie ein Kind mit schlechtem Gewissen, eine reflexartige Haltung, die Cassie aus naheliegenden Gründen in dem Moment schwergefallen wäre.

Die Schwester, die Cassie im Krankenhaus den Verband abnahm, verzog beim Anblick der Wunde das Gesicht. Cassie war so zart, und selbst nach unseren vielen Sonnenbädern war ihre Haut unglaublich hell. Ihre angeschwollene Hand war lila und schwarz von geronnenem Blut, und tiefe Schründe, ja Risse zogen sich den Unterarm hinauf. Die Finger saßen irgendwie schief. Sie konnte sie nicht bewegen, oder zumindest kaum. Die Schwester säuberte sorgfältig die Wunde – das hatte Marj zwar auch schon getan, aber es hatte noch geblutet –, und Cassie jaulte, als das Desinfektionsmittel aufgetragen wurde. Aber nur ganz kurz. Die meiste Zeit blieb sie stumm und beobachtete mit aufgerissenen blauen Augen ihren Arm, fast als hätte sie gar nichts damit zu tun.

Da sind wir zum ersten Mal Anders begegnet, oder Dr. Shute, wie wir ihn zunächst nannten. Anders Shute war der Arzt, der an diesem Nachmittag Bereitschaftsdienst in der Notaufnahme hatte. Im Auto auf dem Heimweg machte ich mich über ihn lustig, um Cassie aufzuheitern – »Meinst du, Dr. Anders Shute ist irgendwie anders?«, und: »Er sieht nämlich ganz schön anders aus.«

Er war groß und sehr dünn, hatte eine extrem blasse Haut, und seine Wangenknochen standen hervor wie bei einem Totenschädel. Seine Lippen waren dünn, seine Nase war dünn, seine langen Finger waren dünn und seine Augen wirkten zusammengekniffen, also ebenfalls dünn. Er hatte kinnlange Haare wie ein Mädchen, und auch die waren dünn und spülwasserfarben, solche Haare, die selbst dann noch fettig aussehen, wenn sie gewaschen sind. In der Notaufnahme war Dr. Shute nicht gerade Balsam für die Seele, er war aber auch nicht schrecklich oder irgendwas, und als er Cassies geschundene Hand nahm, um einen genauen Blick darauf zu werfen, merkte ich, dass sie sich wunderte, wie behutsam er war: Cassie sah ihn an, flehend und erstaunt zugleich, und zum ersten Mal fragte sie: »Wird das wieder was mit meiner Hand?«

Sein Lächeln war nur angedeutet und – was sonst – dünn, aber er gab sich besondere Mühe, seinen frostigen Augen etwas Wärme einzuhauchen. »Ja, Fräulein, das wird wieder was mit deiner Hand. Solange du eine gute Patientin bist – und keine ungeduldige Patientin –, mit viel Geduld wird das wieder was mit deiner Hand.«

Später ging mir auf, dass er eine etwas seltsame Art des Formulierens hatte, als wollte er sagen, es liege ganz an ihr. Wenn sie sich einfach nur richtig verhielt, würde ihre Hand verheilen. Was er damit natürlich (zu Recht) suggerierte: Hätte sie sich nicht erst *falsch* verhalten, wäre sie nie hier gelandet. So war er eben, Anders Shute. Von Anbeginn an, von dieser ersten Begegnung an, drehte er den Spieß um: Verhielt sie sich richtig, würde alles gut. Und wenn nicht – tja, dann.

Bei örtlicher Betäubung tackerte er Cassies zerfetzte Haut wieder zusammen; er versorgte die Bisswunden an ihrem Unterarm mit spezieller Wundsalbe und einem frischen Verband, und er verschrieb ihr natürlich eine Runde entzündungshemmender Monsterantibiotika. Nicht mehr und weniger als das, was jeder Arzt getan hätte.

Später am selben Nachmittag rauschte Bev in unser Fernsehzimmer, das Stethoskop noch um den Hals und schwer atmend, eine blau geblümte Erscheinung, sichtlich hin- und hergerissen zwischen Kummer und Wut. Obwohl sie

Cassie als Erstes in den Arm nahm, konnte ich im Gegensatz zu Cassie sehen, dass ihr Gesicht beim Umarmen ihrer Tochter düster war wie ein Himmel, an dem schnelle Wolken vorbeiziehen.

»Mein armes kleines Mädchen«, murmelte sie. »Was hast du dir nur dabei *gedacht*? Was *hast* du dir nur dabei gedacht?« Und dann: »Alles ist gut. Na komm, es wird alles wieder gut.«

Meine Mutter stand in der Tür und sah zu, während sie sich mit einem Geschirrtuch die Hände trocknete, und auch ihr Gesichtsausdruck fiel mir auf: von Nachsicht keine Spur. Als hätte sie im Geiste einen Kreis um Bev und Cassie gezogen, und auch wenn sie mitten in unserem Haus standen, hieß das noch lange nicht, dass sie dorthin gehörten. Es war ein Blick, der zu sagen schien: *Ihr seid nicht so wie wir. Jedenfalls nicht ganz.*

Das war's dann mit Schwimmen bei den Saghafis, denn Cassie durfte den Arm nicht nass machen. Und zwei Wochen lang waren wir nicht sicher, ob man uns im Tierheim wieder zurücknehmen würde. Wir hatten lange leere Tage zu füllen, nachdem Cassie morgens kurz vor neun von Bev bei uns abgesetzt wurde. Meine Mutter wollte ungestört arbeiten können. Sie dachte sich ein paar Aufgaben aus – Unkraut jäten im Garten, das Bücherregal im Fernsehzimmer alphabetisch nach Autoren sortieren –, aber sie meinte es nicht sehr ernst, und wir auch nicht, nicht zuletzt deshalb, weil Cassies rechte Hand – ihre Schreibhand – ja gerade außer Betrieb war. Wir konnten nicht mal mit den Rädern rumfahren. Wir konnten nicht Tennis spielen und nicht Basketball, drüben auf dem Highschoolgelände, denn für solche Sachen brauchte man beide Hände.

»Da sieht man mal«, sagte Cassie und warf sich mit ihrer steifen, weiß bandagierten Hand die weißblonden Haare über die Schulter, »wie schwer das ist, wenn man nur einen Arm hat.«

»Kennen wir denn viele Leute mit nur einem Arm?«

»Wendys Onkel«, sagte sie und meinte damit ein Mädchen aus unserer Klasse. »Im Irak verloren. Der arbeitet im Lowe's in Haverhill.«

»Und dann noch Bennys Opa.« Benny war ein paar Jahre älter. »Der hatte Kinderlähmung als Junge. Die Hand ist zwar noch dran, aber ganz verschrumpelt, der kann nichts damit machen. Der hält die immer so.« Ich ahmte die Art und Weise nach, wie Bennys Opa seinen Arm gegen die Körpermitte presste und die Hand wie einen leeren Handschuh vor sich hin baumeln ließ.

»O Gott«, sagte Cassie. »Das passiert mir aber nicht, oder?«

»Quatsch. Du hast doch gehört, was der Arzt gesagt hat. Solange du eine geduldige Patientin bist …«

»Aber ich *bin* keine geduldige Patientin. Mir ist *stinklangweilig*. Und das geht jetzt noch *wochenlang* so weiter.«

»Nicht wochenlang.«

»Egal. Viel zu lange jedenfalls. Ich hab keine Lust mehr, Chocolate Chip Cookies zu backen. Das hier ist unser *Leben*. Weil sonst, schwupps, hat die Schule angefangen, und wir sitzen schon wieder in diesem beknackten Unterricht, und wieder geht die Zeit nicht rum. Wir müssen uns jetzt was einfallen lassen.«

Also gingen wir raus. Unser Haus liegt in der Stadt, oder sagen wir, es liegt auf dem Weg in die Stadt, an deren südlichem Ende. Die Stadt selbst besteht aus vier Blocks in die eine Richtung und fünf Blocks in die andere Richtung, und dann gibt es auf der Route 29 Richtung Highway zwei Einkaufszentren mit Supermarkt, 1-Dollar-Shop, Fashion Bug und Friendly's. Royston besteht zwar aus mehr als nur vier Blocks, aber der Rest sind kurvenreiche Wohnstraßen, die in alle Richtungen in den Wald münden, außer der Route 29 mit den paar versprengten Läden, die geradewegs nach Süden führt und genauso geradewegs nach Norden bis Newburyport. Auf dem Highway kommt man schneller vom Fleck, aber dann verpasst man das ganze alte Zeug wie den Golden Lotus Palace, ein signalrotes Sechziger-Jahre-Kitsch-Restaurant mit einem fetten vergoldeten Tor und schwarzen Gipsdrachen davor, wo das Essen so vor Zusatzstoffen strotzt, dass man rauskommt und das Gefühl hat, man ist auf einem fremden Planeten. Oder das Lucky-Stars-Motel, das vor ein paar Jahren schließlich Pleite gemacht hat: Von dem alten Neonschild sind schon einige Buchstaben abgefallen – als es noch ganz war, hatte es was von den *Jetsons* –, und die Fenster wurden mit Brettern vernagelt, damit sich keine Obdachlosen und Tiere in den Zimmern mit den Flokatiteppichen einnisten. Entlang der Route 29 spürt man noch einen Hauch vom alten Royston, so wie die Stadt war, bevor die Mittelschichtsexilanten und Künstler aus Boston hierherkamen, sogar noch bevor die Henkel-Fabrik kam.

Cassie und ich gingen zu Fuß auf Entdeckungstour, meist also in die Stadt. Bis uns irgendwann der Steinbruch und die alte Nervenklinik einfielen. In der Innenstadt steht eine Reihe toller alter Häuser, viktorianische Bauten aus rotem Backstein mit Wohnungen über den Läden. Die meisten Läden halten sich nicht lange – Royston ist eine dieser Kleinstädte, in die sich Leute aus Boston oder Portland flüchten, und sie bringen ihre kleinen Kinder und ihre Phantasien mit, nur um festzustellen, dass das Landleben nicht ganz so einfach ist wie gedacht. Sie machen einen glitzernden Schmuckladen auf oder ein süßes Café mit selbstgemalten Kühen an den Wänden und Rüschengardinen, halten ein oder auch mal zwei Jahre durch, überstehen die bitteren mageren Wintermonate, in denen kein Mensch auf der Straße ist; aber früher oder später machen sie dicht und ziehen dorthin zurück, von wo sie gekommen sind. Es gibt auch die Alteingesessenen; die Adamian-Apotheke, der Mahoney Irish Pub und Bell's Dry Goods, geführt von der griesgrämigen Mildred Bell, die älter ist als meine Großmutter und eine Warze am Kinn hat wie eine Hexe. Bei Bell's, einem verrückten vollgestopften Laden, gibt es unter anderem Weihnachtspullover mit Rentier- oder Elfenapplikation. Die ewig gleiche Schaufensterdeko wird mit gelbem Zellophan geschützt. Als kleines Kind mochte ich den Laden wegen seiner Spielzeugabteilung, und es gab eine Reihe von Plastikbehältern mit Kleinkram, den ich mir von meinem Taschengeld leisten konnte – japanische Radiergummis und Hello-Kitty-Notizblöcke, Flummis, die im Dunkeln leuchten, und Haarspangen mit kleinen Hamburgern oder Cupcakes aus Gips. Mrs. Bell hat anscheinend auch eine Schwäche für Stofftiere, denn es gibt einen großen Weidenkorb mit den weichsten Stofftieren überhaupt, nicht nur Bären, sondern auch Eulen und Giraffen und eine tolle Auswahl vor allem an Schweinen. Cassie und ich gingen damals im August gerne bei Bell's vorbei, um die Stofftiere zu besuchen, und weil sie mir so leid tat mit ihrer Hand und überhaupt, bin ich einmal heimlich zurück in den Laden und habe das kleinste, blasseste rosa Schwein für sie gekauft, das sie schon Hubert getauft hatte. Ich versteckte es als Überraschung, aber nur einen Tag lang, denn als wir wieder in den Laden gingen und sie sah, dass es fehlte, war sie furchtbar traurig.

Abgesehen von Mrs. Bells Laden und dem Rite Aid, wo wir den Gang mit den Probiergrößen und dem Nagellack bevorzugten (wobei Cassie keinen Nagellack tragen durfte und ich keine Lust dazu hatte), gab es in Royston für Jugendliche wenig zu tun. Wir spazierten vorbei an der Highschool und rüber zum Kinderspielplatz am Ende der Market Street mit dem Regenbogenkarussell und den Schaukeln, aber in jenem Sommer wurden die Rutsche und das Klettergerüst erneuert, und es waren nur die Stümpfe zu sehen, und außerdem waren die anderen Kinder im Park sehr klein, unter fünf, und in Begleitung von Müttern oder Großmüttern, und das war irgendwie noch deprimierender, als zu Hause zu bleiben.

Da Tennis oder Basketball ja flachfielen, machte die Highschool keinen Spaß; und außerdem hing da immer ein angeberischer Achtklässler namens Beckett mit seinen Kumpels ab, und auch der Junge, in den ich verknallt war, Peter Oundle. Er war schon immer auf unserer Schule, und als wir kleiner waren, spielten wir in der Pause zusammen Fangen, Four Square und Touch Football. Jetzt aber zog er mit Beckett rum, der zwei Jahre älter war als wir und der Anführer einer Gang aus schlaksigen flinkfüßigen Jungen, die sich ständig über alle Leute mokierten. Peter Oundle, der nur einen Jahrgang über mir und Cassie war, kam mir immer anders vor, er kam mir vor wie ein Junge, der einem die Hand reichen würde, wenn man hingefallen war. Mager, spitznasig, aber hübsch: rotbraune Locken, lange Wimpern.

Die Jungs spielten stundenlang Basketball. Einer oder zwei davon pfiffen uns immer hinterher, und eines Nachmittags rief Beckett mir zu: »Hey, Lockenkopf, was haste denn da für dicke Pickel unterm Shirt?«, worauf die anderen Jungs loswieherten und ich vor Scham rot anlief. Cassie brüllte zurück: »Wohl neidisch, was, Beckett? Wieso hast du sonst so lange Haare wie ein Mädchen?«

»Ach, fickt euch doch«, rief Beckett und drehte uns den Rücken zu; aber so, als wäre es ihm peinlich, dachte ich.

»Ich könnte dir hier und jetzt um den Hals fallen«, sagte ich zu Cassie, »aber das würde ihm nur beweisen, dass wir lesbisch sind.«

»Na und?«, sagte Cassie. »Ich würde tausendmal lieber dich heiraten als den da.«

Wir liefen weiter und waren gerade am Spielplatz vorbei, da holte Peter Oundle uns ein. Seine Locken waren nassgeschwitzt und sein hagerer Brustkorb hob und senkte sich unter seinem Netztrikot (Celtics, Nummer 9). Er berührte mich an der Schulter, und es brannte. Ich war mir sicher, dass ich knallrot im Gesicht war.

»Hey.« Er stand einfach nur da.

»Was willst du?« Cassie klang angewidert.

»Ich wollte mich nur entschuldigen.«

»Wieso?«, fragte sie erneut.

»Beckett benimmt sich manchmal wie ein Arschloch.«

»Ach, echt?«

»Aber der ist eigentlich ganz okay. Das war ein Witz.«

»War nicht witzig.« Cassie sah Peter wütend an, als hätte *er* uns hinterhergerufen.

»Schon gut.« Ich lächelte. »Ich werd's überleben. Aber trotzdem danke.«

Peter nickte und drehte sich um, um zu seinem Spiel zurückzulaufen; dabei sah er sich aber noch mal um und lächelte offen. Das Lächeln galt *mir*, dachte ich, und dann: Er ist uns meinetwegen hinterhergekommen.

»Schade, dass der jetzt genauso drauf ist wie diese anderen Penner«, sagte Cassie beim Weitergehen.

»Der ist nicht genauso drauf.«

Sie schnaubte, als wollte sie sagen: *Träum weiter.* Sie wusste, dass ich ihn gut fand.

Der Steinbruch war ein Ort, wo die älteren Schüler im Sommer zum Feiern hingingen und wir gelegentlich mit unseren Eltern und deren Freunden aus dem Verein zum Baden. Er lag knapp zwei Kilometer westlich von Royston; eine schmale Landstraße und einen Feldweg entlang, der zwischen zwei Privathäusern hinunterführte, und man war da. Der alte Steinbruch war vor mehr als hundert Jahren stillgelegt worden und hat grandioses, ungewöhnlich graugrünes Wasser, eine Farbe wie auf einem alten Ölgemälde. In bestimmtem Licht glänzen die dicken Felsbrocken wie Gold, aber das Wort, das die Farbe wohl am besten beschreibt, ist goldbraun – löwenfarben. Der Steinbruch ist löwenfarben, und daher ist auch die Stadthalle von Royston – die in den 1870ern aus diesem Stein gebaut wurde – löwenfarben.

Streng genommen ist der Steinbruch ein Privatschwimmbad. Es gehört einer Gruppe von Verwaltern, die zwischen Cape Ann und der Grenze zu New Hampshire ganz viel Land aufgekauft haben und eine Art Naturschutzgebiet betreiben. Eigentlich muss man Mitglied sein. Auf dem Feldweg wurde auf halber Strecke eine Kette gespannt; aber es gibt kein Schloss an der Kette, und wer mit dem Fahrrad oder zu Fuß kommt, kann sich seitlich daran vorbeimogeln. Es gibt keinen Bademeister und keinen Hausmeister, nur Rudy, der sich auch um den Friedhof kümmert: Hin und wieder fährt er in seinem orangeroten Pick-up mit seiner einäugigen Schäferhündin Bessie vorbei, um sicherzugehen, dass dort keiner irgendwelchen Mist baut. Dieser Rudy ist eigentlich ganz okay, auch wenn er etwas gruselig aussieht. Er hat nicht mehr alle Zähne und seine Wangen sind eingefallen, als wäre in seinen Lippen eine Zugschnur. Und Bessie – na ja, die Leute haben halt Angst vor Schäferhunden, und sie ist ein überraschender Anblick, weil ein Auge milchig ist und das Licht reflektiert.

An diesem ersten Nachmittag sahen wir ihn auf der Hauptstraße stadteinwärts fahren, während wir die Stadt verließen. Wir liefen auf dem Schotterstreifen, und er fuhr einen extra großen Schlenker um uns herum, hob die Hand zu einem altmodisch ländlichen Gruß und nickte uns zu. Ein Zahnstocher oder eine ungerauchte Zigarette steckte in seinem Mund, seine speckige Kappe saß verkehrt herum, und ein paar Haarbüschel guckten darunter hervor. Bessie hatte den Kopf halb aus dem Fenster gehängt und hielt ihre schlabbernde Zunge in den Wind. Ihr Anblick brachte uns zum Lachen: »Hund müsste man sein«, sagte Cassie.

Wir wollten zum Steinbruch laufen, einfach um uns irgendwie zu beschäftigen. Schwimmen war nicht drin, zumindest nicht für Cassie wegen ihrer Hand; aber es schien eine gute Gegend für Entdeckungstouren zu sein, nicht zuletzt deshalb, weil wir wussten, dass einer der Wanderwege durch den Wald vom Steinbruch aus zu der alten Nervenklinik führte. Cassie fand das unfassbar cool: Wenn wir den Weg zur Nervenklinik fänden, wer wusste, was wir entdecken würden? Sie hatte eine vage Vorstellung von einem Schatz – etwas, das mal versteckt oder vergessen worden war, etwas erst mal Unvorstellbares.

»Vielleicht wohnt da ja sogar noch jemand«, meinte sie, zog die Augenbrauen hoch und lächelte. »Von dem alle denken, den gäb's gar nicht mehr.«

»Scheint mir eher ein Grund, da lieber *nicht* hinzugehen.«

»Feigling.«

»Ich bin kein Feigling. Außerdem, wenn da noch jemand wohnen würde, wüssten wir davon.«

»Woher denn?«

»So nah an der Stadt? Mit so was kommt doch keiner durch.«

»Na, dann könnten wir ja so tun, als würden wir da wohnen. Nur für den Nachmittag.«

Phantasiespiele spielten wir eigentlich nicht mehr, dazu waren wir zu erwachsen, aber insgeheim fehlten sie uns. Eine Bühne von der Größe einer Nervenklinik schien ideal: Wir könnten in einem Versteck im Wald verschwinden, und plötzlich wäre es okay, sich zu benehmen, als wären wir wieder zehn Jahre alt und sie wäre eine Widerstandskämpferin im Zweiten Weltkrieg und ich auf geheimer Mission aus England und mit dem Fallschirm abgesprungen; oder wir wären die einzigen beiden Überlebenden nach dem Weltuntergang und müssten uns von Nüssen und Beeren und Regenwasser ernähren.

Die Wälder um Royston sind genial für solche Spiele. Es gibt Lichtungen und Steinplatten wie Tische, umgestürzte Bäume als Bänke und felsige Überhänge, unter denen man ein kleines Zeltlager bauen kann, das immer trocken bleibt, außer bei Sturzregen. Es ist kein undurchdringlicher Hänsel-und-Gretel-Wald, sondern ein Wald, in dem das Sonnenlicht grün gescheckt auf den weichen nadligen Boden fällt, wo verblüffende Giftpilze in Klumpen aus der Erde sprießen – flache rote Teller oder geriffelte Chips, klitzekleine gelb glänzende wie poliert wirkende Knollen – und unsichtbare Vögel in den Wipfeln sitzen und sich gegenseitig zurufen. Hin und wieder sieht man das Aufleuchten eines Rotschulterstärlings oder eines Rotkardinals und im Steinbruch selbst gelegentlich einen verirrten Reiher bei der Körperpflege, der auf dünnen Stelzenbeinen watet, die großen Flügel ausbreitet und den prähistorischen Hals wölbt, um einen mit nackt glitzerndem Auge anzufunkeln.

Auf unserer ersten Wanderung zum Steinbruch sahen wir einen solchen Reiher. Wir nannten ihn Nancy, weil wir den Namen so lustig fanden, und immer wenn wir danach einen Reiher sahen, egal wo, winkten wir und riefen: »Hey, Nancy, schön dich zu sehen!« Wir hatten das Gefühl, sie sei ein gutes Omen, ein Zeichen für uns.

Cassie zog sich Turnschuhe und Socken aus und ließ die Füße ins Wasser baumeln, während ich mich aufregte wegen ihrer bandagierten Hand, die in einer Pfütze am Ufer fast nass geworden wäre, bis sie mich bat, die Klappe zu halten. Trotz der Bäume war es eine lange heiße Wanderung gewesen, und ich war versucht, mich auszuziehen und ins Wasser zu springen, nur ganz kurz, wegen der Schwellung in meinen Fingern und Fußgelenken. (Manche Leute schwellen in der Hitze an und manche nicht. Dass Cassie nicht zu diesen Leuten gehörte, war klar.) Aber ich hatte mir versprochen, dass ich es lassen würde, also setzte ich mich auf denselben heißen Fels, benetzte meine dicken Füße, lauschte dem Schreien der Zikaden und sehnte mich nach mehr. Wir hatten fast eine Stunde gebraucht von zu Hause bis hierher, der Rückweg würde noch mal so lange dauern, und wir hatten nicht mal eine Flasche Wasser dabei.

Als Nancy die Flügel ausbreitete und mit kaum einem Platscher und eingeklappten Beinen wie ein Flugzeug abhob, warf Cassie den Kopf zurück und verengte die Augen. »Das ist gut hier«, sagte sie.

»Und noch besser, wenn wir schwimmen könnten.«

»Es ist wahnsinnig tief, oder?«

Das Wasser, in seiner Graugrünheit, war ausnehmend klar; dennoch konnte man nicht bis auf den Grund sehen. »Was meinst du, was ist da unten?«

»Stein natürlich. Ist doch ein Steinbruch.«

»Aber auch Geister? Meinst du, da sind auch Geister?« Wir kannten beide die Geschichte von dem Jungen, der da unten ertrunken war, lange bevor wir auf der Welt waren. Damals in den achtziger Jahren. Ein paar Jugendliche hatten hier nachts gebadet, betrunken oder bekifft oder beides, und dieser eine Junge hatte einen Kopfsprung ins Wasser gemacht, war auf einen Stein geprallt und nicht wieder aufgetaucht. Vor lauter Ausgelassenheit bemerkten die anderen sein Fehlen erst, als sie aufbrechen wollten. Und erst am nächsten Tag fand die Polizei seine Leiche. In Royston kannten wir alle von klein auf diese Geschichte, wobei sie für uns eher eine Legende war als eine Tatsache. Wir kannten nicht mal seinen Namen. Deshalb stand auf dem Parkplatz das SPRINGEN-VERBOTEN-Schild.

»Geister?« Cassie blinzelte mich in der grellen Sonne an. »Jetzt erzähl mir nicht, du glaubst an Geister.«

»Du etwa nicht?«

»Natürlich nicht.«

»Und was ist mit deinem Vater?«

Cassie schüttelte den Kopf und schwieg einen Moment lang. »Das sind keine Geister. Das sind Engel. Das ist was ganz anderes. Und das ist auch kein blöder Witz.« Sie zog ihre Füße aus dem Wasser und drehte mir den Rücken zu, schlug die Beine übereinander und ließ den Kopf hängen wie eine Schildkröte, die sich in ihren Panzer zurückzieht.

»Ich wollte nicht … ich meinte nicht, dass … Cassie … tut mir leid, okay?«

Sie drehte sich nicht gleich um. Als sie es dann tat, hatte sie einen merkwürdig entschlossenen Zug um den Mund. Ich dachte, sie sei mir böse, und erst später ging mir auf, dass sie mit den Tränen kämpfte. »Ich finde, wir sollten langsam zurück, was meinst du?«, fragte sie. »Hat deine Mama nicht versprochen, sie macht uns Käsetoasts?«

»Und Milchshakes. Mit Schokogeschmack.«

Cassies Vater war mindestens so ein Mythos wie der ertrunkene Junge. Nicht in dem Sinne, dass er vielleicht nicht real war, sondern, dass sie ihn tatsächlich nie gekannt hatte. Oder besser, dass sie sich nicht an ihn erinnern konnte. Bis auf das Gesicht: Sie sagte, sie habe eine Erinnerung daran, wie er sich über ihr Kinderbett beugt, an seine blauen Augen, und wie sicher sie sich bei ihm im Arm gefühlt habe – frühkindliche Erinnerungen mit den dunklen Rändern eines alten Fotos, aber unauslöschlich. Er hatte ihren Namen ausgesucht, Cassandra, weil er ihn für den schönsten hielt. Und ihre Zartgliedrigkeit kam von seiner Seite, genauso wie ihre mathematische Begabung, das behauptete zumindest Bev. Ihre Liebe zu Zwiebelringen. Ihre abstehenden Ohren.

Mein Vater ist so präsent in meinem Leben, dass ich ihn

gar nicht richtig ansehe. Nicht genau. Ich habe ihn wahnsinnig lieb, aber irgendwie nehme ich ihn kaum wahr. Er reißt schlechte Witze, und meine Mutter und ich stöhnen dann. Er regt sich auf, wenn ich meine Sachen im Flur liegen lasse, und ich verdrehe die Augen. Ich kenne sein Gesicht so gut, dass ich Veränderungen gar nicht mitbekomme – meine Mutter hat vor kurzem darauf hingewiesen, dass mehr als die Hälfte seiner Haare jetzt grau sind: Wann ist das passiert? Wie kann ich das nicht bemerkt haben? Er sagte, dazu sei Familie da: Die Menschen, die einen lieben, sehen einen im besten Licht, so wie man selbst gern gesehen werden möchte. Er stellte es so dar, als würde mehr dahinterstecken als bloße Unachtsamkeit.

Wohingegen es für Cassie so war, als stünde ihr Vater hinter einem dicken schwarzen Vorhang mit wenigen klitzekleinen Löchern drin. Sie musste ganz nah rangehen an diese stecknadelkopfgroßen Öffnungen und durch sie hindurchspähen, um sich einen allenfalls groben Eindruck von ihrem Vater verschaffen zu können.

Bev hatte ihr tausendmal erzählt, wie er ums Leben gekommen war. Als Cassie geboren wurde, wohnten sie in einem Farmhaus etwa vierzig Minuten nordwestlich von Boston, und obwohl Bev mit ihrem Lernpensum durch war, stand ihr Krankenschwesterexamen noch bevor. Cassies Vater, der Clarke hieß – »Clarke Burnes, guter Name, was?«, flüsterte Cassie jedes Mal, wenn wir uns darüber unterhielten, als wäre er ein Filmstar wie Clark Gable oder Harrison Ford –, hatte zwei Jobs, damit sie über die Runden kämen, bis Bev ebenfalls anfangen konnte zu arbeiten. Er war Biologielehrer an der Junior Highschool in Belmont, Massachusetts (wir haben uns das Gebäude mal auf Google

Earth angeschaut, nur um zu sehen, wie es aussieht), und drei Nächte die Woche arbeitete er als Barkeeper in einer Kneipe in Brighton, was im Prinzip schon zu Boston gehört, wie Bev Cassie erklärt und Cassie mir erklärt hatte. Donnerstags, freitags und samstags – Cassie wusste sogar, an welchen Tagen. An einem Freitag im Februar, als er spätnachts bei schlechtem Wetter von Boston nach Hause fuhr – Cassie war damals erst elf Monate alt –, kam ein Auto von der Gegenfahrbahn ab und stieß frontal mit ihm zusammen. Der Fahrer hatte getrunken. Bev erzählte immer, wie sie eingeschlafen und um vier Uhr morgens aufgewacht sei mit Cassie gemütlich neben sich im Bett, und Clarke sei nicht da gewesen. Er war nicht nach Hause gekommen und ging auch nicht an sein Handy. Sie neigte nicht dazu, sich verrückt zu machen, also war ihr erster Gedanke, dass er in Boston bei einem Freund übernachtet hatte, was hin und wieder vorkam, und sie war sauer, weil Samstag war und sie Pläne fürs Wochenende gemacht hatten und sich nun alles verzögern würde. Grollend legte sie sich wieder schlafen, wachte gegen sieben auf und um halb acht rief die Polizei an und teilte ihr mit, dass Clarke tot sei. Bev hatte meiner Mutter erzählt, und meine Mutter hatte mir erzählt, dass sie seitdem Schuldgefühle habe, weil sie ihm böse gewesen war, wo er doch nach Hause gekommen wäre, wenn er gekonnt hätte – er war ja unterwegs gewesen.

Clarke Burnes war für Cassie wie ein Engel. Sie glaubte, dass er über sie wache und sie beschütze. Sie hatte Träume, in denen sie zusammen waren, immer schöne Träume, in denen sie Marshmallows rösteten oder Fahrrad fuhren oder in denen er sie abends ins Bett brachte und sie sein Gesicht genau studierte, das Gesicht, an das sie sich aus der

Zeit erinnerte, in der sie als Baby in ihrem Bettchen gelegen hatte. Als sie acht war, hörte sie seine Stimme in ihrem Kopf – irgendwie wusste sie, dass es seine Stimme war –, die sie davor warnte, im Januar das Eis auf dem Long Pond zu betreten. Sie machte mit ihrer Mutter eine Wanderung auf dem Audubon-Trail, war aber schon vorgelaufen und wollte unbedingt schlittern; und in dem Moment, als sie von der Böschung springen wollte, sagte die Stimme: *Bleib bei mir, Püppchen. Bleib hier am Ufer.* Das behauptete Cassie: Er habe sie »Püppchen« genannt, und allein diese Worte hätten ihr ein Gefühl von Geborgenheit gegeben. Er war bei ihr; sie war nie allein. Und das sei was ganz anderes als irgend so ein untotes Zeichentrickphantom, das im Steinbruch umging. »Manchmal«, erzählte sie mir, »bin ich mir total sicher, dass er am Leben ist. Nicht nur in meinem Kopf, sondern wirklich irgendwo da draußen. Als wäre er ganz in der Nähe und würde auf mich warten, in echt. Ich kann ihn nämlich richtig spüren, weißt du? Als ob er immer bei mir wäre. Engel«, hatte sie mit grimmiger Miene geflüstert, »gibt es *wirklich.*«

Ich kannte sein Bild: Cassie bewahrte es in einem Plastiktütchen in ihrer Unterwäscheschublade auf, und manchmal legte sie es sich zum Schlafen unters Kopfkissen. Es kam mir seltsam vor, dass es bei ihr zu Hause nicht überall Bilder von ihm gab, Bilder von ihm und Bev, oder eines, auf dem er Cassie als Baby im Arm hält, aber Cassie erklärte, ihre Mutter habe so getrauert und gelitten, dass sie es lange Zeit nicht habe ertragen können, Fotos von Clarke zu sehen, und deswegen alle versteckt habe. Es gebe nicht mal ein Grab, das sie besuchen könnten, weil er eingeäschert worden sei, und Bev hatte Cassie von ihrem Ausflug an die winterliche Küste erzählt, Cassie konnte damals noch nicht laufen, und wie sie seine Asche in den Atlantik gestreut hatte. Der Aschestaub sei ihnen ins Gesicht geweht, sagte Bev zu Cassie, und sie hätten wahrscheinlich ein bisschen davon verschluckt. Das sei nichts Ekliges, sagte sie, sondern ein Wunder der Natur, dass er immer in ihnen sei.

Wundersamerweise hatte dieses eine Foto überlebt, es steckte hinten in der Familienbibel, dort hatte Cassie es gefunden, als sie ungefähr sieben war: Sie hatte die Bibel als Fahrbahn für ihre Matchboxautos benutzt, und dabei war es rausgefallen. Sie hatten nie darüber gesprochen, obwohl Bev es bestimmt in Cassies Unterwäscheschublade gesehen hatte – Cassie hatte nie versucht, es zu verstecken.

In Wahrheit war es schwer zu sagen, wie Clarke Burnes genau aussah: Das Foto war alt und verschwommen, es war an einem grauen Herbsttag vor einer Art Scheune aufgenommen worden. Der Mann auf dem Bild hatte ein kantiges Gesicht und längliche, annähernd blonde Haare, die ihm seitlich in die Stirn fielen, und er hatte die Hände in die Vordertaschen seiner Jeans gestopft. Er hatte sich bewegt, als die Blende zuging, also konnte man nicht sagen, ob seine Augen (wie Bev behauptete) blau waren; und sein Gesichtsausdruck war kaum zu beschreiben: Es war, als wäre er drauf und dran, irgendetwas zu tun, als bewegte er sich zwischen zwei Momenten. Er trug ein blaues T-Shirt mit Peace-Zeichen und darüber ein rot-schwarz kariertes Holzfällerhemd. Das Hemd schien mir immer das Aussagekräftigste an dem Foto, das Einzige, von dem man absolut sicher sein konnte, dass man es erkennt, was eigenartig war, weil es wie Millionen anderer Holzfällerhemden aussah. Im Herbst sah man in Royston jeden Tag ein halbes Dutzend solcher Hemden. Das habe ich zu Cassie aber nie gesagt – wozu auch? Es war nicht das, was sie hören wollte. Wenn wir uns das Foto ansahen, versuchten wir stattdessen darauf zu kommen, welche seiner Gesichtszüge sie geerbt hatte, welche verschwommenen Versatzstücke sie in ihrem Körper mit sich herumtrug.

Wenn man bedenkt, dass ich all das wusste und mir über ihre Gefühle zu ihm im Klaren war, hätte ich niemals so reden dürfen, als hätte ich keine Ahnung, was er ihr bedeutet. Sie erwähnte es nicht wieder, aber es war eines dieser Ereignisse, die klein und groß zugleich waren.

Wir machten uns auf den Heimweg zu Käsetoasts und Milchshakes, und dann füllten wir eine Plastikwanne mit Wasser und machten uns gegenseitig die Zehennägel, bis Bev vorbeikam, um Cassie abzuholen. Ich malte ihr Union Jacks auf die Zehen – ich hatte auf YouTube gesehen, wie das geht –, und sie wurden gut, bis auf die kleinen Zehen, deren Nägel einfach zu winzig waren.

Wegen ihrer Hand konnte sie bei weitem nichts so Aufwendiges für mich tun, also lackierte sie mir die Fußnägel nur dunkelblau, und ich beklebte sie mit kleinen silbernen Sternchen. Meine Füße sahen aus wie der Nachthimmel.

Am nächsten Tag gingen wir wieder zum Steinbruch. Wir nahmen uns ein Picknick mit, um länger bleiben zu können, vielleicht sogar den ganzen Tag. Meine Mutter war gerade mitten in einem Artikel und nicht sehr aufmerksam, aber ich teilte ihr mit, dass wir eine Wanderung im Wald machen würden und eine Weile weg sein könnten.

»Aber nicht in die Nähe des Highways gehen«, sagte sie, was absurd war, weil der Steinbruch auf der entgegengesetzten Seite der Stadt lag und weit weg vom Highway. »Und nimm dein Handy mit, falls ihr mich braucht.«

»Mach ich.«

»Sie können sich voll auf uns verlassen, Mrs. Robinson«, sagte Cassie.

Wir schauten weder bei Bell's noch bei Rite Aid vorbei, und als wir an der Highschool vorbeikamen, zeigte Cassie Beckett den Finger aus viel zu großer Entfernung, als dass er es hätte sehen können – »Nur als Vorsichtsmaßnahme«, sagte sie.

»Wie Vampire mit Knoblauch abwehren«, sagte ich.

Von der Straße aus in den Wald einzubiegen und den Weg zum Steinbruch einzuschlagen war, wie einen Traum zu betreten. Unter dem heißen Rucksack rann mir der Schweiß den Rücken runter, und meine rot-weiß gestreiften Finger waren doppelt so dick wie sonst, doch der Schatten und das Rascheln der Blätter machten die Hitze erträglich, und das kräuselnde Licht schoss wabernde Strahlen auf unvermutete Flecken Rinde und Laubhügel. Der Geruch der Vegetation, grün und braun zugleich, stieg uns in die Nase. Der Wald war sehr still und gleichzeitig überhaupt nicht still: Es knackte, zischte und krachte, Vögel zwitscherten und pfiffen, der Wind sprach durch das Laub hindurch. Wir blieben stehen, um zu lauschen, und Cassie bemerkte, dass jedes Auto, das hinten auf der Straße vorbeifuhr, sich anhörte wie eine große Welle, die sich am Ufer bricht.

Als wir uns dem Steinbruch näherten, hörten wir Stimmen und Geplätscher. Nicht das lebhafte Geplätscher von Jugendlichen, keine Jungs, die Arschbomben machten, sondern bedächtiges Geplätscher und gedämpfte Erwachsenenstimmen. Es waren der alte Mr. Kirschbaum und seine

Frau, wie wir feststellten, als wir fast das Ufer erreicht hatten. Die beiden kamen ursprünglich aus Österreich oder so, sie waren förmlich und etwas unheimlich. Er hatte einen grauen Spitzbart und rauchte Pfeife – wenn auch nicht an diesem Tag –, und trug sogar im Sommer einen Blazer, also war es überraschend, ihn in Badehose zu sehen mit seiner schlaffen Altmännerbrust, die gesprenkelt war mit weißen Haaren. Seine elegante Frau, Adele Kirschbaum, die begabten Kindern wie May Hwang Klavierunterricht gab, trug einen schwarzen Einteiler und eine altmodische cremefarbene Badekappe mit Kinnriemen. Als wir ans Wasser kamen, war sie gerade dabei, auf und ab zu schwimmen, ein betuliches tantenhaftes Brustschwimmen, bei dem ihr Kopf nicht mal in die Nähe des Wassers kam. (Wie Cassie später sagte: »Was sollte denn diese beknackte Badekappe? Nur um gut auszusehen?«)

Cassie und ich blieben zwischen den Bäumen stehen. Ich begann zu flüstern, aber Cassie legte sich den Finger auf die Lippen. Wir wussten beide, dass Mr. Kirschbaum auf die Vorschriften pochen würde – er war alt und, wichtiger noch, Österreicher –, und er würde wissen, dass wir beide keine Mitglieder des Steinbruch-Clubs waren. Meine Mutter hatte vor ein paar Jahren mal einen Artikel geschrieben, in dem sie die private Mitgliedschaft bei etwas anprangerte, was ihrer Meinung nach öffentlicher Raum in der Natur war; also wüssten alle, die wussten, wer ich war (und die Kirschbaums wüssten es, da sie Patienten meines Vaters waren), dass die Robinsons keine Mitglieder waren. Und was Cassie anging, sie war einfach *nicht der Typ dafür.* Das würden sie ihr ansehen. Auch so eine Sache, die wir eigentlich noch nicht wissen konnten, aber dennoch wussten.

Gefühlt minutenlang standen wir wie angewurzelt da, bis Cassie mir auf den Arm tippte und mit übertrieben großen Schritten ins Unterholz zurückzuweichen begann.

»*Außen rum*«, sagte sie, indem sie nur die Lippen bewegte. »*Zur Nervenklinik.*«

Erst verstand ich nur »außen rum«. Ich versuchte, sie und gleichzeitig die Kirschbaums vor uns im Blick zu behalten, die Schritte oder unser ersticktes Gelächter hätten hören können. Aber wie Cassie später sagte: »Das sieht man doch schon von weitem, dass er schwerhörig ist, oder? Und sie hatte ihre Kappe über den Ohren – wahrscheinlich, damit sie ihn nicht hören muss. Man sieht von weitem nämlich auch, dass er ein Arsch ist.«

Was gemein war, aber ich lachte trotzdem. Ums Lachen, darum ging es bei so vielen unserer gemeinsamen Unternehmungen. Mit Cassie zusammen wurde alles lustig, wie ihre Riesenschritte zurück in Richtung Straße, ihr albernes Glotzgesicht, und wie sie ihre Unterarme hochhielt wie ein Känguru, die verbundene Hand ein knallweißer Klumpen vor den gedämpften Farben des Waldes.

»Wir müssen vorsichtig sein«, zischte sie, als sie uns weit genug weg wähnte. »Am Ende ist er noch Jäger. Vielleicht hält er meine Pfote für das Hinterteil eines Rehs und schießt.«

»Gut möglich«, sagte ich. »Oder auch deine Haare.« Wie auffällig sie war; wie sie so überhaupt nicht mit der Umgebung verschmolz. »Aber das macht er nicht. Eher verpetzt er uns bei Rudy, und dann frisst uns dieser Hund zum Abendessen.«

»Ich wurde schon von einem Hund zum Mittagessen gefressen«, sagte Cassie. »Das reicht mir.«

Einen Moment lang standen wir da, noch immer konnten wir die gedämpfte Unterhaltung der Kirschbaums ausmachen – sie sprachen kein Englisch miteinander, das bekam man mit, auch ohne die einzelnen Wörter zu hören –, während die beiden durchs Wasser glitten.

»Und jetzt?«, fragte ich. Der Rucksack mit unserem Lunchpaket klebte an meinem feuchten T-Shirt.

»Ist doch klar, oder? Picknick an der Nervenklinik.«

»An der Nervenklinik?«

»Was denn sonst!«

»Aber mir ist so warm.«

»Alles passiert aus irgendeinem Grund, sagt meine Mama immer. Erst die Nervenklinik, dann schwimmen. Die können ja nicht den ganzen Nachmittag hier rumgammeln. Meinst du etwa, die Alte legt sich in die Sonne?«

»Aber wir wissen doch gar nicht, wo die Nervenklinik *ist*. Ich weiß nicht, ob das so eine gute Idee ist.«

»Schwachsinn, Juju. Das ist Schwachsinn. Du Angsthase. Immer wenn's lustig wird, redest du dich raus, immer hast du Schiss, dass es Schimpfe gibt.«

»Gar nicht wahr.«

»Hast du Angst vor Gespenstern? Buuuh!« Sie sah mich herausfordernd an. »Komm, du Angsthase, traust du dich, oder rennst du jetzt nach Hause?«

»Ich bin alles, aber kein Angsthase«, sagte ich. »Also los.«

Es gab keine Beschilderung. Auf mein Drängen hin folgten wir den markierten Wegen, anstatt uns blind durchs Unterholz zu schlagen. Der Pfad mit dem roten Punkt erwies sich als Rundweg und brachte uns nach zwanzig Minuten auf der anderen Seite des Parkplatzes zum Steinbruch zurück. Der rote Prius der Kirschbaums stand immer noch zwischen zwei Spitzahornbäumen. Eine Zeitlang folgten wir dem blau markierten Weg, bis Cassie protestierte: »Hier geht's bergauf. Denk drüber nach. Wenn wir zurück auf die Straße gehen würden und dann an der Abzweigung einbiegen, wo es zur Nervenklinik geht, ist da kein Hügel. Das hier kann nicht richtig sein.«

Ich war müde und bekam allmählich Hunger. Der Rucksack war eine Belastung. »Wir wissen doch gar nicht, wonach wir suchen«, sagte ich. »Vielleicht müssen wir einen von den Größeren fragen und ein andermal zurückkommen.«

»Wen kennst du, der schon mal da *war*? Der nicht nur das Maul aufreißt, sondern *wirklich* da war?«

Ich schüttelte den Kopf. Es war ein halber Mythos, ähnlich wie der ertrunkene Junge im Steinbruch. Fuhr man von der Straße aus an der Nervenklinik vorbei, konnte man nichts erkennen, nur die langgestreckte hohe Backsteinmauer und das Tor mit dem Vorhängeschloss und dem ZUTRITT-VERBOTEN-Schild. Das, was man von der Auffahrt hinter dem Tor sehen konnte, war verwildert und verhangen, und aus dem Kies schossen Wiesenkerbel und Goldrute. Es hätte mich nicht gewundert, wenn keiner von den Leuten, die wir kannten, das Gebäude je gesehen hätte: Auch so was, von dem man sich wünscht, man hätte es mal getan, ohne es wirklich zu wollen.

»Bleibt nur noch der grüne Pfad«, sagte Cassie. »Ich plädiere dafür, dass wir zurück zum Parkplatz gehen, den grünen Pfad nehmen und dann weitersehen.«

»Ich plädiere dafür, dass wir essen.«

»Ist ja nicht so, als würdest du nichts kriegen. Ich schlage nur vor, dass du's dir verdienst.«

Cassie konnte liebevoll und gemein zugleich sein, und ich hatte immer das Gefühl, wenn ich nicht aufpasste, würde die Gemeinheit bei ihr die Oberhand gewinnen. Also liefen wir zurück zum Parkplatz und nahmen den Pfad mit dem grünen Quadrat. Der Prius stand immer noch da.

Der grüne Pfad erwies sich als weniger gehegt und verwirrender als die anderen beiden Pfade – weniger gleichartige Felsen, unterschiedlichere Pflanzen und auch mehr Schlamm. Bald schon bahnten wir uns einen Weg an einem Bachlauf entlang. Der Bach war nicht sonderlich breit und gab ein angenehmes Gurgeln von sich. Er war ein Band aus klarem Wasser in einer schmalen Rinne, das mal über Felsschutt hinweg und mal munter an Gesteinsbrocken vorbeiplätscherte, und er sah aus, als würde seine Breite je nach Saison variieren, genau wie die von Miss Buono, unserer Sozialkundelehrerin. Das bemerkte ich Cassie gegenüber und fügte hinzu: »Jetzt haben wir August, und der Bach und Miss Buono sind beide in der Bikini-Saison: also ausgemergelt.« Da musste Cassie laut lachen – das Wort »ausgemergelt« hat was wahnsinnig Lustiges, wenn man es ganz oft wiederholt. Aber sie konnte nicht widerstehen und gab zurück: »Die hat doch *immer* einen fetten Arsch, egal welche Saison ist.« Und wir lästerten über den Arsch von Miss Buono, als Cassie plötzlich auf einen Baumstamm zeigte, der über den Bach führte und auf dem jemand drei große flache Steine aufeinandergelegt hatte.

»Was ist das denn?«

»Jedenfalls nicht der Weg. Das nächste grüne Quadrat ist da oben an dem Baum.«

»Es ist nicht *der* Weg, aber *ein* Weg.« Beim Blick über den

Bach konnte man einen Trampelpfad ausmachen, der sich schlängelnd im Wald verschwand. Unmarkiert, aber genutzt, und zwar nicht nur von einem Paar Füßen. Allerdings sah es aus, als wäre dort lange niemand mehr gegangen, was Cassie umso aufregender fand, wie ich ihr anmerkte.

»Das ist er bestimmt«, sagte sie.

Der Wald lag sehr still.

»Was meinst du, wer hat die Steine da hingelegt?«

»Ist doch egal«, entgegnete Cassie. »Die liegen doch da schon seit Ewigkeiten. Guck mal – Moos.« Der kleine Steinhaufen war mit nahezu leuchtenden Strahlenkranzmustern gesprenkelt.

»Okay. Los.« Ich betrat den Baumstamm, der weich und angefault von der Feuchtigkeit war und ein bisschen nachgab. Aber er brach nicht entzwei.

»Echt?« Cassie hatte ein Glitzern in den Augen, und mir ging auf, dass sie die ganze Zeit dachte, ich würde sagen, bis hierhin und nicht weiter. Sie hatte mich aufgestachelt, getriezt und als Feigling hingestellt; aber gleichzeitig verließ sie sich auf mich, wenn es darum ging, uns zu beschützen.

»Echt«, sagte ich.

Der Trampelpfad, so weit man davon sprechen konnte, schien zu kommen und zu gehen, und das Grün über uns wurde immer dichter, ließ immer weniger Sonne durch, als würden wir immer tiefer in den Wald dringen. Ich versuchte mir unseren Weg zu merken – rechts an dem breiten verfaulten Baumstamm vorbei, links an den zwei miteinander verschlungenen Ahornbäumen, das Wasser immer hinten links im Ohr, und das Gurgeln war erst näher, dann weiter weg, dann wieder näher. Ich wusste, dass ich diese Zeichen auf dem Rückweg umkehren musste (am verfaulten Baumstamm *links*), und hatte Angst, durcheinanderzukommen. Ich riss sogar ein paar Seiten aus dem kleinen Notizbuch in meinem Rucksack und befestigte sie unterwegs an den Ästen – sie würden aus dem verschwommenen Grün herausstechen wie Cassies weißer Verband, dachte ich.

Das desolate Gebäude ragte vor uns auf. Wir erklommen die Hügelkuppe, zum Licht hin, und erst mal sahen wir auf der anderen Seite nichts als noch mehr Himmel. Hundert Meter den Hang bergab traten wir aus den Bäumen und auf eine Wiese, die eindeutig mal eine breite Rasenfläche gewesen war, wo sich lange Gräser in der heißen Sonne wiegten und aus allen Ecken das verzagte Sägen der Grillen erklang. Wildblumen wuchsen hier und da zwischen den Gräsern – aufblitzendes Rosa, Lila und Orange inmitten des gebleichten Kräuselns: Sonnenhut, Schmuckkörbchen, Kamille, Mädchenauge. Und die Luft, die unter den Bäumen so lange feucht gewesen war, roch trocken, ein Spätsommerduft von Geborgenheit.

Die lange, hier und da von dürren jungen Bäumen durchbrochene Wiesenfläche endete an einem Treppchen zu einer steinernen Terrasse. Wir hatten uns von der Rückseite genähert. Statt der runden Auffahrt, dem Säulengang und den Garagen sahen wir nun eine Reihe verdunkelter Fenster, die in der dreistöckigen U-förmigen Mauerfassade wie Augen wirkten, als wäre das Gebäude ein beinahe menschliches Monster. Im Erdgeschoss, in den Flügeln zu beiden Seiten, sahen wir braun gestrichene Eisentüren. Doch in der Mitte des U – in seiner Senke, sozusagen – erstreckte sich eine lange Reihe von bodentiefen Fenstern, die auf eine Terrasse hinausgingen, und dort konnte man sich, nur einen Moment lang, die Residenz des reichen Mannes vorstellen, die das Haus ursprünglich gewesen war: Man konnte sich vorstellen, wie die Terrassentüren weit geöffnet sind, wie die Vorhänge in der Brise flattern, auf der Terrasse ein paar Tische im Schatten großer Sonnenschirme stehen und eine Party im Gange ist mit eleganten Männern und Frauen, die Teetassen aus Porzellan in der Hand halten oder Zigarren rauchen. Dann fiel der Blick auf die schwere Kette mit dem Vorhängeschloss, die durch die Streben der Kliniktüren verlief – verrostet, aber immer noch neuer, als es die allgemeine Auflösung zunächst suggerierte. Ein paar schlecht entfernte blaue Graffiti erstreckten sich über eine ganze Wand. Wir konnten die Worte GO CAVALIERS entziffern – das Eishockey-Team unserer Highschool – und das Wort MOTHERFUCKERS.

»Mittagspause«, sagte ich. Als wir die Terrasse erreichten – die nicht nur mit Laub, sondern auch mit Scherben, kaputten Dachziegeln, eingedrückten Bierdosen und Kippen übersät war –, ließ ich mich auf die oberste Stufe fallen, das Haus hinter mir und der haarige grüne Wald, aus dem wir gekommen waren, vor mir, und öffnete auf dem schmutzigen steinernen Gesims meinen Rucksack. Erst legte ich das Geschirrhandtuch aus der sauberen Küche meiner Mutter aus, und darauf legte ich Stück für Stück die Karotten- und Gurken-Sticks, die hartgekochten Eier mit den kleinen, aus Dinern geklauten Salzpäckchen, die in Alufolie gewickelten Sandwiches, die Trinkflaschen, eine mit Limonade, eine mit Eistee, die Eiswürfel darin längst geschmolzen.

Während wir aßen, pirschte Cassie auf der Terrasse umher und spähte durch die Fenster, wobei sie ihr Sandwich auf die ihr typische Art in beiden Händen hielt, was dadurch leicht komödiantisch wirkte, dass eine der beiden Hände eine bandagierte Pfote war.

Was wussten wir über die Nervenklinik? Nicht viel. Um die letzte Jahrhundertwende herum war sie von einem Stoffhändler namens Ebenezer Otis gebaut worden, der dort seine Sammlung asiatischer Kunst aufbewahrte. Seine Fabriken waren in Lowell, sein Stadthaus auf der Commonwealth Avenue in Boston; aber dieses Haus außerhalb von Royston war sein Landsitz. Im Börsencrash von 1929 verlor er sein gesamtes Vermögen, Haus und Kunst mussten verkauft werden. Eine Anzahl großer Vasen, Elfenbeindrachen und lackierter Truhen war vom Peabody Essex Museum aufgekauft worden, ein paar davon sind sogar zu besichtigen.

Am Ende erwarb der Staat Massachusetts das Grundstück zu einem Spottpreis – wo waren die Otis-Nachfahren heute? In Eigentumswohnungen am Stadtrand von Gloucester? –, und nachdem man es ein paar magere Jahre lang hatte leerstehen lassen, wurde es in eine Nervenheilanstalt für Frauen umfunktioniert, die Bonnybrook-Klinik. Was wohl auf den Bach anspielte. Es beherbergte bis zu 45 Frauen auf einmal, die an diversen Erkrankungen litten – Depression, Manie, Schizophrenie, Suchtkrankheiten. Den Aufzeichnungen nach wurden viele wieder gesund und kehrten in ihr altes Leben zurück.

Die Zeit verging, Ansichten änderten sich und damit auch Gesetze und Fördermittel. Ende der achtziger Jahre galt die Bonnybrook-Klinik als unrettbar, im Jahr 1993 schließlich wurde sie dichtgemacht und fiel der Vergessenheit anheim.

Als Teil des Grundstücks, zu dem auch der Steinbruch gehörte, wurde sie an ein Konsortium verkauft, das sich dann aber nicht auf ihr Schicksal einigen konnte – ob sie in Wohnungen aufgeteilt oder restauriert und in ein Schlosshotel verwandelt werden sollte. Es ging das Gerücht von einem nicht enden wollenden Rechtsstreit. Die Klinik stand länger verrammelt und leer, als ich auf der Welt war.

Ich stellte mir vor, dass das Gebäude die Traurigkeit der dort gefangenen Frauen in sich trug, der magersüchtigen Teenager und der jungen Mütter, die Stimmen hörten, und der alten Frauen, die an ihren persönlichen Tragödien zerbrochen waren. *Sehen* konnte ich sie nicht – da war keine sichtbare Horde von Geistern, die aus den entseelten Fenstern guckten –, aber ich hatte dennoch das Gefühl, dass sie sich ins Territorium eingeschrieben hatten.

Cassie hatte dieses Gefühl überhaupt nicht – eher im Gegenteil. Sie ließ sich den Spaß nicht nehmen. Ich trödelte hinter ihr her, während sie das gesamte Gebäude umrundete, eine klapprige Feuerleiter hochkletterte und an jedem Stockwerk ergebnislos an den Fensterrahmen rüttelte.

Als wir die Vorderseite des Gebäudes erreichten, seine breite, kreisförmige Auffahrt war seit langem verwildert, die seitlich gelegenen Stallungen baufällig, zählte sie die Eingänge – sechs Erdgeschossfenster, drei sichtbare Türen – und teilte sie zwischen uns auf. Während ich halbherzig an einem verriegelten Knauf rüttelte, hörte ich das Klirren von zerbrechendem Glas. Ich sah Cassie merkwürdig vorgebeugt dastehen, das Ohr an ein Fenster gepresst und ihre Pfote am Rahmen, den gesunden Arm durch das zerbrochene Fenster geschoben, als brächte sie gerade ein Kälbchen zur Welt.

»Hast du sie noch alle?«

Sie drehte nicht mal den Kopf. Sie hatte die Zungenspitze zwischen die Lippen geschoben wie im Matheunterricht, wenn sie sich konzentrierte, hielt aber kurz inne und sagte: »Ich krieg's hin, Juju. Ich hab's gleich.« Dann probierte sie eine Weile weiter und sagte: »Ich hab das Fenster nicht eingeschlagen. Das war schon so. Ich hab nur die Scherben am Rand rausgeschlagen.«

»Sag das mal der Jury.«

»Gott, was ist denn mit dir los?« Wieder steckte sie die Zungenspitze raus, drehte und hantierte. Und wieder hielt sie inne. »Siehst du denn nicht, dass das alles *uns* gehören könnte? Unsere eigene Welt, eine *echte* Welt, selbst gefunden und selbst gemacht und nur für uns beide? Unser echtes Geheimnis?«

Als sie das so sagte, begriff ich plötzlich, was sie meinte. Das Schloss sah mit einem Mal anders aus, es war kein Haus der Trauer mehr, kein Unterschlupf für besoffene Hockeyspieler von der Highschool, kein möglicher Schlafplatz für entlaufene Häftlinge aus der Vollzugsanstalt oben am Highway. Ich sah sie vor mir: Die Bonnybrook-Klinik als magischen Ort, den wir erfinden konnten, nur wir beide, und den wir in Besitz nehmen konnten, genau wie wir es uns vorgestellt hatten, bevor wir herkamen, als Bühne für die besten unserer ausgedachten Abenteuer. Wie die heiße Sonne und die Grillen, wie die leuchtenden Wildblumen musste man sie als Geschenk sehen und nicht als finstere Bedrohung. Als hätten wir die Macht – Cassie und ich, wir beide, zwölf Jahre alt –, alles nach unseren Wünschen zu gestalten.

»Lass mich mal«, sagte ich. »Mein Arm ist länger.« Cassie

und ich sahen einander mit angedeutetem Lächeln an, einer Art beidseitigem Mona-Lisa-Blick. Vorsichtig, um sich nicht an den Scherben zu schneiden, zog sie ihren guten Arm aus der Öffnung, richtete sich auf und trat auf dem knirschenden, kaputten Glas unter ihren Füßen zurück.

Ich nahm Cassies Platz ein, faltete mich zusammen wie ein seltsames Origami, drückte die Wange gegen eine intakte Glasscheibe und den Hals flach gegen eine Fenstersprosse und schob meinen linken Arm, meinen Schreibarm – meinen besseren Arm, wie ich mit leichtem Schuldgefühl immer dachte – mit drehenden und suchenden Bewegungen in das Haus hinein.

Die Luft im Innern war kühler, frisch auf meiner Haut. Ich spürte den Riegel, kam aber mit dem Arm nicht hoch genug, um ihn von einer Seite zur anderen zu schieben.

Cassie fing an zu lachen.

»Was?«

»Hab ich gerade auch so geguckt?« Sie schnitt eine Grimasse.

»Das ist *schwer.*«

»Das brauchst du mir nicht zu erzählen.« Wieder lachte sie, leicht mit ihren Vogelknochen wie der Wind im Gras.

»So geht's nicht.« Als ich mich zurückzog, hinterließ ich einen Schweißfilm auf der Scheibe.

»Es muss aber«, sagte Cassie. »Wir gehen da rein.«

Ich spähte durchs Fenster. Wir standen draußen vor einem großen Gemeinschaftsraum mit aufwendiger Stuckdecke und hüfthoher Vertäfelung. Überall bröckelte der Putz und hier und da entlang der Wände blühte der Schimmel, riesengroße Blumengemälde. Ein Stapel Klappstühle stand an der Rückwand des Raums, und neben einer Schwingtür rosteten haufenweise alte Farbdosen vor sich hin. Die Luft war diesig vom Staub, und der ganze Boden – einst elegantes Parkett, wie man es aus Ballsälen kennt – war übersät mit Abfall, Putz und Plastikflaschen und irgendwas, das nach getrocknetem Schlamm aussah. An der Decke hingen zwei Kronleuchter, hässliche klobige Wagenräder, die bestimmt mal billig angeschafft worden waren, um die ursprünglichen Leuchter zu ersetzen. Neben den Stühlen zog sich ein langer Buffettisch an der Rückwand entlang: Es war der Speisesaal.

Ich schirmte meine Augen mit beiden Händen ab und sah ihn fast vor mir, den anstaltseigenen Raum, die aufeinandergestapelten feuchten Tabletts in Holzoptik und die apathischen Mädchen mit ihren strähnigen Haaren, kaum älter als ich, die vor den dampfenden Bottichen mit Baked Beans und weichgekochtem Brokkoli Schlange standen, eine grässliche Umkehrversion von Ferienlager, ohne Carepakete und ohne danach von den Eltern abgeholt zu werden.

Ich sah auch das glänzende Parkett unter den kristallenen Kronleuchtern, die einst zwischen den Stuckrosetten hingen, und die flackernden Wandleuchter an den Wänden, deren diffuses und unbeständiges Licht auch hier wieder die Gesichter der Mädchen erhellte – und die der Jungen –, kaum älter als ich, aber in einem ganz anderen Leben, ein Leben aus bunt lackiertem Spielzeug und Samtkleidchen, die jungen Männer in Anzugjäckchen, eine Jazzband in der hinteren rechten Ecke des Raums, wo man garantiert extra ein Podium aufgebaut hatte. Kein Buffettisch mit Plastikverkleidung und roten Wärmelampen, sondern lange Tische mit Stofftischdecken, silbernen Punschterrinen und Pyramiden aus Petits Fours und Schokoladenerdbeeren und dahinter eine stumme Reihe junger Männer und Frauen in dunklen Uniformen – das Personal, das der vergoldeten Jugend von North Shore jeden Wunsch von den Lippen ablas.

Es war nur ein verlassener, fast leerer Raum, aber genau wie Cassie wusste jetzt auch ich, dass wir da reinmussten. Ich war dafür, das Glas oberhalb der kaputten Scheibe einzuschlagen. Dann bekäme ich problemlos den Fensterriegel zu fassen.

Uns war klar, dass wir damit eine Grenze überschritten. Das hier war mehr, als auf Lunas Sommerparty letzten Juni mit Devon Macintyre unten auf dem Friedhof an einem Joint zu ziehen; und es war mehr als damals, als Cassie ihrer Mutter einen Zwanziger aus dem Portemonnaie klaute, um trotz Bevs ausdrücklichen Verbots im Multiplex eine Riesentüte Skittles und zwei große Becher Cola zu kaufen. Es war ein Verstoß gegen das Gesetz: Auf dem Schild am Tor draußen an der Straße stand ZUTRITT VERBOTEN. ZUWIDERHANDLUNGEN WERDEN STRAFRECHTLICH VERFOLGT, und wir verschafften uns gerade Zutritt, und zwar nicht einfach so, sondern gewaltsam. Aber es fühlte sich an wie eine Notwendigkeit, als hätten wir im Grunde keine andere Wahl.

Ich ließ Cassie weit zurücktreten, während ich die Scheibe einschlug, denn ich wollte nicht, dass sie von fliegenden Scherben getroffen würde oder dass sie Splitter in den Verband kriegte. Sie stand da und verfolgte das Geschehen mit demselben überirdischen Blick, den sie eben noch beim Überqueren der Wiese gehabt hatte. Ein Blick, dem, wenn man so will, etwas Schicksalhaftes innewohnte.

Nachdem wir durch das geöffnete Fenster geklettert waren, jauchzte Cassie – eine Art Probejauchzer, der immer lauter wurde, bis er durch den leeren Raum hallte. Dann drehte sie sich mit ausgestreckten Armen im Kreis, wobei sie wirbelnde Spuren auf dem staubigen Boden hinterließ, und hörte gar nicht mehr auf zu jauchzen. Sorgenvoll besah ich den Schnitt entlang meines Ellenbogens – er war nicht tief, aber beim Zusammendrücken kam ein kleines Rinnsal Blut hervor, das ich abwischte und von meinem Zeigefinger lutschte. Meine Mutter sagte immer, wenn man kein Desinfektionsmittel zur Hand hat, soll man eine Schnittwunde sauber ausbluten lassen, damit die Keime rausgespült werden. Dafür sorgte ich also als Erstes.

Wir schoben uns durch die Schwingtür, um uns die Küche anzusehen: zwei große rechteckige Räume, von Wand zu Wand mit schwarzweißem Schachbrettmusterboden ausgelegt wie bei uns zu Hause, nur kilometerweise, es hatte was von *Alice im Wunderland*; und reihenweise Arbeitsflächen aus Edelstahl, glanzlos von Jahre altem Schmutz. Cassie probierte die Hähne über einem der Industriewaschbecken aus, aber es kam kein Wasser raus, zum Glück, da es die komplizierten Spinnweben über dem Becken weggespült hätte. Wir öffneten ein paar Schranktüren – die nicht aus Metall waren, sondern aus gestrichenem Holz, oder einst gestrichenem Holz, und als wir sie auf ließen, baumelten die Türen wie betrunken an ihren Scharnieren –, fanden aber nichts als ein Bündel eingetrocknete Malerpinsel und eine uralte leere 3-Liter-Plastikflasche Cola.

»Hier waren Leute.« Cassie zeigte auf ein paar klebrige Ringe im Staub auf einer der Küchentheken.

»Meinst du, die Cola ist noch aus der Zeit, als der Laden

ausgeräumt wurde, vor zwanzig Jahren? Oder von letztem Jahr, als, sagen wir mal, DeLouis Runyon sich hier versteckt hat?« DeLouis Runyon war ein Schüler aus Worcester, der dadurch Berühmtheit erlangte, dass er seinen Mathelehrer und dazu noch seinen Eishockeytrainer zusammenschlug und dann vor der Polizei flüchtete. 72 Stunden lang war er unauffindbar, bevor er sich stellte. Niemand wusste genau, wo er sich aufgehalten hatte, zumindest hielten alle dicht. In der Bonnybrook-Klinik war er jedenfalls nicht gewesen – Worcester lag viel zu weit weg. Wahrscheinlich hatte er sich bei den Eltern seiner Freundin in der Garage versteckt.

»Von letztem Jahr? Glaub ich nicht. Aber vielleicht nicht von vor zwanzig Jahren. Die Ketten, hinten an den Türen, weißt du? Die sind neuer. Vielleicht hatten die mal ein Problem mit Leuten, die, na ja, hier drin waren, so vor fünf oder zehn Jahren, und haben deshalb alles zugemacht.«

Zusammen dachten wir über die irrsinnige Anzahl von Tagen nach, die dieses Gebäude leergestanden hatte und dass an jedem dieser Tage – und es waren weitaus mehr, als wir beide auf der Welt waren, wenn auch nicht ganz so viele wie alle unsere Tage zusammengenommen – in diesem Haus alles Mögliche hätte passieren können; und vor allem war es seltsam, dass an den meisten Tagen, sogar an *fast allen* Tagen, eben nichts passiert war. Klar, irgendwelche Jugendlichen wie wir waren eingebrochen, um hier abzuhängen und auf der Terrasse zu feiern, und vielleicht hatte irgendein Verrückter auch mal hier übernachtet. Vielleicht sogar ein halbes Dutzend Mal. Selbst wenn jemand einen ganzen Monat in der Bonnybrook-Klinik gehaust hätte, blieben immer noch 17 Jahre und 11 Monate, über 6000 Tage und Nächte absoluter Stille, ein einst von Menschen bewohnter Ort, der komplett unbewohnt war, den Spinnen, Streifenhörnchen, Rotkehlchen und vielleicht mal dem ein oder anderen Fuchs überlassen. Es überwältigte einen, ähnlich wie einen der Nachthimmel überwältigt, wenn man auf dem Rücken im Gras liegt und hochguckt in all die winzigen Lichtpunkte und sich die unvorstellbaren Entfernungen zwischen den Sternen und der Erde vorstellt und wie lange sogar das Licht gebraucht hat, um unser Auge zu erreichen, so lange, dass der Stern, von dem das Licht ausgeht, vielleicht gar nicht mehr existiert.

»Ich bin dafür, dass wir uns erst mal oben umsehen«, sagte Cassie.

In der Halle sahen wir die Treppe hinauf zu dem großen Buntglasfenster mit der Vase voller Lilien und dem roten Maßwerk, von dem nur ganz wenige Scheiben eingeschlagen waren; die bunten Scherben lagen verstreut auf dem Holzboden. Irgendjemand hatte die Bohlen hochgezogen und die Furchen darunter entblößt, doch die untere Treppensäule hatte sich als zu solide erwiesen für die Diebe – ihr geschnitzter Knauf war so groß wie mein Kopf, eine große, einst blankpolierte Kugel mit Blüten und Ranken, von denen eine sich erst das Geländer hinauf- und dann die gesamte Balustrade entlangzog.

»Siehst du sie nicht, die vornehmen Damen, wie sie die Treppe runterkommen?«, hauchte mir Cassie ins Ohr. »In ihren Abendkleidern?«

»Klar sehe ich sie«, sagte ich, und es stimmte, ich sah sie wirklich. »Und gleich dahinter, siehst du die verrückten Mädchen in den blauen Kittelschürzen mit ihren zerzausten Haaren und dem irren Blick? Siehst du die auch?« Ich stieß ein lautes gackerndes Lachen aus, das die Treppe hinaufhallte, das Lachen einer bösartigen Irren. »Das ist ihr Lachen – hörst du's? Es ist wahnsinnig laut.«

»Nicht.« Cassie drückte meinen Arm. Beide sahen wir die Treppe hinauf, wo in einem Sonnenstrahl über dem Geländer der Staub flirrte. Wir spürten sie in uns – ich wusste, dass Cassie sie genauso spürte wie ich; und auch sie waren unsere Schwestern. »Nicht.«

Zusammen mit Cassie in dieser Ruine zu sein – es war ein so besonderes Gefühl, das ich nirgendwo sonst mehr gehabt habe. Sollte ich es jemals wieder haben, werde ich es sofort wiedererkennen wie einen lang verflogenen Duft, und dieser Nachmittag und die späteren Nachmittage werden in all ihrer zutiefst empfundenen Intensität zu mir zurückkehren. Die Bonnybrook-Klinik war die bis dahin unwahrscheinlichste und zugleich lebhafteste Erfahrung unseres Lebens, und wie ein Traum – ein Traum, den Cassie und ich wundersamerweise im Tandem träumten, den wir gemeinsam berührten, hörten und fühlten. Die Klinik war verdunkelt von den Spuren ihrer Vergangenheiten; spannend, ja gruselig durch ihre Stille – aber dadurch, dass wir sie zusammen erlebten, auch weniger bedrohlich. In der Bonnybrook-Klinik zu sein war wie in Cassies und meinen eigenen Gedanken zugleich zu sein, als hätten wir einen einzigen Geist und könnten ihn gemeinsam auskundschaften, Geschichten erfinden und uns zu dem machen, was wir sein wollten.

Trotz schneller und schweißtreibender Schritte brauchten wir fast eine halbe Stunde, bis wir wieder am Parkplatz vor dem Steinbruch waren. Von den Kirschbaums war keine Spur zu sehen, und für die Leute, die nach der Arbeit zum

Baden kamen, war es noch zu früh. Der Steinbruch lag still wie ein Teller, das Wasser war schwarz unter den Schatten. Wieder sprach ich mich für ein Bad aus, und auch wenn Baden für Cassie nicht infrage kam – was nützte ihr das Wasser mit einer bandagierten Hand? –, willigte sie grollend ein, zu warten, während ich kurz eintauchte.

Ich zog mich bis auf die Unterwäsche aus – ich hatte einen BH an, den ich richtig schön fand, mit Leopardenmuster in Neongrün und Braun mit neongrünem Besatz – und sprang vom Fels, ohne auch nur einen Zeh ins Wasser gehalten zu haben. Es überraschte mich total in seiner Glätte und Kühlheit, es war ein regelrechter Schock, und von meinen hastigen Schwimmzügen einmal quer rüber prickelten meine Nerven wie Wunderkerzen.

Cassie ließ die Füße baumeln, das Gesicht zum Himmel gewandt und die Augen geschlossen, als würde sie ein Gebet sprechen, und als ich am anderen Ufer im Wasser pausierte und zu ihr rübersah, leuchtete sie winzig und zerbrechlich im hingetupften Licht des späten Nachmittags.

Von da an gingen Cassie und ich jeden Tag zur Nervenklinik. Wir packten uns ein Picknick, wanderten durch die Stadt und durch den Wald, folgten dem grünen Pfad über den Bach, vorbei an den vermoosten Steinen, den Hügel hinauf und über die Blumenwiese bis zum Schloss. Das Schwerste dabei war, meiner Mutter nichts zu erzählen. Ich hatte noch nie etwas völlig Außergewöhnliches erlebt und es für mich behalten. Ich hatte ihr davon erzählt, wie Jake Brenner versucht hatte, mit mir zu knutschen, als wir in der sechsten Klasse auf Hester Lees Party zusammen Blues tanzten. Ich hatte ihr erzählt, dass Andrew Day auf dem Sommerfest von

Cassies Kirchenjugend Gras dabeihatte. Ich hatte ihr erzählt, dass ich seit Jahren in Peter Oundle verknallt war. Sie fand immer die richtigen Worte und war nie zu neugierig, sie wartete immer ab, bis ich von allein ein Thema anschnitt, und ließ mich erklären, was mir wichtig war, ohne zu bewerten.

Cassie, die ihrer Mutter nie etwas anvertraute, hatte dieses Problem nicht. Bev Burnes war unzuverlässig; trotz ihres Dauerlächelns war sie launisch und eigenartig, und selbst wenn sie mit irgendwas erst mal zurechtzukommen schien, hieß das noch lange nicht, dass das so bleiben würde, und sie konnte Cassie Wochen oder sogar Monate später Dinge aufs Brot schmieren oder sie ausplaudern, als wären sie nicht von Belang. Cassie hatte mühsam lernen müssen, ihrer Mutter nicht zu vertrauen.

Jeden Tag stiegen wir die große Freitreppe hinauf und betraten lange Korridore mit fast identischen Zimmern, in denen zerrissene Jalousien vor gesprungenen und verschmierten Scheiben baumelten, wo Waschbecken voller schwarzem, vertrocknetem Schleim unter nutzlosen Wasserhähnen schief von den Wänden hingen. In einigen Zellen standen noch die Eisenbettgestelle, schon lange matratzenlos, Latten wie kaputte Klaviertasten, eingeknickte Beine, verrostet und zu einer Art Dinosaurierkunst mutiert. Wir staunten über die vereinzelten Farbexplosionen aus leuchtendem Schimmel, die in einigen der Zimmer die Wände überzogen – Orange, Wassermelone, Limette –, wo die eingesickerte Feuchtigkeit eine neue Lebensform hervorgebracht hatte. Am liebsten hätten wir alles fotografiert – mein neues Handy, ein Geburtstagsgeschenk, machte ziemlich gute Bilder –, aber wir wussten es besser.

»Keine Beweise«, sagte ich warnend, während wir die ausufernden Schimmelblüten bestaunten und Cassie nach meinem Rucksack griff, um mir zu bedeuten, dass sie an mein Telefon wollte. »Wir dürfen keine Spuren hinterlassen, nirgendwo.«

Sie hielt inne, blinzelte, wollte schon protestieren, dann aber nickte sie. »Keine Beweise«, flüsterte sie mit andächtiger Miene, und dann lachte sie. »Hat schon seine Richtigkeit, dass du überall Einsen schreibst, liebe Juju. Das Mädchen denkt voraus.« Wenn meine Mutter Fotos von der Nervenklinik auf meinem Handy fände, würden wir wochenlang Hausarrest bekommen. Das hier mussten wir im alten Stil machen. Wie es jahrhundertelang gewesen war, vor unserer Zeit: Niemand durfte etwas wissen.

Wir erkundeten die einstigen Einzelzellen – den Isolationstrakt, wie wir ihn nannten –, den Flügel, der über dem Speisesaal und hinter zwei dicken, schlecht schließenden Eisentüren lag, einen Korridor, in dem jede Zelle ihre eigene verstärkte Tür mit kleinem Schiebefenster hatte wie im Gefängnis und wo in jedem Zimmer die Fenster klein, hoch und vergittert hinaus blinzelten, mit Maschendraht in der Scheibe hinter den Gittern.

»Hier haben sie die echten Irren eingesperrt«, sagte Cassie.

»Ich frag mich ja, wie verrückt musste man sein? Und auf welche Art verrückt?«

»Und wenn's so viele gab, die so verrückt waren, dass alle Zimmer besetzt waren« – es waren etwa fünfzehn solcher kleinen Zellen auf diesem trostlosen Korridor – »wo sind sie alle hin?«

Ich hatte keinen blassen Schimmer. In den zwanzig Jahren konnten sie ja nicht alle gestorben sein – aber wenn doch, war die Welt dadurch nicht weniger verrückt geworden. Also wurde die sterbende Generation der Verrückten beständig durch neue Verrückte ersetzt, immer neue Wellen von Geisteskranken, beständig wie die Gezeiten. Es sei denn, es waren gar nicht die einzelnen Leute, die plötzlich anders waren, sondern die Gesellschaft: Gesetze wurden geändert, Anstalten geschlossen, und plötzlich waren die Verrückten nicht mehr verrückt. Vielleicht war es ja so: Wenn sich die Gesellschaft änderte, wurde irgendwie beschlossen, dass sie nie verrückt gewesen waren; es war alles nur ein Kategorienfehler gewesen.

Wie mag es gewesen sein, wochen-, monate- oder gar jahrelang in eine dieser Zellen gesperrt zu werden, nur um festzustellen, dass man eigentlich nie verrückt war und – wäre die Welt nur ein kleines bisschen anders gewesen – die Zeit genauso gut zu Hause in seinem Schlafzimmer hätte verbringen können?

Das hieße, dass man sich nie ganz sicher sein konnte. Besser also man glaubte, geistig gesunde Menschen seien geistig gesund und verrückte Menschen seien verrückt, denn so konnte man die beiden Menschentypen auf zwei Seiten einer Mauer unterbringen und schön voneinander getrennt halten. Wo sollten die Verrückten auch sonst hin? Wo waren sie hin? Waren sie unter uns? Waren wir die Verrückten?

Die Großküche, die Speisekammer, der Speisesaal, die Zimmer, die Aufenthaltsräume, die Waschräume, die kargen offenen Duschparzellen mit den fleckigen ochsenblutroten Kacheln und den verdrehten Duschköpfen wie Zyklopenaugen, die hallenden Flure, die Personalräume, die selbst nach zwanzig Jahren des Verfalls irgendwie gemütlicher waren als der Rest, Räume, die immer noch den Stuck, die Einbauregale und die Vertäfelung des Originalschlosses hatten, die Böden nicht gefliest, sondern noch aus Holz – all diese Winkel erkundeten wir gemeinsam, manchmal laut kreischend, um unsere Angst zu überspielen, manchmal, indem wir uns an den Armen fassten und auf Zehenspitzen gingen, wenn wir ein Eichhörnchen bei der Futtersuche hörten und für einen Menschen hielten oder den Geist eines Menschen.

Gemeinsam stellten sich Cassie und ich der Nervenklinik und unserer Angst davor, und am Ende des dritten Nachmittags fühlte sie sich vertraut an, fast heimisch, und wir rannten in den Korridoren mit klatschenden Schritten und lachten und schrieen und trennten uns sogar – an diesem dritten Nachmittag konnten wir wirklich *spielen* wie anfangs geplant, und wir spielten: Sie tat, als wäre sie die junge Dame des Hauses und ich ihr Verehrer, und sie verschwand oben und ich, ein heiratswürdiger Junggeselle der alten Schule, der ihr den Hof machte, verfolgte sie galant mit Paarreimen, bis sie kokettierend hervorkam, sich übers Geländer beugte und sich von meinen Schmeicheleien nach unten in die Eingangshalle locken ließ. Oder ein Versteckspiel: Ich war eine Irre, hatte komplett den Verstand verloren, wusste nicht mehr, wer ich war und woher ich kam, von mir selbst entfremdet und Gefangene in Zimmer 7 des Isolationstrakts, wo ich mich – sehr überzeugend, wie ich fand – auf dem Boden zusammenrollte und hin- und herschaukelte und so laut heulte, dass mich Cassie finden konnte, die von der Halle aus ihre aufwendige Suche gestartet hatte, und als sie mich gefunden hatte, war sie meine lang vermisste Schwester, saß neben mir und hielt mir die

Hand, und indem sie mir unsere Lieblingslieder vorsang, brachte sie mich zu mir selbst zurück, und sie erzählte mir von unserer gemeinsamen Kindheit, von unserem Hund Sheba und von unseren Eltern, CIA-Agenten, die auf tragische Weise auf derselben Mission ums Leben gekommen waren, bei der auch ich um Haaresbreite draufgegangen wäre, worauf ich traumatisiert und ohne Gedächtnis, allein und im Delirium auf einem Floß vor der Küste Maines getrieben war, und deshalb war ich hier in der Bonnybrook-Klinik gelandet, nur wenige Kilometer entfernt von meinem geliebten Elternhaus, wohin mich Cassie nun sicher zurückbringen würde.

In jenem Jahr nahmen wir in der Schule die griechischen Sagen durch, wir kannten uns also ein bisschen aus, und auch davon spielten wir einige nach. Sie war Iokaste, ich Ödipus. Ich war Agamemnon, sie Klytaimnestra. Sie war Herakles und ich Deïaneira.

Es kam die Zeit, da fühlten wir uns frei, und wir rannten und kreischten, als gehöre der Laden uns. Insofern hatten wir Glück, gerade in einem der oberen Zimmer zu sein, als eines frühen Nachmittags Rudy in seinem Truck vorfuhr, mit einer kläffenden Bessie auf der Pritsche, die Pfoten aufgestützt und die Nase im Wind. Ihr Bellen alarmierte uns; wir rappelten uns hoch und spähten jeweils seitlich aus dem Fenster unseres auserkorenen Zimmers (Zimmer 7 mit dem nutzlosen schwarzen Waschbecken, das wir mit Wildblumen von der Wiese gefüllt hatten) und betrachteten die beiden von oben. Bessie wusste, dass wir da waren. Vielleicht wusste sie sogar, wo wir waren. Ich hätte schwören können, dass sie die Ohren aufstellte, einen Moment lang ihr hektisches Stakkato unterbrach und zu mir hochsah.

Aber Rudy war müde oder faul – es war unglaublich heiß und schwül – und kurbelte einfach nur sein Fenster runter, damit Bessie hören konnte, wie er mit ihr schimpfte. »Halt die Fresse«, sagte er zu ihr. »Deine verdammten Eichhörnchen interessieren mich nicht.«

Neben seinem Geschimpfe und Bessies Gekläffe konnten wir das laute Wummern von Achtziger-Jahre-Musik hören – Bruce Springsteen vielleicht? Irgendwas, was mein Vater gut fand –, und ich wusste, dass Rudy in seiner eigenen Welt war, nicht in der wirklichen Welt, vielleicht stellte er sich vor, er wäre jung und hätte noch alle Zähne und wie er damals zu genau derselben dröhnenden Musik mit einem Mädchen durch die Gegend gekurvt war, falls das jemals geschehen war. Und weil er das Mädchen sehen konnte und sein jugendliches Ich sehen konnte und seine Jugend in der Melodie hören konnte, war es ihm unmöglich, den Verfall und den Abfall zu sehen, der wirklich vor ihm lag.

Trotzdem zitterten uns die Knie noch lange, nachdem er mit einer lauthals bellenden Bessie hinten auf der Pritsche und den Staub aufwirbelnd über die Auffahrt verschwunden war. Danach hörten wir auf zu rufen und zu klappern. Wenn Rudy aus heiterem Himmel auftauchen konnte – wir hatten ihn nicht mal kommen hören –, konnten ja alle möglichen Leute auftauchen. Stück für Stück kehrten die Geister der ehemaligen Insassen und geflohenen Häftlinge und die fieseren Elemente der Eishockeymannschaft zurück in unsere Köpfe, und in der nächsten Stunde wurde die Bonnybrook-Klinik wieder so gruselig wie am ersten Tag. Unsere Spiele waren plötzlich nicht mehr lustig, und wir packten früh unseren Kram zusammen, um in gedämpfter Stimmung abzuziehen und dabei irgendwas von einem Gewitter zu murmeln, das für später angekündigt worden war.

Am nächsten Tag, einem Freitag, regnete es in Strömen. Bev war besonders hektisch, als sie Cassie bei uns absetzte – »Hab's furchtbar eilig. Ich muss zu Abe Petersen, er wartet auf sein Morphium. Die Nachtschwester hat ihre letzte Runde versäumt, er ist seit Mitternacht ohne. Knochenkrebs. Das muss man sich vorstellen.«

»Lieber nicht«, erwiderte meine Mutter, schob Cassie ins Haus und Bev aus der Gartentür ins Freie. Später beim Abendessen sagte sie: »Wieso ist sie überhaupt aus dem Auto ausgestiegen, wenn sie's so eilig hatte? Um uns ein bisschen den Flur unter Wasser zu setzen?«

Mein Vater lächelte und wog seine Gabel voll Cranberry-Quinoa. »Bev liebt den großen Auftritt«, sagte er. »Sie denkt, wenn's keiner gesehen hat, ist es nicht passiert.«

Das klang sehr wahr, und ich fragte mich, welche anderen Eigenschaften so ein Mensch wohl haben mochte. Ich fragte mich, ob ich am Ende selbst so ein Mensch war: Ich stellte mir auch immer gern ein Publikum vor. Wenn ich Tagebuch schrieb, konnte ich mir nicht vorstellen, dass die einzige Person, die es jemals lesen würde, ich selbst war; dabei war der ganze Sinn eines Tagebuchs ja, Dinge festzuhalten, von denen sonst niemand erfahren sollte. Vielleicht, dachte ich manchmal, war der andere Leser ja einfach man selbst, nur in älter, dasselbe Ich, nur durch die Zeit verändert. Auch das gab mir zu denken, denn was war ein Ich, eine Person, wenn sie sich so sehr verändern konnte – so sehr wie, sagen wir, ein leeres Gebäude? Auf was konnten wir uns denn überhaupt verlassen, außer auf die Felsen im Steinbruch?

Doch als Cassie kam, ihr fast weißes Haar über den Schultern tröpfelnd von dem kurzen Weg vom Honda zum Haus, den weißen Verband in der Luft, war ich stattdessen in Gedanken mit der Frage beschäftigt, ob wir lieber Bananenbrot oder Chocolate Chip Cookies backen sollten, ob wir eine Comedy oder einen Actionfilm gucken sollten, ob wir nachher Freundschaftsarmbänder knüpfen oder ein Theaterstück schreiben sollten.

Am Montag darauf kam frühmorgens ein Anruf von Marj, die es auf ihre Art hinbekam, Güte in Geschäftsmäßigkeit zu verpacken, und sagte, sie habe es sich überlegt und wisse, wie leid uns die ganze Sache sicherlich tue und ob Cassie und ich zurückkommen wollten, um bis Ende des Monats bei den Katzen auszuhelfen – wohlgemerkt nur bei den Katzen –, denn so hätten vielleicht alle die Chance, mit der ganzen traurigen Geschichte besser klarzukommen. Sie hatte als Erstes bei Bev und Cassie angerufen, wie ich später erfuhr, und Bev hatte schon zugesagt, insofern wurde meiner Mutter die Entscheidung erleichtert, wenn nicht abgenommen. Am Nachmittag desselben Tages standen wir also wieder in unseren Kitteln im stinkenden eiskalten Katzenzimmer des Tierheims, steckten bis zu den behandschuhten Ellenbogen in vollgekackter Katzenstreu und begeisterten uns für die Kätzchen Xena und Electra, die wir schließlich mit nach Hause nehmen sollten.

Von dort aus rollte sich das letzte Stückchen Sommer wie ein Faden von der Spule. Immer wieder nahmen wir uns vor, noch mal in die Bonnybrook-Klinik zu gehen, aber immer kam irgendwas dazwischen. Cassie wurde der Verband abgenommen, ihre Hand war vernarbt, aber voll funktionstüchtig. Wir kehrten an den Pool der Saghafis mit seinem synthetisch blauen Wasser zurück, als hätte uns der Steinbruch nie gelockt, als hätte er nie existiert. Wir machten Pläne für den Herbst, wir gingen shoppen für den Schulanfang, wir schliefen gesund und munter in unseren Betten und machten weiter mit unserem Leben.

Nur wenige Monate später erfuhren wir, dass das Grundstück weiterverkauft worden war und dass sich die Bauunternehmer in Boston vor dem Stadtparlament dafür starkmachten, um das Originalschloss herum Eigentumswohnungen hochzuziehen. Außerdem erfuhren wir, dass die neuen Besitzer das Grundstück mit Stacheldraht abgeriegelt hatten, auch den Pfad, der vom Steinbruch aus durch den Wald führte.

Danach kamen uns aus allen möglichen Gründen unsere Bonnybrook-Tage, unser gemeinsamer Traum, immer mehr vor wie etwas, das möglicherweise nie passiert war. Und als Cassie und ich schließlich getrennte Wege gingen, hatte keine von uns mehr jemanden, der sie vom Gegenteil hätte überzeugen können.

ZWEITER TEIL

Meine Mutter versichert mir, dass es früher oder später jedem so geht, aus mehr oder weniger nachvollziehbaren Gründen; jeder verliert irgendwann einen besten Freund. Nicht im Sinne von »Sie ist weggezogen nach Tucson«, sondern im Sinne von »Wir haben uns auseinandergelebt«.

Ich, die ich immer mit Stolz von mir behaupte, die Dinge zu begreifen, kriege noch heute nicht richtig auf die Reihe, was eigentlich passiert ist. Cassie hatte ihre eigene Version, wobei ich sie nie von ihr erfuhr, und als ich sie sehr viel später direkt fragte (»Was ist mit uns passiert?«, so formulierte ich die Frage, was sehr viel sachlicher klang, als mir zumute war), sah sie mich lange an – ein Blick, den ich als »gekränkt« bezeichnen würde, dabei war ich doch diejenige, der man Unrecht getan hatte, oder? – und schüttelte leicht den Kopf. Als ich ihr die Chance gab, sich zu erklären, war das alles, was dabei rauskam.

Die siebte Klasse ist für die meisten schwierig. Meine Eltern sagten, es sei die Zeit in ihrem Leben, die sie am wenigsten noch mal erleben wollen würden, was wenig hilfreich war, da ich selbst ja keine Wahl hatte, als sie zu erleben. Wobei die Siebte für jeden auf andere Art schwierig ist. Für Zach Filkins war sie schwierig, weil es keinen Matheunterricht gab, der ihn genug forderte, und weil er rübermusste in die Highschool, um dort bei den Neuntklässlern am Fortgeschrittenenkurs teilzunehmen. Dafür interessierte sich Zach nicht für den Abschlussball an unserer Schule, also fragte er keines der Mädchen, ob es mit ihm hingehen wolle, und brauchte daher auch nicht darüber nachzudenken, eventuell einen Korb zu kriegen. Brent O'Connor dagegen – ein netter Typ, der aber als Siebtklässler gerade mal 1,52 Meter maß – musste die Schmach einstecken, von drei Mädchen abgewiesen zu werden, unter anderem auch von mir (ich war schon 1,68 Meter – eine völlig unmögliche Kombination). Dann gab es die etwas anders gelagerte Herausforderung, Alicia Homans zu sein, das vierte Mädchen, das er fragte und das zwar Bescheid wusste, aber munter und erhobenen Hauptes die Einladung annahm, als wäre sie die erste Wahl gewesen.

Dergestalt sind die sozialen Rangkämpfe, die Qualen und Peinlichkeiten der Pubertät (ich werde die Mischung aus Triumph und Mitleid nie vergessen, die mich überkam, als Bridget Mulvaney durch den Korridor stolzierte und ihre berühmten rotbraunen Locken zurückwarf, ohne zu merken, dass ein untertassengroßer Blutfleck auf ihrem lila Zigeunerrock prangte), und die Last der Welt, die sich in unterschiedlichem Maße auf jeden von uns legt, wenn wir die seligen Gefilde der Kindheit verlassen, um künftig im Irdischen zu weilen.

In der siebten Klasse machte Claus Robben seinem Namen alle Ehre und wurde im Walmart festgenommen, als er eine Kamera mitgehen ließ. Andrew Dray bekam von seinem Polizistenonkel eine Verwarnung ausgesprochen, weil er gekifft und nebenbei ein bisschen gedealt hatte. Gerüchten zufolge gab Stacey Bilic Ende Mai desselben Jahres auf Tessa Rubins Party an einem einzigen Abend einem halben Dutzend Jungs einen Blowjob, und für Stacey bestand der

Kampf darin, dass es keine Rolle spielte, ob an den Gerüchten was dran war oder nicht. Es hatte wenig Sinn, die Sache laut abzustreiten, denn das sagte nicht mehr über die Wahrheit aus als die ursprüngliche Story: In der siebten Klasse wechselten wir plötzlich über in eine Welt der erwachsenen Handlungen und erwachsenen Mutmaßungen.

Es war außerdem eine Welt des erwachsenen Bewusstseins mit all der dazugehörigen Seltsamkeit. Etwa: Die Geschichte meiner Mutter über Cassie und mich ist, dass unsere Wege immer schon dazu bestimmt waren, sich zu trennen, und einfach ihren natürlichen Lauf nahmen. Es wurde zum Beispiel vorausgesetzt, dass ich irgendwann studieren würde. Weil meine Eltern davon ausgingen, aber auch deshalb, weil ich es wollte, weil ich gut in der Schule war und stolz darauf und mir gar nicht vorstellen konnte, nach der Schule nicht noch mehr zu lernen. Selbst damals, als ich davon träumte, Popstar zu werden, stellte ich mir vor, zwischen den Auftritten an der NYU oder der UCLA zu studieren.

Doch Cassies Mutter war nie aus Freude am Lernen an einer Uni gewesen. Sie hatte ihre Ausbildung zur Krankenschwester erst spät absolviert, mit Mitte zwanzig, kurz bevor sie Cassie zur Welt brachte. Sie hatte nach der Highschool als Kellnerin gejobbt und danach angeblich bei Macy's in der Abteilung für Damen-Accessoires – was mich erstaunt hatte, weil ich immer dachte, wer in einem Kaufhaus arbeitet, müsse ordentlich und elegant sein.

Cassie war nicht besonders gut in der Schule, und sie ging auch nicht gern genug hin, um sich anzustrengen, und in der siebten Klasse hatte das Konsequenzen. Wir waren jetzt in der Mittelstufe; die neue Schule lag ein Stück weiter die

Route 29 rauf, unweit des Tierheims. Für diejenigen von uns, die aus Royston kamen, umfasste die Mittelstufe nur zwei Schuljahre, weil die Grundschule in Royston eine sechste Klasse hatte; aber viele der anderen Schüler aus benachbarten Städten waren dort schon seit einem Jahr. Das Schulgebäude, grauer Beton und ganz anders als unsere gemütliche, alte viktorianische Grundschule in der Innenstadt, lag auf einem riesigen Parkplatz zwischen zwei Einkaufszentren. Die Kunstrasenflächen leuchteten das ganze Jahr über merkwürdig grün; aber meist lebten wir in den fensterlosen Gängen, ein Schließfach neben dem anderen, wir alle unförmig und speckig im Schein der Neonröhren. Die Kinder aus den anderen Städten wirkten größer und älter als die Kinder, die wir kannten. Während sich Schule bis dahin angefühlt hatte wie eine fröhliche dysfunktionale Familie – die meisten unserer Mitschüler kannten wir schon unser Leben lang –, fühlte sie sich jetzt an wie ein Paradeplatz, wie ein Theater der Absurditäten. Plötzlich hatten wir unterschiedliche Stundenpläne, unterschiedliche Lehrer, unterschiedliche Klassenzimmer; verstreut wie wir waren, fingen wir nicht mal mehr morgens zur gleichen Zeit an oder hatten gemeinsam Schulschluss. Cassie und ich wurden von der Bürokratie gewaltsam getrennt.

Ich wurde in Mathe und Englisch in den Fortgeschrittenenkurs eingestuft, und obwohl wir strenggenommen Geschichte zusammen gehabt hätten, kamen Cassie und ich in verschiedene Gruppen, und rätselhafterweise landete sie in der mit den Problemschülern wie Stacey Bilic und Andrew Dray, während ich bei May Hwang, Zach Filkins und Angie Pitts landete, der Tochter von Mr. Pitts, dem Highschool-Geschichtslehrer. Cassie und ich hatten also nur noch zusammen Sport und Orchester, wo sie Querflöte spielte und ich Cello und wir von vornherein auf verschiedenen Seiten des Raums saßen.

So sei das gekommen, glaubte meine Mutter, und vielleicht hatte sie teilweise recht. Ich hingegen gab der Neuen die Schuld, Delia Vosul, die aus der übernächsten Ortschaft kam und der ich sehr schnell den Namen Elendspfuhl verpasste.

Erst lachte Cassie und wir machten uns zusammen über Delia lustig – sie hatte eine orangeblonde Fönfrisur, trug überquellende Push-up-BHs und glänzenden Lipgloss und hatte eine Art, die Jungs aus dem Winkel ihrer halbgeschlossenen Mandelaugen anzugucken wie Sofía Vergara, als wäre sie der Star ihrer eigenen TV-Serie.

Doch Delia und Cassie hatten zusammen Geschichte, Mathe und Englisch, und es wurde Oktober und sie verabredeten sich zu »Lern-Dates«, die, wie ich zu meiner Mutter sagte, hauptsächlich aus Besuchen bei Rite Aid zu bestehen schienen. Cassie wollte mir weismachen, Delia sei eigentlich supernett – und witzig, sie sagte wirklich, Delia sei witzig: Wo jeder sehen konnte, dass das Mädchen ungefähr so viel Humor hatte wie ein Backstein. Dann stellte sich heraus, dass Delia gerne sang, dass sie genauso wie ich Popstar werden wollte und vorhatte, zum Vorsingen für das Frühjahrsmusical zu gehen, doch als sie begleitet von Cassies bewunderndem Zahnlückengrinsen in der Cafeteria einen Song von Adele zum Besten gab, war ihre Stimme dünn und kratzig und schief, und sie merkte es nicht. Mr. Montgomery, der Musiklehrer, merkte anscheinend auch nichts, denn Delia bekam den Solopart im Chor, den wir bei der Schulfeier im Dezember aufführen sollten. Wahrscheinlich hätte ich niemals zu Cassie sagen dürfen, Montgomery wolle Delia nur an die Wäsche, aber ich hab's gesagt. Früher wäre Cassie meiner Meinung gewesen oder hätte zumindest gelacht, aber hörig wie sie war, biss sie sich nur auf die Unterlippe und wandte den Blick ab.

Insofern war es keine allzu große Überraschung, dass Cassie auf meine Frage nach unserer Halloweenverkleidung sagte, sie werde nicht mit mir umherziehen, sondern abends bei Delia Horrorfilme gucken. Erst später sollte ich erfahren, dass es sich eigentlich um eine Party mit Jungs gehandelt hatte, mitsamt Wahrheit oder Pflicht und Flaschendrehen, und dass auch ältere Jungs dabei gewesen waren. Der Abend begründete den gelungenen Eintritt des Elendspfuhls in die Liga der coolen Leute. Und übrigens auch Cassies Eintritt in diese Liga, obwohl sie sich über solche Dinge immer lustig gemacht hatte. Sie waren, wie ich herausfand, nur zu zehnt: fünf Mädchen und fünf Jungen, unter anderem auch Peter Oundle aus dem Jahrgang über uns, mit dem Cassie an genau diesem Abend zusammenkam und den sie noch vor Weihnachten wieder abschoss – obwohl sie genau wusste, dass ich schon ewig hinter ihm her war.

Ich konnte mir nicht helfen, aber irgendwie hatte ich das Gefühl, dass sie mit Peter Oundle nur anbändelte, um mich zu kränken. Angeblich hatte sie nie verstanden, was ich an ihm fand. Vielleicht hatte Delia ihr eingeredet, dass Peter begehrenswert sei, und es ging gar nicht um mich. Oder es ging darum, dass er auf sie abfuhr; denn laut Cassie (wobei ich mit mir haderte, ob ich ihr glauben sollte) hatte Peter ihr gestanden, dass er schon in sie verknallt gewesen sei, als wir alle noch klein gewesen waren.

Weshalb auch immer sie sich von ihm hatte küssen lassen, es tat verdammt weh. Wir stritten uns nicht direkt – das hätte ich nicht riskieren können –, aber unsere Beziehung kühlte ab. Wir traten durch den Spiegel in eine Welt der aufgesetzten Freundlichkeit, wo Cassie mir ein angemessen breites Lächeln zuwarf, wenn sie mich sah – so in etwa. Es war wie eine Parodie ihres alten Lächelns; und ich lächelte ebenfalls, wobei es sich wie eine Grimasse anfühlte und ich sicher war, dass alle um uns herum die Sache durchschauten, Cassie an erster Stelle. Aber sie blieb dabei; sie lächelte und lächelte und war der Schurke, während ich, die ich mir vorkam wie eine katholische Leuchtstatuette der heiligen Jungfrau, mit blutendem Herzen dastand, das Lunchtablett in Händen, May Hwang an meiner Seite, ein blödes Grinsen im Gesicht.

Sie war dem Elendspfuhl mit Haut und Haaren verfallen. Hätte ich die Klappe gehalten, hätte ich mir mehr Mühe gegeben – gar nicht mal, um mich selbst mit Delia anzufreunden, eher, um Cassie einfach nur unkritisch mit ihr befreundet sein zu lassen –, wer weiß? Überzeugt bin ich nicht, aber wer weiß. So wie es aber war, hatte ich von Anfang an mit offenen Karten gespielt. Mein Gott, ich hatte dem Mädchen den Namen Elendspfuhl verpasst. Von dort gab es kein Zurück.

In diesem September verliebte sich auch Bev. Erst wusste ich nichts davon. Seltsamerweise verliebte sich Bev – die seltsame, schlampige Bev mit ihrem süß duftenden Honighaar und den fließenden Röcken, die noch weniger mit Romantik am Hut zu haben schien als meine eigenen Eltern, und die so weit im Reich der Asexualität war wie Nino

Zeppala, unser Werkenlehrer mit der Lederweste und dem Steampunk-Bart – in einen Mann aus ihrer Bibelgruppe. Bev verliebte sich in Dr. Anders Shute.

Natürlich frage ich mich heute, ob sie sich zum ersten Mal im Krankenhaus in Haverhill begegnet sind, als Cassie der Verband abgenommen wurde. Ich kann mich nicht erinnern, dass Cassie erzählt hätte, Dr. Shute an diesem Augusttag gesehen zu haben; was aber nichts heißen will. Denn es sah doch nach einem ziemlichen Zufall aus, dass er in jenem Herbst in den Bibelkreis eintrat, einfach so aus heiterem Himmel. Schon seit Jahren war Bev bei den Kochabenden und Bibelstunden mit Pastor Phil dabei – es war ein Teil ihres Lebens, von dem sich Cassie augenrollend distanzierte –, jeden Dienstagabend zur selben Zeit wie Cassies Jugendgruppe, die Cassie nur deshalb über sich ergehen ließ, weil da ein paar halbwegs ansehnliche Typen dabei waren.

Ich weiß nicht, wie lange es dauerte, bis Cassie bemerkte, dass sich Dr. Shute in den Gängen des Gemeindehauses herumtrieb – wie er in der Küche Kartoffelbrei aus der Tüte anrührte oder Würstchen briet, wie er vor der Sitzung im Gemeindesaal die gepolsterten Klappstühle im Kreis aufstellte. Wie lange, bevor er ihr überhaupt auffiel, und wie lange, bis ihr klar wurde, dass ihre Mutter ihm verliebte Blicke zuwarf und er, blass wie er war, darauf einging? Und was sagt uns das, dass ich erst an Thanksgiving davon erfuhr, als Bev bei meiner Mutter anrief, um uns alle zum Truthahnessen einzuladen – was noch nie vorgekommen war, auch wenn sie und Cassie an diesem Tag ein paarmal zu zweit bei uns gewesen waren, in den ruhigen Jahren? Und als meine Mutter sich bedankte und sagte, es kämen schon meine Großeltern und die Familie meines Bruders zu Besuch, meinte Bev, na, wie wär's dann mit Kaffee und Kuchen, gerne danach, da ist nämlich jemand, den ich euch gern vorstellen würde. Meine Mutter sagte zu, Kuchen, ja gern, obwohl sie zu mir meinte, sie wisse genau, dass wir nicht die geringste Lust darauf haben würden, da Kuchen nun mal Oma Robinsons Spezialität war – Pekannuss, Blaubeer, Erdbeer-Rhabarber – und wir um fünf Uhr nachmittags längst pappsatt wären.

Mir war die Sache unangenehm – und da war von Dr. Shute noch gar keine Rede. In all den Jahren war mein Vater nicht ein einziges Mal mit bei den Burnes gewesen und meine Mutter höchstens mal kurz zum Plaudern oder auf eine Tasse Tee, wenn sie mich abholte oder hinbrachte. Zu dieser Zeit hatten Cassie und ich überhaupt nichts mehr miteinander zu tun – »Abwarten, das wird auch wieder anders«, sagte meine Mutter, oder auch: »Ihr seid nun mal in einem schwierigen Alter«, als müssten Cassie und ich nur erst mal ausgewachsen und mit Brüsten und Menstruation ausgestattet und hormonell neu eingestellt sein, um in den Rhythmus unserer Freundschaft zurückzufallen, als hätte der Elendspfuhl nie existiert. Nur noch selten saßen wir im Bus nebeneinander, und wenn wir von meiner Mutter oder Bev von der Schule abgeholt wurden, rannten wir von zwei Seiten der Treppe zum Auto, und die Erwachsenen waren es, die auf der Fahrt nach Hause das Gespräch in Gang hielten. Ich wies meine Mutter darauf hin, und sie schien mir nicht ganz zu glauben; aber sie hatte im Auto immer das Radio laufen, insofern konnte gar kein echtes Schweigen aufkommen, und vielleicht bekam sie es deshalb nicht mit.

Nach der Schule sah man Cassie oft mit Peter und Delia und Delias Freund Arturo, der wie Peter in der Achten war, vor der Schulmauer stehen, eine Gruppe aus zwei coolen Pärchen, während ich draußen auf den Stufen stand, Rucksack zu Füßen und Headset in den Ohren mit irgendeiner Retromusik, Adele oder Duffy, und raussah in den Verkehr, als hätte ich es eilig. Ich hatte andere Freunde, aber ich hatte die Freundin verloren, die ich am meisten liebte und die ich ohne nachzudenken geliebt hatte, seit ich mich erinnern konnte, und es schien absolut notwendig, so zu tun, als wäre mir das egal.

(Hier ist noch so eine Sache, auf die ich mir keinen Reim machen konnte: Ich *war* ausgewachsen, genau wie Delia. Ich stellte sie zwar nicht so zur Schau, aber ich hatte Brüste und Hüften, und im Oktober bekam ich auch zum ersten Mal meine Tage. Während Cassie immer noch aussah wie ein kleines Mädchen, zart und nichts als Knochen, die Jeans noch immer aus der Kinderabteilung. Ich kam einfach nicht dahinter, wieso Peter *sie* hatte haben wollen, warum er lieber *sie* hatte küssen wollen als ein anderes Mädchen, welches auch immer – zum Beispiel *mich*. War es ihr Mund mit der sexy Zahnlücke oder das Gefühl, dass sie zu nichts nein sagen würde? Aber so einer war er nicht. Und ich kannte sie; ich wusste, dass sie zum Teil jemanden brauchte, der für sie nein sagte, um sie vor sich selbst zu schützen – und vielleicht war es genau *das*, was er an ihr attraktiv fand, vielleicht roch er dieses Bedürfnis in ihr wie ein Tier.)

Halloween, ein Tag, auf den ich mich sonst immer gefreut hatte, wurde plötzlich zu einem ganz normalen Tag, sogar zu einem Tag, der schlimmer war als andere, weil er daran erinnerte, dass er mal besonders gewesen war. Noch immer schmückten wir unseren Vorgarten – Baumwollgespenster in den Ästen des Ahornbaums, Plastikspinnweben in den

Stechpalmen, Styroporgrabsteine im Laubhaufen –, und mein Vater schnitzte noch immer Kürbisse und steckte eine Kerze rein und stellte sie vors Haus. Noch immer plünderten wir den CVS und kauften Familienpackungen mit Mini-Snickers, Starbursts und Tootsie Rolls. Das alles war genau wie immer, aber statt mit Cassie eine Pizza runterzuschlingen und mir dabei die Zunge am Käse zu verbrennen und danach beim Verkleiden in meinem Zimmer immer aufgekratzter und kichriger zu werden, saß ich mit meinen Eltern am Esstisch und aß langsam Schweinekotelett, Kartoffelbrei und Apfelmus – »einspeicheln« ist das Wort, das mir dazu einfällt –, während hin und wieder auf den Stufen vor dem Haus Schritte erklangen. Ich übernahm die Rolle meiner Mutter, reichte den kleinen Kindern Süßigkeiten, während ihre Eltern auf dem Pfad im Schatten warteten. Wie meine Mutter fragte ich mit aufgesetzter Fröhlichkeit: »Und als was hast *du* dich verkleidet? Als Einbrecher! Tolles Kostüm«, log ich. »Dafür gibt's ein Extrabonbon.«

Die Saghafi-Kinder kamen als Tweedledum und Tweedledee und ihr Kostüm, von der Mutter gebastelt, war sogar ziemlich eindrucksvoll, mit zweckentfremdeten Baseballtrikots und Wollmütze und jeder Menge Polsterung, die unmöglich nur aus Kissen bestehen konnte, weil sie viel zu gleichmäßig um ihre Taillen verteilt war. Sie trugen Schuhe von ihrem Vater, wohl ebenfalls ausgestopft, und sahen damit aus, als hätten sie Clownsfüße. Ich gab Mrs. Saghafi ein Daumen hoch, und sie rief: »Und was ist mit dir dieses Jahr, Julia?«

Mit gespielter Betroffenheit, die in Wirklichkeit echt war, schüttelte ich den Kopf und sagte: »Alles hat einmal ein Ende.« Sie lachte und erwiderte ein Kopfschütteln.

Später am Abend half ich meinem Vater mit dem Abwasch, und meine Mutter übernahm die Süßigkeitenausgabe, damit ich nicht mit den älteren Kindern reden musste, von denen ich die meisten kannte, unter anderem ein Mädchen namens Reba aus meiner Feldhockeymannschaft, die mich im Hintergrund lauern sah und mir zurief: »Juju, bist du gar nicht draußen? Los, komm mit uns mit!« Ich machte ein gleichgültiges Gesicht und kam an die Tür.

»Lass mal«, sagte ich. »Ich glaub, aus dem Alter bin ich raus.«

»Sei doch nicht so langweilig!« Es war ein ganzer Chor – nicht nur Reba, sondern auch Brent, Joel und Suzanne, die sich mit durchsichtigen Flügeln und einem Antennenhaarreif als Biene verkleidet hatte.

»Schon okay, Leute. Außerdem hab ich kein Kostüm.«

Worauf Brent, dessen Bemühungen aus einem Sportsakko seines Vaters und einem Porkpie-Hut bestanden, sagte: »Scheißegal. Komm halt ohne.«

Ich lachte, aber eigentlich war ich den Tränen nahe. Ich wedelte mit dem Geschirrhandtuch und drehte mich weg. »Trotzdem danke«, sagte ich. »Viel Spaß noch. Wir sehen uns in der Schule.«

Als meine Mutter die Haustür hinter ihnen zugemacht hatte, kam sie in die Küche, angeblich auf der Suche nach dem *New Yorker*, und legte mir kurz und wortlos die Hand auf die Schulter; und da kamen sie dann, die Tränen, wenn auch nur wenige. Zum Glück hatte ich ihr den Rücken zugewandt.

»Ich bin mal oben und mach Hausaufgaben«, sagte ich. Meine Hausaufgaben hatte ich längst gemacht, stattdessen scrollte ich mich auf Facebook durch die Fotos, die Cassie

– in Echtzeit! – von der Party beim Elendspfuhl gepostet hatte, von der Mutter des Elendspfuhls, die ein Tablett mit bunt dekorierten Cupcakes hoch hielt, und von Peter – der hübsche Peter, der eigentlich meiner hätte sein sollen – mit einem Veilchen und geschwärzten Zähnen in einem übergroßen Bruins-Trikot und mit abgeschabtem und in rote Farbe getauchtem Hockeyschläger. Delia war als Hase verkleidet, als eine Art Playboy-Bunny – wie konnte die bieder wirkende Mrs. Vosul das erlaubt haben? –, und Cassie war trotz ihrer weißen Kaninchenfellhaare in einem beschwerlichen, schwarzen Veloursspullover mitsamt Schnurrhaaren, Ohren und Schwanz als Katze verkleidet. Ich musste lächeln, denn Cassies Outfit war anzusehen, dass die hyperwachsame Bev ihre Hand im Spiel gehabt hatte, die eher selbst als Playboy-Bunny auf die Straße gegangen wäre, als dass sie es ihrer Tochter erlaubt hätte.

»Verschärftes Kostüm!«, kommentierte ich. »Von Bev genäht?«

Und Cassie simste mir zurück: »wie gut du meine mom kennst. wtf!? werde um 9 abgeholt!!«

»Morgen Schule?«

»aber hallo«

»Voll doof«

»hdl juju«, schrieb sie zurück. Das reichte als Trost, als wären wir plötzlich wieder gut miteinander und als hätte meine Mutter am Ende vielleicht doch recht.

Es war nicht das einzige Mal, dass sie süß zu mir war. Unser Auseinanderdriften hatte auch nichts Böses oder Gemeines, nicht für sie. Es war eher, als wäre ich ein altes Paar Schuhe und als hätte sie ein schickes Paar neue; die alten anzuziehen kam nicht mehr infrage, aber wegschmeißen wäre auch nicht gegangen. Zusammen mit dem Elendspfuhl steuerte Cassie in diesem Herbst mit hohem Tempo auf eine andere Welt zu, die erwachsener war als meine, eine Welt, in der sie für verschiedene Leute verschiedene Gesichter aufsetzte. Vielleicht hatte sie das Gefühl, ich schränke sie ein, als sei sie mir entwachsen. Aber von meiner Seite aus war es, als würde ich sie zu gut kennen, ich sah sie in allzu klarem Licht in einer Zeit, als sie nicht mehr gekannt werden wollte: Sie wollte eine neue Rolle ausprobieren und nicht daran erinnert werden, dass das alles gar nicht echt war.

Ich hoffte, unser Familienbesuch an Thanksgiving würde uns beide vielleicht wieder zusammenbringen. Eines Nachmittags, im Auto ihrer Mutter, fragte ich, ob Peter auch da sein werde.

»Peter?« Bev sah uns im Rückspiegel an. »Warum sollte er?«

»Keine Ahnung – ich dachte nur –«

»Cassie, gibt es da irgendetwas, das ich wissen sollte?«

»Natürlich nicht, Mama.« Cassie benutzte das, was meine Mutter »einen gewissen Tonfall« nannte.

Wieder warf Bev einen Blick in den Rückspiegel und sah mir direkt in die Augen. »Cassie schämt sich, ich weiß, sie will nun mal bei allen beliebt sein. Glaubt mir, ich weiß, wie es ist, ein Teenager zu sein.« Ich wusste, dass cool sein für Cassies Mutter bestimmt nie ein Thema gewesen war. »Hast du's ihr nicht erzählt, Cassie?«

»Meine Mutter hat beschlossen«, begann sie – doch Bev fuhr ihr unbeugsam, aber munter ins Wort.

»Nein, Liebes. *Wir* haben beschlossen. Wir haben ein langes Gespräch geführt und haben dann *gemeinsam* beschlossen.«

»Wir haben beschlossen, dass ich noch zu jung bin, um einen Freund zu haben.«

»Nicht zu jung, um Jungen als Freunde zu haben«, erklärte Bev, »nur zu jung für exklusive Freundschaften.«

»Das hab ich dann Peter erklärt.«

»Die beiden sind also einfach nur Freunde.« Bev hatte ein verkniffenes Lächeln im Gesicht. »Stimmt's, mein Liebling?«

Cassie schwieg.

»Das ist auch viel angemessener«, schloss Bev. »Es bedeutet, dass sie für immer Freunde bleiben können, und später werden sie noch mal froh sein.«

Später schickte ich Cassie eine Nachricht und fragte, was passiert sei.

»halloween schnurrhaare verschmiert«, textete sie zurück. »üble szene aufm weg nach hause.« Und dann: »blöde fotze.« Nichts, was ihr früher leicht über die Lippen gekommen wäre. Cassie und ihre Mutter waren immer ein Team gewesen, nur die beiden, sie hatten aufeinander aufgepasst. Cassie riss zwar ihre Witze über die Klamotten ihrer Mutter oder darüber, dass sie, wenn sie bei uns war, den Nachtisch ablehnte, um zu Hause einen halben Becher Chunky Monkey in sich hineinzuschaufeln (»Man ist, was man isst«, sagte Cassie dann), aber niemand sonst hätte das gedurft. Man durfte auch nicht zu sehr lachen, wenn Cassie so was sagte, ein bisschen lachen sollte man aber schon – es war ein Balanceakt, den zu finden von einem erwartet wurde, und ich beherrschte ihn spielend. Doch das Kräfteverhältnis hatte sich verschoben. Jetzt gab es Peter; jetzt gab es den Elendspfuhl; jetzt gab es Anders Shute. Bev und Cassie waren nicht mehr nur zu zweit; sie waren nicht mehr unbedingt ein Team.

Was umso deutlicher wurde, als wir an Thanksgiving bei ihnen waren – meine Eltern und ich, wobei mein Vater in letzter Minute noch versucht hatte, zu Hause bei den Verwandten zu bleiben. Meine Mutter hatte gemeint: »Rich, du kannst jetzt unmöglich kneifen. Wie kommt denn das rüber? Dass das Frauensache sei?« Was ihn sowohl ärgerte als auch zum Lachen brachte.

Schon seit 24 Stunden hatten wir die Familie meines Vaters an der Backe: meinen Großvater, der mit Kopfhörern auf dem Sofa saß und ein unsichtbares Orchester dirigierte, während die achtjährigen Zwillinge Brad und Joe, die jüngsten Kinder von Mike und Eileen, lärmend um ihn herumrannten und Fangen spielten. Meine Großmutter verbrachte sehr viel Zeit in der Küche mit »Helfen«. Sie würzte die Soßen meiner Mutter nach; sie arrangierte die Blumenarrangements neu; sie polierte das gute Silber, als hätte meine Mutter den ganzen letzten Sonntag irgendetwas anderes getan als das. Nana Robinson saß niemals still und war niemals still. Sie redete für ihr Leben gern, sie lachte für ihr Leben gern, sie hatte für ihr Leben gern Trubel und Leute um sich herum.

»Wenn sie doch nur für ihr Leben gern auch mal zuhören würde«, flüsterte meine Mutter, nur um sich sofort wieder zu entschuldigen. Wir liebten Nana über alles; nur als Hausgast war sie schwierig. Auch Opa liebte sie, aber für ihn war es manchmal schwierig, sie zur Frau zu haben – daher die Kopfhörer: teure Teile von Bose mit Lärmreduzierung, die ihn sofort und vollständig in ein raumgreifendes akustisches Universum seiner Wahl beförderten. Er war ein Liebhaber von Satie und Debussy, von klarer, privater Musik; Nana war mehr wie Wagner.

Was Mike und Eileen und ihre vier Kinder anging: Die Zwillinge zählten im Grunde als ein einziges durchgedrehtes Kind. Jake, der Älteste, war ähnlich verschlossen wie Opa. Schlaksig, siebzehnjährig, mit vergrößerten Augen hinter dicken Brillengläsern und einem Teppich aus roten Pickelchen auf der porzellanweißen Stirn; er war kein Spieler, weil es das Schicksal so wollte, sondern, weil er es so wollte. Eigentlich hätte er hübsch sein können – und würde es demnächst auch werden. Er hatte weder einen Sprachfehler noch Mundgeruch. Seine dunklen Haare waren gelockt, sein Mund mit den vollen Lippen irgendwie sexy. Aber in diesem Herbst verbrachte er den Großteil des Familienbesuchs im Gästezimmer unterm Dach in seiner Game-Welt – »Wie eine Kakerlake«, sagte seine Mutter zum Spaß. »Er kommt erst raus, wenn das Licht aus ist.«

Die Schwester, Una, war mir altersmäßig am nächsten – sie war im Herbst zehn geworden und ging in die fünfte Klasse. Sie bewunderte mich; Nachahmung ist die höchste Form der Bewunderung, wie meine Mutter sagt. Als ich Harry Potter liebte, kopierte sie mich. Als ich Doc Martens trug, wollte sie auch welche haben. Als ich mir in der fünften Klasse einen Pony schneiden ließ, schickten wir unseren Verwandten mein Schulfoto, und als ich sie das nächste Mal sah, hatte sie auch einen Pony über dem Rand ihrer Brille. Aber in dem Jahr schien die Distanz zwischen fünfter und siebter Klasse schier unüberbrückbar, und beim Blick in ihre leuchtenden Augen hinter den dicken Gläsern, auf ihre rosa Haarspangen, auf ihren flachen kleinen Knetmännchenkörper, mit dem sie noch immer mit Leichtigkeit Rückwärtssaltos machen und Radschlagen konnte, ein Körper ohne Auswüchse und Sekrete und übelriechende Ausflüsse, die maskiert werden mussten, war es, als blicke man zurück über einen windgepeitschten Kanal auf ein Ufer, auf das man nie wieder einen Fuß setzen würde. Insofern war ich Una mit ihrem eifrigen Gerede über Bücher, Serien, Filme oder Popstars meist aus dem Weg gegangen. Am liebsten hätte ich zu ihr gesagt: *Siehst du nicht, dass ich kontaminiert bin? Siehst du nicht, dass ich am ganzen Körper Erwachsenenschmutz habe?*

Meine Mutter war während des gesamten Verwandtenbesuchs von mir genervt – angeblich, weil ich eine so schlechte Gastgeberin war und mich nicht um meine Cousins und Cousine kümmerte, in Wirklichkeit aber deshalb, weil sie überfordert davon war, dass wir so viele Mitglieder der Familie meines Vaters zu Besuch hatten; aber die waren alle so gutmütig, dass meine Mutter es nicht zeigen, ja sich nicht mal eingestehen konnte, dass sie leicht gereizt war. Die Verwandten waren wegen meines Vaters da, und sie wollte *wirklich* ein guter Mensch und nicht genervt sein, denn er selbst war ja genau so ein guter Mensch und ertrug die Familie meiner Mutter jedes Mal ohne Murren. Also war ich die Einzige, die sie guten Gewissens anpöbeln konnte. Sie wusste es, und ich wusste es, und ich versuchte mir ihre Ausbrüche nicht zu Herzen zu nehmen.

Gegen sechs fuhren wir zu dritt im Auto meiner Mutter zu den Burnes – »Fahr du lieber, Schatz«, sagte mein Vater –, und wir ließen die Verwandten mit einem Video zurück, *Nachts im Museum 2*, dem einzigen Film, auf den sie sich einigen konnten.

Das Haus der Burnes war erleuchtet wie eine Bühne, in allen Fenstern war Licht, und die Hunde der Aucoins bellten, als wir anhielten. Man konnte in der kühlen Nachtluft ihr Kaminfeuer riechen, aus den Häusern zu beiden Seiten drangen undeutliche Partygeräusche, und hinter den Jalousien war Bewegung. Trotz der vielen Lichter bei den Burnes war alles ruhig. Als wir an der Haustür klingelten, öffnete Cassie, als hätte sie dahinter gewartet. Sie hatte ihr Telefon in der Hand und stopfte es sich hastig in die Tasche.

Meinen Eltern gegenüber tat Cassie, als wäre alles normal – mustergültiges Benehmen, superhöflich –, während sie mir inmitten des Wirrwarrs nur ein knappes »Hey, Juju« schenkte. Sie führte uns – etwa drei Schritte nach links – ins Wohnzimmer, wo Bev in königsblauem Chiffon imposant wie eine Opernsängerin neben Dr. Anders Shute stand. Ich erkannte ihn sofort.

Bev stellte uns vor und wir setzten uns wie auf Stichwort. Sie hatten einen Esstischstuhl dazugestellt, damit wir alle sechs Platz haben würden. Auf dem Glastisch vor dem Sofa stand ein Erntedankgesteck vom Floristen aus Royston – die ganze Woche schon hatte ich diese Gestecke im Schaufenster stehen sehen –, Herbstlaub, ein warziger Minikürbis und eine üppige, rostbraune Glitzerschleife. Ich fragte mich, ob Bev das Gesteck gekauft oder Anders Shute es geschenkt hatte. Der Kürbis erinnerte an ein hässliches altes Männergesicht, und ich dachte, dass Cassie und ich darüber zu anderen Zeiten gelacht hätten.

»Sie kommen mir so bekannt vor …« Meine Mutter klatschte tatsächlich in die Hände. »Natürlich! Dr. Shute! Sie haben im Sommer die arme Cassie wieder zusammengeflickt.«

»Ja, das haben wir«, sagte er mit sanfter Stimme und dem schmalen Streifen eines Lächelns. »Wir haben sie wieder zusammengeflickt.«

»Geduldig sein ist alles«, fuhr meine Mutter fort. »Man darf kein ungeduldiger Patient sein. Sie haben ja so recht.«

Er nickte noch immer mit leichtem Lächeln.

»Das heißt, ihr habt euch dort kennengelernt?« Mein Vater beugte sich im Fernsehsessel nach vorn, und seine Flanellhose raschelte auf dem Kunstleder. »Erzählt!«

»Nein, nein.« Bev wedelte mit ihren eleganten, kleinen Händen – sie hatte sich passend zum Kleid die Nägel lackiert, jedoch in einem eher silbrigen Blauton. »Wir kennen uns aus der Kirche.«

»Also wusstet ihr gar nicht, dass –« Meine Mutter sah von einem zum anderen.

»Na ja, wir kamen dann recht schnell dahinter. Noch bevor Cassie den Raum betrat. Zufälle gibt's, nicht wahr?«

Anders Shute nickte noch eine Runde. Immer noch dieses leichte Lächeln. Er sah aus, als wenn sein Jackett, sein Hemd und seine Krawatte nur angeheftet wären wie bei einer Anziehpuppe aus Papier, wo die Sachen auch immer ein bisschen schief hängen. Alles war leicht verrutscht: der Kragen, die Ärmel. Vielleicht war er einfach zu mager.

»Voll verrückt, oder?«, sagte Cassie. »Eigentlich total unwahrscheinlich.«

»Der Herr hat einen Plan für uns, das müssen wir glauben«, sagte Bev. »Ist es nicht fabelhaft?« Mit einer raschen Bewegung drückte sie sich vom Sofa hoch. »So, ihr Lieben, wie wär's denn mit einem Stückchen Kuchen?«

Meine Eltern und ich gaben enthusiastische Laute von uns.

»Auf dem Esstisch steht alles bereit, also lasst uns rübergehen, und jeder bedient sich; und dann setzen wir uns wieder her und lernen uns ein bisschen kennen.« Sie blieb in der Tür stehen, mit geröteten Wangen und für einen kurzen Moment beinahe hübsch. »Ach, ich freue mich ja so, dass wir endlich mal zusammenkommen.«

Mir ging auf, dass sie nicht nur stolz darauf war, einen Mann an ihrer Seite zu haben – nach Clarke hatte Bev nie wieder einen Freund gehabt, Cassies ganzes Leben lang; sie hatte keinen Bedarf –, sondern auch, dass sie stolz war, Dr. Shute zu zeigen, dass sie mit meinem Vater, dem Zahnarzt, befreundet war; und dass sie stolz darauf war, meinen Eltern zu zeigen, dass ihr Verehrer, für den sich das lange Warten so sehr gelohnt hatte, Arzt war, was auf irgendeiner unsichtbaren Messlatte definitiv mehr wert war als »Zahnarzt«. Als Bev sagte, sie freue sich so, meinte sie das wirklich. Sie hatte den Moment lange im Voraus geplant, ihn wahrscheinlich dutzendfach in Gedanken durchgespielt.

Die ganze Zeit wartete ich auf ein Zeichen von Cassie, um mit ihr nach oben in ihr Zimmer verschwinden zu können. Ich konnte mir gar nicht vorstellen, dass es ausblieb, aber während wir dasaßen und immer rosigere Wangen bekamen in dem viel zu warmen Wohnzimmer mit dem knisternden Kaminfeuer und dem Erwachsenengelaber (»Und danach sieben Jahre in Bangor«, sagte Dr. Shute gerade, »am dortigen Krankenhaus …«), bei einem pappsüßen Stück Pekannusskuchen – süßer noch als der von Nana, und das wollte was heißen –, sodass ich ein Ziehen in meinem rechten hinteren Backenzahn spürte, was hieß, dass ich wohl ein neues Loch hatte … Während das alles endlos weiterging, dachte ich mit einem plötzlichen Ruck, dass ich vielleicht phantasiert hatte, dass die Dinge zwischen uns viel schlimmer standen als gedacht und dass ich zur Strafe für meinen neuen Statusverlust den ganzen Abend auf dem dick gepolsterten Chintzsofa würde ausharren müssen. Ich fürchtete, dass Cassie lieber die öden Erwachsenen ertragen als mit mir allein sein wollte.

Aber irgendwann, mit einer Stimme, die so natürlich freundlich klang, dass niemand außer mir merkte, dass es nur gespielt war, machte Cassie den Vorschlag, noch eine Kanne Kaffee zu kochen, und nahm mich mit in die Küche. Dort war die Stimmung erst komisch, aber unsere tief verwurzelte Vertrautheit gewann schließlich die Oberhand; sie war noch nicht mal damit fertig, den Starbucks Columbian Dark Roast in die Maschine zu löffeln, da fragte ich schon: »Verdammte Scheiße, Cassie! Wie ist das denn passiert? Deine Mutter und Shute, ich lach mich tot! Wieso hast du mir nichts davon erzählt?«

»Es ist nicht witzig, Juju.«

»Seit wann?«

»Vor ein paar Wochen kam er zum ersten Mal mit zu uns nach Hause. Wie so ein Schreckgespenst, am Morgen nach Halloween. Gleich nach unserem großen Krach wegen Peter.«

»War das sehr schlimm?«

Sie schnaubte und hantierte am Wasserhahn und mit der Kaffeekanne. »›War das sehr schlimm?‹ Es war der Albtraum! Meine Mutter hat mich an den Haaren die Treppe raufgezogen. Ein Wunder, dass ich keine Glatze hab.«

»Echt?«

»Echt.« Und dann: »Wir haben rumgemacht, mehr nicht. Mann, es war eine Party. Delias Eltern saßen die ganze Zeit nebenan. Aber Bev ist ausgerastet. Voll der Horror.«

»Ach du Scheiße«, sagte ich.

»Zwischen den beiden lief schon was«, sie nickte Richtung Wohnzimmer, »seit einem Monat ungefähr, bevor sie ihn mit hierherbrachte. Am Tag nach Columbus Day, beim Bibelkreis, da hab ich zum ersten Mal gesehen, wie sie sich unterhielten.« Sie zögerte nicht eine Sekunde, sie hatte das Datum genau abgespeichert. Am Columbus-Day-Wochenende war ich mit meinen Eltern in New York gewesen, wir hatten uns zu dritt ein Hotelzimmer genommen, und meine Mutter hatte Karten für *Wicked* besorgt. Anders Shute – vor nicht mal vier Monaten hatten wir ihn kennengelernt, zusammen in der Notaufnahme, praktisch wie Schwestern.

»Und wie ist er so?«

»Genauso wie er aussieht.«

»Dünn?« Ich hoffte auf einen Lacher.

»Der Typ hat mit Religion nie was am Hut gehabt. Der war kein einziges Mal bei uns in der Kirche, und dann taucht er auf einmal im Bibelkreis auf, einfach so. Was soll das?«

»Hat ihn jemand mitgebracht?« Zu Hause mokierten wir uns immer über Bevs Bibelkreis als Datingportal für sozial Gestörte. Was ich Cassie aber auf gar keinen Fall erzählt hätte. »Na ja, war er mit jemandem da?«

»Der kannte niemanden. Das hat er auch extra betont. Er sagte, er hätte im Supermarkt am Schwarzen Brett den Aushang gelesen. Kannst du das glauben?«

»Der ist einsam.«

»Ich denke, es war so«, sagte sie. »Ich denke, er hat uns gesucht – er hat mich gesucht. Ich denke, er hat das mit der Jugendgruppe rausgefunden, wir hatten nämlich unser Fotoalbum gepostet. Und dann hat er das mit dem Bibelkreis rausgekriegt und dass Mama dabei ist, und dann ist er da aufgeschlagen. Mann, der wohnt nicht mal in Royston. Er wohnt in *Haverhill*, und er arbeitet auch in *Haverhill*.«

»Das scheint aber doch eher unwahrscheinlich, oder?«

»Findest du?«

»Hätte er das nicht einfacher haben können, dich zu finden, als umständlich einen auf Christ zu machen?«

»Einfacher vielleicht, aber so hat er den ziemlich direkten Schlüssel zu Mamas Herzen. Die ist ihm mit Haut und Haaren verfallen. Das ist voll krass.«

Ich dachte einen Moment nach. »Warum meinst du denn, dass er dich gesucht hat? Ist er denn irgendwie eklig oder fies zu dir? Sagt er irgendwelche Sachen zu dir? Oder –«

»Nein.« Sie beugte sich vor und flüsterte, und ich war dankbar darum, seine gleichtönige Stimme aus dem Nebenzimmer zu hören: Er schwafelte noch immer irgendwas von den Vor- und Nachteilen, die es mit sich brachte, als Arzt in Maine beziehungsweise Massachusetts zu arbeiten. »Genau umgekehrt. Er guckt mich nicht an. Er redet nicht mit mir. Wenn sie aus dem Raum geht, bleibt er nicht mit mir allein. Er denkt sich immer einen Vorwand aus, um zu gehen.«

»Aber ist das nicht sogar gut? Du würdest dich doch gar nicht allein mit ihm unterhalten wollen.«

»Gott, nein. Aber es ist schräg. Gib's zu, es ist echt schräg.«

»Aber er ist doch *insgesamt* schräg. Das ist das, was am meisten an ihm auffällt. Vielleicht ist ihm das alles peinlich.«

»Wieso peinlich?«

»Als er gemerkt hat, dass du Bevs Tochter bist – vielleicht macht es das irgendwie seltsam, dass er dich schon kannte, aber sie nicht.«

Cassie schnaubte.

»Oder es ist ihm peinlich« – ich wusste, dass ich mich hier auf dünnes Eis begab –, »dass er auf Übergrößen steht, wo er doch selber so schmächtig ist.«

Cassie peitschte mich mit dem Geschirrhandtuch, aber ich sah ihr an, dass dieser Gedanke eine Erleichterung war – dass seine heimliche Perversion vielleicht nur aus einer Vorliebe für füllige Frauen bestand. Sie lächelte sogar. »Das ist aber *nicht* sehr nett gegenüber meiner Mom«, sagte sie. Und dann: »In letzter Zeit hat sie aber auch keine Nettigkeit verdient.«

»Was war denn jetzt eigentlich mit Peter?«

»Lass mich erst mal den Kaffee reinbringen, dann gehen wir nach oben.«

Später, im Auto auf dem Nachhauseweg, schimpfte meine Mutter mit mir. »Ihr Mädchen wart unglaublich unhöflich«, zischte sie. Mein Vater seufzte. »Ich hab mich für euch beide geschämt. Cassie – na ja, Cassie geht mich nichts an, aber wirklich, Julia, du bist alt genug, du solltest es besser wissen.«

»Ach komm, Carole«, sagte mein Vater, der als Beifahrer entmachtet war. »Bist du nicht ein bisschen hart? Sie sind doch Kinder.«

»Sie haben ihn ausgelacht, Rich! Ohne Scheu. Das war unglaublich unhöflich.«

»Ich weiß überhaupt nicht, wovon du redest.«

»Er erzählt, und ihr beide kommt mit dem Kaffee rein und steht da in der Tür und verdreht die Augen –«

»Er hat's doch nicht gesehen«, sagte ich, »und Bev saß mit dem Rücken zu uns.«

»Das ist nicht der Punkt, Julia, und das weißt du.«

»Er hat schon ganz schön lange geredet«, sagte mein Vater. »Nichts gegen den Kerl, aber er schien mir ein bisschen … fast –«

»Der ist doch fast schon … autistisch, oder?«, klinkte ich mich ein.

Normalerweise hätte meine Mutter gelacht. Sie wäre auf meiner Seite gewesen. »Auf einmal bist du Neurologin oder Psychiaterin? Du stellst ärztliche Diagnosen, mit zwölf? Geht's noch?«

»Aber Mama –«

»Und selbst *wenn* er Autist wäre, wäre das ein Grund, ihn auszulachen? Wenn er nur ein Bein hätte oder taub wäre, würdet ihr euch dann auch über ihn lustig machen?«

»Natürlich nicht – aber Mama –«

»Offenbar mangelt es euch zutiefst an Mitgefühl und an guten Manieren. Ist *das* das Ergebnis unserer Erziehung? Du solltest dich schämen.«

»Carole, das reicht doch jetzt.« Mein Vater legte ihr die Hand auf den Arm, aber sie stieß ihn weg und riss dabei das Auto über den Mittelstreifen. Zum Glück kam gerade kein Gegenverkehr. »Komm, Schatz, einen Unfall ist das nun wirklich nicht wert!« Mein Vater blieb ruhig, aber ich merkte ihm an, dass er geschockt war. »Was regst du dich denn so auf?«

»Ich weiß nicht.« Auch meine Mutter beruhigte sich, als hätte sie sich selbst gerade Angst gemacht. »Ich weiß nicht.«

Einen Moment lang schwiegen wir. Dann entschuldigte ich mich. »Wir wollten uns nicht danebenbenehmen«, sagte ich. »Wir wollten einfach nur nach oben, weißt du.«

Meine Mutter holte tief Luft. »Ich weiß, Liebling. Ich hab überreagiert.« Und noch einen Moment später sagte sie: »Irgendwas stimmt da nicht, insgesamt.«

»Heißt aber nicht, dass Julia was dafür kann. Nicht mal

Cassie kann was dafür.« Mein Vater schraubte am Gebläse herum. »Schon ein komischer Vogel, dieser Shute.«

»Bev ist ja selber nicht gerade die normalste Person der Welt«, entgegnete meine Mutter. »Ich freu mich für sie. Sie ist schon viel zu lange allein.«

»Stimmt nicht«, sagte ich. »Sie hat Cassie.«

»Du weißt, wie ich das meine.«

»Du meinst, besser ein Date mit Anders Shute aus Maine als ein neues Rendezvous mit Ben & Jerry aus Vermont?«

»Rich!« Sie schüttelte den Kopf, aber ihre Wut war verflogen. »*Du* solltest dich schämen. Jetzt wird mir klar, woher unsere Tochter das hat.«

Wir fuhren in unsere Auffahrt und konnten durch das Wohnzimmerfenster unsere Verwandten sehen, spärlich, aber auf faszinierende Art beleuchtet. Opa war auf dem Sofa in sich zusammengesackt und schlief, während Una in ihrem quietschbunten Pyjama mit angezogenen Knien neben ihm hockte und wie gebannt auf den Fernsehbildschirm starrte. Oma strickte und Jake lag mit seinem Handy bäuchlings auf dem Boden, den Blick auf dem Display. Mike, Eileen und die Zwillinge waren nicht im Bild – die Kleinen waren vermutlich schon im Bett –, aber auch ohne sie wirkte die Szene sehr gemütlich und normal. Sie strahlte so viel Sicherheit aus – das war es, was ich dachte.

Es ist schwierig, die vielen verschiedenen Dinge zu erfassen, die sich gleichzeitig abspielen oder sich zu einem früheren Zeitpunkt abgespielt haben. In diesem Herbst nahmen wir im Kunstunterricht den spanischen Maler Goya durch – unsere Kunstlehrerin liebte ihn über alles –, und ich schrieb einen Aufsatz über sein Leben. Erst sehr viel später, als wir in Geschichte die Französische Revolution durchnahmen, ging mir auf, dass zur selben Zeit, als Marie Antoinette geköpft wurde, Goya als Hofmaler in Madrid anfing. Hätte man nie gedacht. Spanien und Frankreich liegen direkt nebeneinander, aber es war, als lebte er auf einem anderen Planeten – ungefähr so, wie er für mich in der Siebten im Kunstunterricht drankam und die Französische Revolution erst in der Neunten in Geschichte. Wie sollte man da den Zusammenhang sehen?

So ähnlich ging es mit Cassie und mir. Ich glaube, ich war Goya und machte einfach mein Ding, und sie war die Französische Revolution.

Nach Thanksgiving nahm mich Mr. Cartwright, der den Englisch-Leistungskurs unterrichtete, beiseite und fragte, ob ich nicht Lust hätte, beim Debattierclub mitzumachen. Damit war viel Prestige verbunden: Unsere Mittelschule war seit sechs Jahren in Folge die beste oder zweitbeste Schule in Massachusetts, hatte Preise abgesahnt und war sogar in Washington, D. C., angetreten. Es abzulehnen, kam mir gar nicht in den Sinn. Auf einmal hatte ich volles Programm mit Trainings und Turnieren und neuen Leuten, und unsere Fahrgemeinschaft mit den Burnes wurde ziemlich kompliziert. Oft holte mich meine Mutter ab, ich kam im Dunkeln aus der Schule und entdeckte einsam in einer Ecke des Parkplatzes unseren blauen Subaru, der nur zu sehen war, weil meine Mutter das Innenlicht an- und die Lesebrille aufhatte und in eine *Harper's Bazaar* oder in den *New Yorker* vertieft war. Die anderen Eltern hatten immer die Scheinwerfer an und das Innenlicht aus und hörten so lange Radio oder irgendwas.

Jodie und Jensen waren meine neuen Debattierfreunde. Sie kamen aus Georgetown, waren Geschwister, ein Jahr auseinander, aschblond, drahtig und ein starker Teil unseres Teams. Jensen, der Ältere, der in der Achten war, hielt vor allem parlamentarische Reden, während Jodie, mit der ich zusammen Englisch hatte, erbauliche Sachen oder Monologe aus Theaterstücken bevorzugte und schauspielinteressiert war. Im Unterricht in der Schule war sie still, fast verhuscht, deswegen war sie mir früher nie aufgefallen; aber auf der Bühne wurde sie zu einem völlig anderen Menschen. Ihre Version der »Ich habe einen Traum«-Rede rührte mich zu Tränen.

Wenn am Wochenende kein Turnier war, traf ich mich manchmal mit Jodie, und wir übten unsere Stücke, machten Hausaufgaben oder hingen ab und suchten auf YouTube nach möglichen Monologen. Wir tratschten über Typen, auf die wir standen, meist Film- oder Popstars, aber mitunter auch Typen aus den Debattierteams anderer Schulen – einmal kurz gesehen, gegen sie angetreten, romantisiert. Mit Jodie – und gelegentlich mit Jodie und Jensen – erwischte ich mich manchmal bei Aktivitäten, von denen ich immer geglaubt hatte, sie gehörten zu Cassie und mir, wie Bananenbrot backen oder im Bell's die Stofftiersammlung durchgucken. Und dann erschrak ich: Schlief sie immer noch mit Hubert dem Schwein in ihrem Bett? War der Elendspfuhl auch so ein Back-Fan? Aber meistens war es okay für mich, sie einfach hin und wieder in der Mittagspause zu sehen – mittwochs hatten wir zur selben Zeit frei, und Delia hatte Unterricht, und so saßen Cassie und ich immer zusammen, vor allem, nachdem sie sich von Peter getrennt hatte.

Und freitags, wenn ich keinen Debattierclub hatte, wurden wir zusammen abgeholt, meist von meiner Mutter. Cassie sagte immer, sie müsse nach Hause, auch wenn Bev erst Stunden später von der Arbeit kommen würde. Wir setzten sie zu Hause ab, ein kleines Mädchen auf den Stufen zu dem kleinen, weißen Haus, hinter dem sich der übergriffige Wald abzeichnete. Es machte mich nervös – es hatte was von einem Gruselfilm, vor allem im Winter, wenn die Nacht schnell hereinbrach. Aber Cassie wirkte völlig entspannt. Als ich sie fragte, ob sie jemals Angst habe allein in dem Haus, zog sie verächtlich eine Augenbraue hoch.

»Wir sind alt genug, um zu babysitten, oder? Dann kann ich mich ja wohl selbst babysitten.«

Ich wollte sie darauf hinweisen, dass beim Babysitten immer noch eine zweite Person im Haus sei, wenn auch eine kleine Person, die bei einem Notfall keine Hilfe wäre. Aber ich wusste, dass sie mich nur auslachen würde. Wenn sie keine Angst hatte – guckte sie denn keine Sendungen wie *CSI* oder *Criminal Minds*? –, wozu ihr dann welche einreden? Das wäre fies gewesen.

Aber was ich mich fragte, war, was sie wohl so *machte* an diesen Nachmittagen – nicht nur freitags, denn an den Tagen, an denen ich Debattierclub hatte, wurde sie von irgendeiner anderen Mutter oder einem Vater nach Hause gebracht. Es schien mir eine lange Zeit zum Alleinsein. Wenn ich allein war – und ich war sehr gern in meinem Zimmer, lag auf dem Bett, las oder hörte Musik und sah auf die Leuchtsterne, die mein Vater an die Decke geklebt hatte, als ich noch klein war –, konnte ich hören, wie sich meine Mutter im Haus bewegte, ich hörte die knarzenden Dielen oder das leise Gemurmel des Küchenradios, und dann konnte ich das Abendessen riechen: wie Zwiebeln oder Fleisch gebraten wurden oder den köstlichen teigigen Duft einer Tarte im Ofen. Selbst wenn ich allein war, war es gut zu wissen, dass ich eigentlich nicht richtig allein war; aber für Cassie war es eben nicht so.

In all den Jahren unserer Freundschaft, seit Ewigkeiten also, hatten wir dieselben Wörter benutzt und vielleicht völlig unterschiedliche Dinge damit gemeint – manchmal nur ein bisschen unterschiedliche, manchmal aber auch radikal unterschiedliche: Nur war uns das nie klar gewesen. Als hätte ich die ganze Zeit einen Apfel in der Hand und ihn für einen Tennisball gehalten. Wie das Wort »Zuhause«: Für mich war das unser knarzendes altes Haus mit der dröhnenden Heizung und den klappernden Fenstern, eng und vertrautgemacht durch die endlosen Zeitschriftenberge und Wäschestapel, die meine Mutter überall herumliegen ließ, durch die klassische Musik oder die Radiostimmen im Hintergrund und das Kommen und Gehen von Freunden und Verwandten, und durch das Wissen, dass, selbst wenn mein Vater »in der Praxis« war, ich das Fenster aufmachen und mit einem Ball (oder einem Apfel) auf ihn zielen könnte. Fast jeden Tag wurde ich von meinen Eltern umarmt; und wenn ich vor dem Schlafengehen im Bett lag und noch las, kam fast immer einer der beiden rauf, um mir einen Gutenachtkuss zu geben, bevor ich das Licht ausmachte – ein Relikt aus meiner frühen Kindheit, das ich immer noch schön fand. »Zuhause« war das Gefühl, zum fernen Gemurmel der Eltern einzuschlafen, zu Lauten, die durch die Dielen aufstiegen, die wie ein vibrierendes Echo nicht nur meine Ohren erreichten, sondern meinen ganzen Körper durchdrangen. Es war eine besondere Zusammenstellung vertrauter Gerüche – die Orangenblüten-Duftseife im unteren Bad oder der Duft von altem Rauch aus dem Kamin im Wohnzimmer, selbst im Sommer, wenn es regnete, und warme Luft hier und da vor den Belüftungsschächten, gefolgt von kühler Luft vor den Fenstern. Es war das Wissen, dass immer jemand in der Nähe war. Und wenn nicht, waren die Saghafis direkt nebenan und die ganze Stadt, ein ständiges leises Geblubber ein paar Meter die Straße runter. Rite Aid hatte immerhin bis Mitternacht geöffnet. Wenn ich schreiend nach draußen rennen müsste, würde mich immer jemand hören.

Manchmal hatte ich das Gefühl, erwachsen zu werden und ein Mädchen zu sein bedeutete, dass man lernen musste, Angst zu haben. Nicht direkt paranoid zu werden, aber immer aufmerksam und wachsam zu sein, so wie man im Kino nach den Notausgängen guckt oder im Hotel nach der Feuertreppe. Irgendwann erfuhr man, was man als Kind so nicht gewusst hatte, dass der Körper, den man bewohnte, verletzlich war, nur unzureichend wehrhaft. Im Fernsehen, in der Zeitung, in Büchern und Filmen sind es nie Männer, die vergewaltigt, entführt, verprügelt, zerstückelt oder Opfer eines Säureanschlags werden. Aber in Geschichten, Krimis, TV-Serien und Filmen und auch im Leben passiert es ständig irgendwo, überall um einen herum. Also lernt man in Gedanken, dass der Körper beschützt werden muss. Er ist sowohl kostbar als auch völlig entbehrlich, je nachdem, wem man über den Weg läuft. Man will nicht auf einer Party sein und am Ende nicht wissen, wie man nach Hause kommt. Man will nicht mitten in der Nacht allein eine Straße entlanggehen – vor allem keine ruhige Straße. Man will gar nicht erst die Tür aufmachen, wenn ein fremder Mann davorsteht, eigentlich nie, wenn man allein ist, selbst wenn er eine Uniform trägt. Denn seine Uniform könnte ja eine Verkleidung sein. Solche Dinge passieren. Ich hab's im Fernsehen gesehen.

Man fängt an, erwachsen zu werden, und lernt aus all den Geschichten um einen herum, wie die Welt tickt, und man fängt an, Freiheiten zu verlieren. Nicht, weil es einem so gesagt wird, sondern, weil man weiß, dass man aufpassen muss. Ohne Freundin an der Seite keine Fahrradtouren auf dem Audubon-Trail, kein Schwimmen im Steinbruch, kein Wandern durch den Wald. Vorsicht vor Dunkelheit, Einsamkeit, der Natur, offenen Fenstern, unbekannten Männern. Und dann geht einem auf, dass selbst mit Männern, die man kennt oder zu kennen glaubte, eventuell was nicht stimmt.

In jenem Herbst wurde ein Mathelehrer von einer Highschool aus dem nahegelegenen New Hampshire in einem Undercovereinsatz des FBI mit tausenden von Kinderpornobildern auf seinem Computer erwischt – Bildern von kleinen Mädchen in Käfigen, hieß es. In Boston wurde ein Rabbi dabei erwischt, wie er Frauen aus seiner Gemeinde bei ihrem rituellen Bad beobachtete. Dem Typen von dem Diner, wo wir früher manchmal auf dem Rückweg vom Strand was essen gegangen sind, nicht mal eine halbe Stunde von unserem Haus entfernt, wurde vorgeworfen, er hätte seine Bedienungen sexuell belästigt und eine davon – oder waren es drei? Oder fünf? Ständig tauchten neue aus der Versenkung auf; anscheinend war das über Jahre so gegangen – zum Sex gezwungen. Als mir also wieder die gestresste Frau in engen Mom-Jeans einfiel, die uns beim letzten Mal bedient hatte – erinnerungswürdig wegen eines roten Leberflecks von der Größe einer Kaugummikugel auf der rechten Wange sowie aus dem Grund, dass sie ansonsten mit ihren dick umrandeten, porzellanblauen Augen auffallend hübsch war oder gewesen war, bis das Leben sie vorschnell aufgerieben und ausgelaugt und ihr Falten in die Haut gegraben hatte –, da fragte ich mich, ob auch sie zu denjenigen gehörte, ob sie nach Feierabend in der Vorratskammer auf die Knie gezwungen worden war oder ob der Leberfleck ihre Rettung gewesen war, ähnlich wie das, was Cassie mir über das Zeichen Gottes am Passahfest erzählt hatte, ob sich ihr Makel als segensreicher Schutz erwiesen hatte.

Man erreicht die Mittelstufe, und man denkt über diese Dinge nach. Die Welt öffnet sich; die Geschichte erstreckt sich hinter einem und die Zukunft vor einem, und plötzlich ist man sich bewusst, dass alle um einen herum ein wildes, ungekanntes Innenleben haben, man erkennt, dass jeder einzelne Mensch in einer ungesagten Welt lebt, die genauso randvoll und fremd ist wie die eigene, und dass man niemals darauf wird hoffen können, je irgendetwas ganz und gar zu wissen, nicht mal über sich selbst.

Aber indem sich die Welt öffnet, schließt sie sich auch und Dinge treten in ihrer bis dahin ungeahnten Gestalt hervor. Stillschweigend wurde ich behandelt wie ein Mädchen mit einer leuchtenden Zukunft, und Cassie, na ja, eine *Zukunft* würde sie schon haben, aber ihr Weg würde anders verlaufen als meiner. Ohne dass es jemand ausgesprochen hätte, wurde mir nahegelegt, dass mein Weg der wertvollere sei. Das vermittelten mir meine Eltern, genauso wie Mr. Cartwright, als er mich für den Debattierclub aussuchte, wie auch meine Lehrer, wenn sie mir den Rücken tätschelten und mir gute Noten gaben, und schließlich meine Oma, die mir, als sie mich an Thanksgiving nach Cassie fragte und ich ihr erzählte, wir hätten uns auseinandergelebt, mit ihrer glänzenden, nach Rosenwasser duftenden Hand über die Wange strich und sagte: »Erwachsenwerden ist schwer, weil jeder von uns seinem eigenen Stern folgen muss« – was an sich ja eher neutral war, bis sie hinzufügte: »Und ich fürchte, manche von uns haben hellere Sterne als andere.«

Und wenn es so war, dass wir erwachsen wurden, und zwar auf unterschiedliche Weise, und falls wir irgendein leicht ominöses Gefühl zu der vor uns liegenden Jugend und dem Erwachsensein hatten – als würde es zwangsläufig auf dem Weg dahin ein Auswahlverfahren geben und Drogen oder Gewalt oder Autounfälle oder Unglück im Allgemeinen oder, im Fall der Mädchen, leichtsinnigen Sex oder die Übel der raubgierigen Männer, die unsichtbar wie Guerillakämpfer unter uns lauerten –, dann lautete der unausgesprochene Ruf, der von allen Seiten erscholl: »Rette dich!«, denn das war eindeutig das Einzige, worauf man hoffen konnte, und selbst das konnte misslingen.

Man konnte unmöglich versuchen, erst jemand anders zu retten. Wie bei den Sicherheitsinstruktionen im Flugzeug, wo sie einem sagen, man soll immer erst seine eigene Sauerstoffmaske aufsetzen. Darauf kommt es an. Man kann niemandem helfen, wenn man sich nicht selbst hilft.

Cassie dagegen machte sich, soweit ich weiß, über keine dieser Fragen je Gedanken. Damals nicht und auch später nicht. Es war ein Riff in meinem eigenen Kopf, der mich ununterbrochen beschäftigte. Meine Mutter verbot mir, Polizeisendungen zu gucken, und als das Mädchen aus New Hampshire, das nur wenige Jahre älter war als Cassie und ich, auf dem Nachhauseweg von der Schule spurlos verschwand, ließ meine Mutter die Lokalzeitung nicht mehr rumliegen und schaltete den Fernseher aus, sobald in den Nachrichten darüber berichtet wurde. Um dieselbe Zeit herum war da die Studentin aus Portland, deren Leiche nie gefunden wurde: Wie man herausfand, hatte ein Typ, den sie von ihrem Job kannte, sie zu sich nach Hause eingeladen, und dann hatten er und seine Freundin sie umgebracht und ihre Leiche in den Fluss geworfen. Man fragte sich natürlich, warum die das getan hatten. Einfach, weil sie es konnten? Und man fragte sich, was es mit dieser Freundin auf sich hatte. Was dachte *die* sich dabei? Was war sie für ein Mensch?

»Das ist krank! Das ist die Verrohung unserer Gesellschaft!«, schimpfte meine Mutter. »Ein Teufelskreis.« Und dann: »Als Feministin muss ich einen Weg finden, wie wir damit umgehen.«

»Wir?«

»Du und ich.«

»Wovon redest du?«

»Ich wünschte, das wäre nicht unsere Welt«, sagte sie. »Einerseits möchte ich dich davor beschützen, so was mitzubekommen – andererseits ist das aber nun mal unsere Welt.« Sie zuckte mit den Schultern. »Also müssen wir irgendwie sehen, wie wir damit umgehen.«

Ob nun aufgrund der Tatsachen oder der Kultur oder der Wut meiner Mutter oder einfach nur aufgrund meiner Schreckhaftigkeit – das Ergebnis war, dass ich einfach nur Angst hatte, eine Art latente, diffuse Angst – irgendwo im Hinterkopf, aber sie war immer da.

Cassie hatte diese Angst nicht oder wenn doch, ließ sie sich nichts anmerken. Während ich in einen Zustand fast andauernder Ängstlichkeit verfiel, mein Körper schon beim harmlosesten Geräusch zu pochen und zu zucken begann, wurde Cassie härter, klein, fest, schonungslos, selbst ihr Lachen wurde spröde, und ihr Mädchenkörper wirkte unfertig und überreif zugleich. Wenn wir zusammensaßen, erzählte sie mir immer mal ein paar Sachen, aber so, als wenn es ein Witz wäre, mit Galgenhumor. Vermutlich hätte sie das alles sonst nicht ausgehalten.

Anders Shute verbrachte immer mehr Zeit bei ihr zu Hause. Gott sei Dank gebe es das Krankenhaus, sagte sie, denn je nach Dienstplan tauche er auch mal mehrere Tage am Stück nicht auf. Aber dann, im neuen Jahr … Es war nachdem sie mit Peter Oundle ernsthaft Schluss gemacht hatte, und zwar nicht nur pro forma wegen ihrer Mutter. Erst viel später erfuhr ich von ihm und zu meiner völligen Überraschung, dass es im Vorfeld der Trennung einen Riesenstreit gegeben habe, in dem er ihr nahegelegt hatte, Bev anzusprechen und ihr zu erklären, dass das mit Anders Shute gar nicht gehe und er Cassie mit seiner Anwesenheit todunglücklich mache; und Cassie habe zu Peter gesagt, das alles gehe ihn einen Scheißdreck an, sie habe ihre Mutter ihr Leben lang – also Cassies Leben lang – unglücklich und einsam gesehen, und Bev habe für Cassie über die Jahre Tausende Opfer gebracht und habe Cassies wegen nicht mal daran gedacht, sich neu zu verlieben und alle Hoffnung darauf aufgegeben; und sie, Cassie, wolle auf keinen Fall der Grund dafür sein, dass ihre Mutter am Ende wieder unglücklich werde.

Es war das Gegenteil von dem, was ich gedacht hätte, leuchtete so gesehen aber auch ein. Cassie und Bev waren wie zwei zusammengewachsene Baumstämme. Sie war abhängig von ihrer Mutter und umgekehrt, und sie konnte unmöglich glücklich sein, wenn sie sich für das Unglück ihrer Mutter verantwortlich fühlte. Aber was war mit ihrem eigenen Unglück?

Jedenfalls trennte sich Cassie von Peter mit der Begründung, er verlange zu viel von ihr. Das konnte er so weit nachvollziehen – war ja nicht so, dass sie einen anderen hatte. Aber im Grunde ging es um sie und Bev: Ihre Mutter glaubte, Cassie und Peter hätten sich an Halloween getrennt. Es ist echt anstrengend, zu lügen und so zu tun, als sei der eigene Freund einfach nur irgendjemand, während man nicht nur von der Mutter, sondern auch noch von einem mehr oder weniger fremden Mann auf Schritt und Tritt beobachtet wird.

Peter war extrem geknickt – er erzählte es mir, und selbst Monate danach wäre er sofort bereit gewesen, wieder mit ihr zusammenzukommen, wenn sie gewollt hätte. »Ich fand sie schon immer gut«, vertraute er mir an. »Weißt du noch letzten Sommer, da haben wir Basketball gespielt, und ihr beide seid vorbeigekommen, und Beckett hat euch irgendwas Blödes hinterhergerufen? War klar, dass ihr's einfach abtun würdet, aber ich hab gemerkt, dass sie total sauer war. Und dann bin ich euch doch hinterher, um ihr klarzumachen, dass ich nichts damit zu tun hatte.«

»Du wolltest, dass sie dich gut findet.«

»Klar.«

Peter war jemand, der viel *fühlte* – der viel fühlt –, auch wenn er das nicht zeigen wollte. Er wollte cool sein, und Gefühle waren uncool; aber er hatte sie nun mal. Das alles schien mir extrem klar – teilweise war es genau das, was ich immer toll an ihm fand. In gewisser Weise könnte man sagen, dass ich es toll fand, wie toll er Cassie fand: Ich wünschte einfach nur, er hätte stattdessen *mich* toll gefunden. Und sie? Ich glaube nicht, dass es für sie Liebe war, damals. Diese Ernsthaftigkeit besaß sie nicht. Irgendwie war sie immer ein bisschen kaltherzig – also tatsächlich cool. Es war das richtige Wort. Genau das war es ja auch, unter anderem, was wir beide, Peter und ich, an ihr so liebten.

Was Cassies anderweitige Freundschaften anging: Bev war logischerweise vom Elendspfuhl genauso wenig erbaut wie ich, wobei ich mir einrede, dass sie dafür andere Gründe hatte. Es bedeutete aber, dass Cassie zu Hause wenig von der Schule erzählte und umgekehrt. Sie trennte diese beiden Lebensbereiche, sie lebte zwei Leben. In ihrem Schließfach hatte sie Lippenstift, zerrissene Jeans und Make-up-Entferner-Pads, und sie gewöhnte sich an, sich vor dem ersten Klingeln umzuziehen und nach dem letzten Klingeln ein drittes Mal. Aus dem bisschen, was Cassie mir mitteilte, reimte ich mir zusammen, dass Delia das lustig fand. Ich hätte es vielleicht auch lustig gefunden, wenn wir noch befreundet gewesen wären, aber als ich Jodie davon erzählte, verdrehte sie ihre klaren, ungeschminkten hellbraunen Augen und flüsterte: »Findest du das nicht unfassbar *traurig*? Ich meine, fast schon mitleiderregend? Wieso kann sie sich nicht mit sich selbst anfreunden, statt sich jeden Morgen zu verkleiden?«

»Aber vielleicht kommt sie sich ja gerade zu Hause verkleidet vor? Als dürfte sie dort nicht sein, wer sie ist?«

Jodie schüttelte den Kopf. »Ich find's einfach nur traurig.«

Im neuen Jahr gegen Ende Februar nach dem Valentinstag – was womöglich im Lauf eines Abends, den Bev und Anders Shute im Lotus Garden auf der Route 29 bei Lo Mein und Kerzenlicht knutschenderweise verbrachten, während

Cassie mit Electra auf dem Schoß zu Hause saß, alte Folgen von *Friends* guckte und sich mit Delia Nachrichten schrieb, beschlossen wurde – zog Dr. Anders Shute offiziell in das malerische weiße Holzhaus mit dem Jägerzaun ein.

Sie hätten sich mit ihr hingesetzt und verkündet, dass sie in den Augen Gottes verheiratet seien, sagte Cassie. Man habe zusammen darüber gebetet, erzählten Bev und Anders Shute – händchenhaltend hätten sie auf dem Sofa gesessen, sagte Cassie, und gegenseitig ihre Sätze vervollständigt – Gott habe ihnen als Mann und Frau seinen Segen gegeben. Wenn sie noch nicht vors Standesamt getreten seien, sagte Anders Shute, sei das ihretwegen, Cassies wegen: Sie wollten die Dinge nicht juristisch komplizierter machen – erst wenn Cassie sich mit der Situation wohlfühle. Dies sei Bevs Wunsch, betonte Anders Shute. Aber von nun an würden sie eine Familie sein – beide hätten das Wort ständig in großen Lettern ausgesprochen, sagte Cassie – und Anders Shute sagte, sie müsse ihn als ihren Vater (wieder in großen Lettern) betrachten; diesen Satz zu vervollständigen, sagte Cassie, machte Bev allerdings keine Anstalten. Doch während er ihn aussprach, bemerkte Cassie, dass Bev ihr nicht in die Augen sehen konnte, sondern stattdessen nach unten auf ihren Schoß blickte. »Die wusste ganz genau«, sagte Cassie, »das kann sie sich in die Haare schmieren. Als könnte irgendein dahergelaufener Typ jemals mein Vater sein.«

Dr. Anders Shute gab seine Wohnung in Haverhill auf, lagerte seine Möbel ein (mit Ausnahme einiger rätselhafter Artefakte: einem signierten Baseball der Red Sox in einer mit Satin ausgeschlagenen Schachtel; einem grellen und nicht gerade kleinen Gemälde von einem Sonnenuntergang in Maine mit Felsen, Meer und viel Rosa und Lila, in einem schwülstigen, vergoldeten Rahmen; und einer großen orangefarbenen, mundgeblasenen Schale, die dermaßen nach Hochzeitsgeschenk aussah, dass man ihn gern gefragt hätte, ob er vielleicht schon mal verheiratet gewesen war) und schlug nach Cassies Angaben nachmittags mit drei großen Koffern und einer Bücherkiste in seinem silbergrünen Honda Civic auf, der perfekt zu Bevs rotem Honda Civic passte, nur dass seiner ein neueres Modell war. All seine Klamotten, sagte Cassie, rochen nach Reformhaus, diesem ekelerregenden Vitaminpillengestank. Verstörend fand sie darüber hinaus, dass er – wie sie selbst – Clairol-Herbal-Essences-Haarshampoo *und* -Spülung für sein schlaffes Haupthaar und als Mundwasser blaues Listerine benutzte.

»Allein die Vorstellung, dass er unser Badezimmer mitbenutzt, macht mich krank«, erzählte sie mir im Frühjahr mittags in der Cafeteria. Im Neonlicht waren ihre Augen rot gerändert, ihre Nasenlöcher auch – sie hatte noch mehr von einem Albinokaninchen als sonst.

»Aber meinst du immer noch, dass er …«

»Logisch.« Sie wandte sich ihren Pommes zu und zog zwei auf einmal durch ihren Ketchupklecks. »Aber vor allem ist er ein Arschloch.«

»Ein Arschloch. O nein. Wieso?«

»Na ja, du weißt ja, dass ich der Meinung bin, dass der mit Kirche nie was am Hut hatte, bevor er in Mamas Bibelkreis eintrat. Und jetzt macht er einen auf Oberchrist.« Sie schüttelte den Kopf. »Will er Mama imponieren oder was? Glaubt er diese Scheiße im Ernst? Oder ist das irgendeine Art Strategie, um uns zu kontrollieren – oder mich zu kontrollieren?«

»Wie denn?«

»Na ja, das mit den Klamotten und dem Schminken –«

Ich warf einen Blick auf ihr schwarzes Konzert-T-Shirt und ihre zerrissenen Jeans, ihre Waschbäraugen und den lila Lippenstift. »Das scheinst du ja bisher ganz gut abzuschmettern.«

»Bisher ja, aber du hast ja keine Ahnung. Die wühlen in meinem Kleiderschrank. Die haben drei Röcke ›konfisziert‹, die angeblich zu kurz waren. Er meinte zu ihr, meine hohen Schuhe wären zu hoch. Ich musste ein paar von meinen Postern abnehmen – das von *Supernatural*, weil's angeblich unpassend ist, weil angeblich Dämonen in der Show sind.«

»Oder eher, weil die Schauspieler zu heiß aussehen?«

»Das vielleicht auch. Aber plötzlich wollen sie über jedes YouTube-Video informiert werden, das ich mir angucke, jede Website, die ich besuche, jedes Buch, das ich lese, jeden Song, den ich mir anhöre …«

»Und das ist er? Oder auch deine Mutter?«

»Beide. Aber es geht von ihm aus …«

»Woher weißt du das?«

»Ich weiß es einfach.«

Ich glaubte ihr. Man musste kein Psychiater sein, um zu sehen, dass er Bev zu fast allem bringen konnte, was er wollte. »Was ist mit der anderen Sache?«

»Welche andere Sache?«

»Na ja, du dachtest doch … du hast doch gesagt, an Thanksgiving, dass er vielleicht –« Wenn sie nicht mehr wusste, was sie gesagt hatte, sollte ich sie nicht daran erinnern. Es war gut, wenn sie es vergessen hatte; dann war also nichts Wahres dran.

»Du meinst, dass ich dachte, er hätte es auf mich abgesehen? Dass er sich an meine Mutter rangemacht hat, um sich an mich ranzumachen? Das meinst du doch, oder?«

Ich nickte. Keine Ahnung, wieso mir das peinlich war, aber es war so.

»Pass auf«, sagte sie, und weil ich sie so gut kannte wie mich selbst, merkte ich ihr an, dass sie gleichzeitig sowohl ernst war als auch irgendwie schauspielerte; sie »spielte ernst«, als spiele sie in einer Folge von *Supernatural* oder so was, einem Teenager-Psychodrama, das sowohl lebensnah war als auch überhaupt nicht. »Pass auf, ich weiß nicht genau, was er vorhat. Aber er guckt mich manchmal an – ich ertappe ihn dabei, wie er mich mit seinen kleinen Augen anguckt –, und meine Nackenhaare stellen sich auf.«

»Aber ist es denn so, dass er –?«

»Er *macht* nichts. Er *sagt* nichts. Nichts, worauf ich ihn festnageln könnte. Nichts, was man falsch nennen würde. Irgendwie stimmt einfach was nicht mit ihm, weißt du? Neuerdings kommt er ständig mit Bibelzitaten an – ›aus der Heiligen Schrift‹ sagt er dazu –, und es hört sich immer so an, als hätte er den ganzen Scheiß nur auswendig gelernt –«

»Was denn zum Beispiel?«

»Ach, du weißt schon, ›Offenbar sind aber die Werke des Fleisches, als da sind: Ehebruch, Hurerei, Unreinigkeit, Unzucht …‹ oder ›Wer seine Übertretungen verbirgt, wird kein Gelingen haben; wer sie aber bekennt und lässt, wird Barmherzigkeit erlangen‹ – so bescheuerter Kram, der einem Angst machen soll.«

»Und deine Mutter?«

»Meine Mutter ist so … die tut so, als wäre der Typ wortwörtlich ein Geschenk des Himmels. So, als hätte sie nie gedacht, mal so viel Glück haben zu können.« Cassie sah kurz auf den Tisch, und eine Sekunde lang war da nichts Gespieltes, keine Maske vor ihrem Gesicht, und ihr Ausdruck war verwirrt und traurig. Sie sah aus wie das kleine Kind, das sie mal war. »Ich will das nicht, ich will ihr das alles nicht kaputtmachen, verstehst du? Das kann ich nicht tun.«

Das hatte ich schon von Peter gehört. Doch ihre Verzweiflung fühlte sich nun so echt an, als hätte sie eine Farbe und würde die Luft erfüllen. Sie war ockerfarben. Ockerfarben und bitter.

»Was kann ich tun, Cassie? Wie kann ich helfen?«

Sie schaltete wieder auf ihr maskiertes Ich und stieß ein scharfes bellendes Lachen aus. Ein freudloses Lachen. »Delia meint, ich könnte bei ihr wohnen – was meinst du, wie das wohl bei mir zu Hause ankommt?«

»Nicht sehr gut.« Ich wollte sie zurückziehen an meine Seite, ich wollte das echte Mädchen wiederhaben. »Aber zu mir würde deine Mutter vielleicht nicht nein sagen, zu meiner Mutter, wenn du eine Zeitlang bei uns wohnen würdest. Ich könnte fragen, wär kein Problem –«

»Das ist megasüß von dir, Juju. Du bist und bleibst ein Schatz. Aber du weißt genau, dass ich nicht bei euch wohnen könnte. Das würde nicht funktionieren.«

»Wieso denn nicht? Wir haben genug Platz, und deine Mutter kennt uns doch so gut –«

»Glaub mir«, und sie legte mir sogar ihre Hand auf den Unterarm, als hätte ihr der Regisseur diese Geste vorgeschlagen, um die richtige Mischung aus Arroganz und Affektiertheit rüberzubringen, »es wäre einfach keine gute Idee.«

Meinen neuen Freunden, Leuten wie Jodie und Jensen, war meine Loyalität zu Cassie ein Rätsel. Ein bisschen Nachsicht wurde geübt, wenn man seit dem Kindergarten befreundet war. In solchen Fällen machten wir alle mal eine Ausnahme. Aber Cassies Tonfall, als sie meine Hilfe ablehnte – plötzlich erkannte ich, dass mir unsere Freundschaft trotz des momentanen Durchhängers noch immer am Herzen lag, sie hingegen glaubte, mir ins Gesicht lachen zu können. Während ich die ganze Zeit die Worte meiner Mutter im Hinterkopf hatte (»Abwarten, das ändert sich wieder«, »Das kann alles bald schon wieder ganz anders aussehen«), hatte sie eine sehr entschiedene Hierarchie im Hinterkopf, als wäre sie Regina George aus *Mean Girls* und ich Janis. Aber okay, wenn sie dieses Spiel spielen wollte, hätte ich ein Dutzend Punkte auflisten können, in denen ich ihr voraus war: bessere Noten, besseres Haus, mehr Busen, mehr Anstand. Ich war nicht stolz auf meine innere Tirade – ich wusste es besser, als diese hässlichen Gedanken zu artikulieren, auch gegenüber meiner Mutter, aber sie waren da. Ich war nicht nur gekränkt, ich war auch sauer auf Cassie.

Ich stellte fest, dass ich sogar ziemlich sauer auf sie sein konnte, aber da ich ihr nichts davon sagte, da unsere Freundschaft ja ohnehin auf Sparflamme kochte und gar kein Raum für Diskussionen da war, gab es keine merkliche Veränderung in unserem Verhältnis. Sie wusste nicht, dass sich meine Gefühle verändert hatten – und ich ging davon aus, dass sie nichts davon mitbekam. Zur Liste meiner Stärken hätte ich hinzufügen können, dass ich aufmerksamer und sensibler war als sie und dass ich merkte, wann sie einem was vormachte, was umgekehrt nicht der Fall zu sein schien.

Äußerlich betrachtet hatte ich in dem Frühjahr sehr viel um die Ohren, Schule hier und Debattierclub dort; aber auch mein Innenleben war sehr bewegt, ich hörte mir Cassies Vertraulichkeiten an, als wäre ich immer noch ihre sie liebende Freundin, während ich mir vorkam, als würde ich sie ausspionieren.

Das war aber nicht der Grund, weshalb ich und Peter Freunde wurden. Er hatte mich angesprochen in dem Winter, nachdem es zwischen ihm und Cassie aus gewesen war. In der Schule hatten wir nichts miteinander zu tun – er war sportlich, ein Leichtathletik-Crack, der selbst noch dann heiß aussah, wenn seine Haare dunkel und verschwitzt waren, und er stand auf Mathe und Naturwissenschaften. Aber eines Abends im Januar rief er mich an und fragte, ob ich Lust hätte, mich in Royston im Diner mit ihm zu treffen, um über Cassie zu reden, weil er sich Sorgen um sie mache. Da erzählte er mir von der Trennung, dass es ihre Entscheidung gewesen sei, dass er aber insgeheim hoffe, sie könnten wieder zusammenkommen.

Danach telefonierten wir öfter, manchmal sogar mehrmals die Woche, eine seltsame Freundschaft, die sich anfangs nur selten von Angesicht zu Angesicht abspielte. Bei unserem Schulalltag gab es keine andere Möglichkeit, Zeit miteinander zu verbringen. Und während wir anfangs meist über Cassie redeten – dass sie sich selbst nicht richtig zu kennen schien, von Delias schlechtem Einfluss und dass sie sich heliotropisch der dunklen Sonne der Partyleute auf eine Art zuwandte, die Peter missfiel, der mit solcher Inbrunst ihr Retter sein wollte –, drehten sich unsere Gespräche irgendwann auch um andere Themen: den Druck, den seine Eltern auf ihn ausübten (sein Vater war Ingenieur bei Henkel, und seine Mutter hatte eine Anwaltskanzlei in Newburyport, »kein großes Ding«, wie er sagte, aber allein die Tatsache, dass sie Anwältin war, war schon groß genug, um ihn in die Untergruppe derjenigen Schüler einzuordnen, in der auch ich mich befand und in die man Erwartungen setzte), oder Tratsch aus der Schule (welche Partys es gegeben hatte, wobei er auf den meisten davon gewesen war und ich nicht, und welche lustigen, schockierenden oder vorhersehbaren Sachen irgendwelche Leute angestellt hatten oder wie betrunken oder high sie gewesen waren) oder lustige Beobachtungen an Lehrern oder anderen Mitschülern. Er hatte Humor und kriegte Sachen mit – dass Monsieur Favreau, der kanadische Französischlehrer, der auch Hockeytrainer war, sich bei seinen Durchsagen über die Lautsprecheranlage wie eine quakende Ente anhörte; oder dass nach dem Winterschulball in der Turnhalle niemand die geplatzten Luftballons runternahm und die Gummileichen noch eine ganze Woche lang da hingen wie bunte Kondome; oder dass der Geruch der Cafeteria an Chili-con-Carne-Tagen demjenigen beim Eintüten der dampfenden Kackwürste seines Labradors verdächtig nahekam. Er brachte mich zum Lachen; ich brachte ihn zum Lachen; und ja, Cassie stand zwischen uns, sie war der Gegenstand unserer Freundschaft, aber mit dem Frühling wurde sie immer weniger ihr einziger Sinn.

Sie hatte auch nicht vor, zu ihm zurückzukommen. Das wurde deutlich. Auf den Partys in diesem Winter ließ sie's richtig krachen, sie trank und flirtete und zog sich mit anderen Jungs in dunkle Ecken zurück. So stellte Peter es dar, aber als ich sie darauf ansprach – »sei vorsichtig«, warnte ich sie, gouvernantenhaft, aber ehrlich gemeint –, sagte sie, sie wisse, was sie tue, und es seien nie mehr als ein paar Drinks. (»Denk nach, Juju«, sagte sie. »Meine Mutter holt mich von jeder verdammten Party ab. Wenn ich zugeballert wäre, die würd's doch sofort merken. Mein Gott, die Frau ist *Krankenschwester.*«) Sie versicherte mir, dass sie keine Drogen nehme; sie habe mit den Jungen nie mehr als rumgemacht, auch wenn sie zugab, dass es so einige waren und immer aus der Achten, manchmal auch aus der Neunten.

Ich wollte ihr ja gerne glauben; aber Peter erzählte ganz andere Sachen, und welchen Grund hätte er gehabt, sie sich auszudenken? Rückblickend frage ich mich, ob das, was sie mir als wahr verkaufte, Wunschdenken war; ich kriege es heute noch nicht zusammen, dass Bev und Anders Shute sie am liebsten in Mennonitenkleider gesteckt hätten, sie aber andererseits auch nicht davon abhielten, überhaupt auf Partys zu gehen. Taten sie nur so beflissen, während sie eigentlich viel zu sehr mit sich selbst beschäftigt waren? Oder war Bev in dieser Sache gespalten – »Menschen sind widersprüchlich«, wie meine Mutter immer sagt –, indem sie einerseits ihr religiöses Programm fuhr, aber es vielleicht insgeheim oder sogar unbewusst gut fand, dass Cassie so ein cooles Mädchen war und sich auf eine Weise aufführte, von der Bev nur hätte träumen können, und dass sie von Leuten akzeptiert wurde, bei denen Bev nie im Leben eine Chance gehabt hätte?

Oder wurde Cassie allmählich einfach nur zu einer sehr guten Lügnerin mit ihrem süßen Mädchengesicht, den großen Augen, den reinen, unschuldigen, fast weißen Haaren, die den Erwachsenen die Sinne verwirrte, bis sie ihr alles glaubten, was sie ihnen auftischte? Als sie *mir* erzählte, es ginge ihr gut, alles sei unter Kontrolle, sie kenne ihre Grenzen, da glaubte ich ihr. Als ich ihr in der Cafeteria gegenübersaß, mit dem Gefängnislicht und den schlimmen Gerüchen, da *glaubte ich ihr.* Erst später, im Gespräch mit Peter, wunderte ich mich, zweifelte und glaubte ihr ehrlich gesagt überhaupt nichts mehr.

Dennoch nahm ich sie in Schutz. Die Leute begannen Sachen zu behaupten, Sachen zu vermuten, Sachen rumzuerzählen. Im holpernden Bus unterwegs zu einem Turnier, als die ersten Kirschblüten wie Mädchen in Ballkleidern an den Bäumen prangten und der Regen auf dem Highway unter den Reifen ein schlürfendes Geräusch machte, fragte Jodie, ob Cassie wirklich nach der Schule in der Jungenumkleide gewesen sei und irgendwelche Sachen getan habe.

»Was denn für Sachen?«

»Du weißt schon. Sachen halt. Ein paar Typen von der Lacrosse-Mannschaft waren da, und Cassie. Solche Sachen.«

»So ein Schwachsinn, Jodie.« Meine Hände zitterten in meinem Schoß. »Ich kann's echt nicht glauben, dass du so einen Müll verbreitest. Stell dir vor, so was würde man über dich erzählen.«

»Würde man aber nicht.«

»Das weißt du nicht. Die Leute wollen Cassie fertigmachen. Die sind eifersüchtig.«

»Eifersüchtig?«

»Weil die Jungen sie alle gut finden. Weil sie cool ist.«

»Hältst du Cassie echt für cool?« Jodie war halb genervt und halb teilnahmsvoll. »Niemand hält deine Freundin für cool. Für traurig und abgefuckt, das war's dann aber auch. Die redet doch nur noch mit dir, weil du der letzte Mensch bist, der sie für cool hält. Die große Frage ist, wieso redest *du* noch mit *ihr*?«

Am Abend rief ich Cassie an. Ihr Handy war aus, also versuchte ich es auf dem Festnetz, was ich schon sehr lange nicht mehr getan hatte. Überraschenderweise ging Anders Shute ans Telefon – irgendwie war er mir die ganze Zeit über nicht real vorgekommen: Als ich seine ruhige, geschmeidige Stimme hörte, ging mir konkret und mit Schrecken auf, dass er in all diesen Monaten dort im Haus, bei Cassie zu Hause, präsent gewesen war, dass er jeden Abend am Tisch saß und jeden Morgen am Radio drehte, Schamhaare im Abfluss und den Hauch seines Geruchs im Schlafzimmer ihrer Mutter hinterließ.

»Ich fürchte, Cassie kann nicht ans Telefon kommen«, sagte er.

»Wann ist sie denn wieder zu Hause?«, fragte ich.

»Sie ist zu Hause«, sagte er. »Sie kann nur gerade nicht ans Telefon kommen.«

»Verstehe«, sagte ich auf eine Art, die klar erkennen ließ, dass das Gegenteil der Fall war.

»Wir haben eine Familienvorschrift«, erklärte er. »Cassie muss erst mit den Hausaufgaben fertig sein, dann sind ihre Freunde dran.«

Ich hinterließ meine Nummer, obwohl sie sie hatte. Eine Familienvorschrift? Was sollte das denn heißen? Er gehörte nicht zu ihrer Familie.

Cassie rief abends nicht zurück, und als ich sie in der Schule auf das Gerücht ansprach, war sie abweisend und wütend. Sie wirkte sogar ein bisschen, als hätte sie Angst. »Das ist widerlich, Juju. Ich fass es nicht, dass du mich so was überhaupt *fragst.*«

»Ich frag dich nicht, ob du's getan hast, ich sag dir nur, was die Leute erzählen.«

»Du erzählst es mir weiter, also hältst du's ja anscheinend für die Wahrheit.«

»Ich erzähl es überhaupt nicht weiter! Ich erzähle es dir, das ist alles.«

Sie schüttelte den Kopf. »Auf wessen Seite stehst du eigentlich?«

»Gibt es Seiten?«

»Man erzählt keinen Scheiß über seine Freunde.«

»Das *hab* ich nicht. Ich hab denen gesagt, das ist Müll. Ich dachte nur, du solltest wissen, was über dich geredet wird.«

Sie wechselte das Thema. Wir redeten also stattdessen darüber, wie schwer ihr Mathe in diesem Jahr fiel, und überlegten, ob sie Nachhilfeunterricht nehmen solle. Sie zeigte mir in der *Seventeen* ein Bild von einem Lederrucksack für zweihundert Dollar, den sie zum Geburtstag haben wollte und bestimmt nicht bekommen würde.

»Wär doch nur mein Vater hier«, sagte sie. »Der würde ihn mir kaufen.«

Ich dachte wieder an den Vorabend, an Shutes Stimme am Telefon und wie er getan hatte, als sei er ihr Vater. »Ich wette, du vermisst ihn.«

»Das kannst du mir glauben, Baby«, sagte sie mit theatralischer Stimme und blätterte die Zeitschrift durch, bis sie zu einem Artikel über One Direction kam. »Welchen findest du am besten?«, fragte sie. »Harry Styles ist definitiv heiß, aber ich habe das Gefühl, damit macht man sich's zu leicht, oder? Der ist halt die Standardeinstellung.«

Später versuchte ich, das One-Direction-Gespräch mit meiner Mutter noch mal aufzukochen, die immer jünger tat, als sie war. Ungefähr fünf Minuten lang ließ sie sich darauf ein, bevor sie einen gespielten Schrei ausstieß und sich die Haare raufte. »Ist das hohl!«, kreischte sie. »Ich halte das nicht aus!«

»Worüber willst *du* denn stattdessen reden?«

»Wie wär's mit dem Wahlkampf, und dass wir in nicht mal sechs Monaten unser Staatsoberhaupt wählen – entweder dasselbe noch mal oder ein neues. Wie wär's, wenn wir darüber reden statt über One Direction?«

»Muss das sein?«

»So was ist wichtig, meine Süße. Das muss sein.« Dann musste ich mir eine politische Sendung im Radio anhören, und abends beim Essen diskutierten wir zusammen mit meinem Vater darüber, sozialkundemäßig, nur eben zu Hause. Meine Laune war im Keller, aber ich hab's gemacht.

Peter Oundle war ebenfalls politikinteressiert, und als ich die Radiosendung erwähnte, stellte sich heraus, dass er sie auch gehört hatte, aber nicht aus Zwang, sondern weil er so was gut fand. Er gab mir Tipps zu Onlinemagazinen, die ich mir angucken sollte wegen der, wie er sagte, »geilen Berichterstattung«. So wie ich mir auf den Vorschlag eines attraktiven Jungen hin vielleicht eine Band angehört hätte – nicht direkt mit der Erwartung, die Musik selber gut zu finden, aber mit dem Gefühl, dass es zu den notwendigen Hausaufgaben des Flirtens gehörte, was meine Mutter als »Erotomorphia« bezeichnete, eine Krankheit, die sie der Hälfte aller weiblichen Teenager in Amerika zuschrieb –, sah ich mir die Onlinemagazine an. Die Artikel waren zwar nicht gerade fesselnd, aber auch nicht völlig unerträglich. Er empfahl mir einen Film namens *Gasland,* in dem alles rund ums Fracking erklärt wurde. Ich konnte sehen, dass die Themen, die Peter am meisten am Herzen lagen – Natur und Umwelt, Fracking und die Debatte um den Klimawandel –, größer waren als unser individuelles Leben.

In gewisser Hinsicht kamen mir Umweltthemen abstrakt und abseitig vor, dennoch traute ich mir zu, eine flammende Rede über die Auswirkungen des Klimawandels zu verfassen. Also ging ich zu Mr. Cartwright und schlug das als mein Thema für die diesjährige Abschlussrede vor. Damit würde ich vom Format »Deklamation und Rezitation« zu »Argumentation« wechseln, was deshalb von Belang war, weil ich gerade erst zum Team dazugestoßen war: Argumentation war eigentlich mehr ein Ding für Achtklässler. Doch Mr. Cartwright gab mir grünes Licht und sagte, ich hätte zwei Wochen Zeit für meinen Entwurf, denn wir hatten nur noch einen knappen Monat bis zu unserem Turnier.

Er sagte, eine Rede sei dann am stärksten, wenn sie etwas Persönliches beinhalte. Unser Haus war nie überflutet oder von einem Tornado zerstört worden; es war uns nie ein Ast aufs Auto gefallen. Ich konnte über meine Angst vor Schneegewittern sprechen – als ich zum ersten Mal Blitze in einem Schneesturm sah, dachte ich, die Welt gehe unter –, nur war das nicht besonders interessant. Ich konnte von den Verheerungen durch Hurrikan Katrina erzählen, aber das war ewig her – im Prinzip schon Geschichte –, und ich war nie in New Orleans gewesen. Ich könnte versuchen, etwas über das schreckliche Erdbeben in Japan vorzubereiten – das hatte eine nukleare Katastrophe ausgelöst, gerade mal vor einem Jahr. Aber zum einen hatte ich zu dem Ereignis kein persönliches Verhältnis; zum anderen ging es dabei nicht nur um den Klimawandel. Man könnte zwar argumentieren, das Ereignis sei durch den Klimawandel ausgelöst worden, doch darauf reduzieren ließ es sich nicht.

Mein Vater war es, der mich auf Hausmeister Rudy aufmerksam machte. »Weißt du noch, dieser irre Sturm vor ein paar Jahren? Hurrikan … wie hieß er noch gleich?«

»Das weiß ich nicht mehr«, sagte meine Mutter.

»Ein Mädchen oder ein Junge?« Ich fand es großartig, dass Stürme ein Geschlecht hatten.

»Kann ich dir nicht sagen. Der Punkt ist, es war ein Sturm, der völlig überraschend hereinbrach, ein später Hurrikan, der gar nicht so weit nach Norden hätte ziehen dürfen. Es war von Hochwasser die Rede gewesen, und die Leute hatten am Strand alles zugenagelt und evakuiert, aber am Ende war's dann größtenteils doch nicht so schlimm wie befürchtet.«

»Größtenteils?«

»Heftige Windböen und Regen, der in zwanzig Minuten die Straße unter Wasser gesetzt hat, aber in Schüben, nicht durchgehend.«

»Ich erinnere mich«, sagte meine Mutter plötzlich. »Diese Kette von Minitornados, richtig? Wie hießen die Dinger noch mal?«

»Fällt mir auch nicht mehr ein.«

»Ich kann's sofort auf dem Handy nachgucken«, sagte ich. Zu der Zeit war ich in der Familie die Einzige mit einem Smartphone.

»Was suchen wir? Die Bezeichnung für einen Minitornado?«

»Es ist nicht *direkt* ein Tornado«, sagte mein Vater. »Es ist *eine Form von* Tornado.«

»Was soll denn das mit dem Telefon am Tisch?«, sagte meine Mutter auf einmal laut. »Wir hatten uns doch geeinigt.«

»Es ist nicht *am* Tisch, nur *in der Nähe* vom Tisch.«

»Und plötzlich ist es akzeptabel?«

»Lass sie das doch eben nachschlagen. Mir liegt es auf der Zunge.«

»Herrgott noch mal!«

»Staubhose? Ist es das?«

»Nein. Lies weiter.«

»Rich! Wir sind beim Essen!«

»Du würdest sie doch auch nicht davon abhalten, ein Lexikon zu holen, oder?«

»Aber –«

»Aber sie würde es da nicht finden, weil sie das Wort ja noch nicht kennt.«

»Derecho?«

»Exakt! Das ist es. Die Firma dankt, Fräulein Julia. Eine Linie aus Derechos. Lies mal vor.«

»Es sind Böenlinien, aber keine Tornados. ›Diese Stürme erzeugen starke langgezogene Winde und können ähnliche Schäden verursachen wie Tornados.‹«

»Siehst du? Da haben wir's. Ich weiß noch, wie ich mich mit Rudy auf dem Parkplatz vor dem Rite Aid darüber unterhalten habe. Er hat mir das alles erklärt. Verursacht durch den Hurrikan. Eine Linie von Derechos. Klingt irgendwie mexikanisch, nach Doritos und Nachos in einem. Er war enttäuscht, als hätte ein Tornado mehr Prestige, was Besseres, sozusagen.«

»Papa –«

»Der Punkt ist, ein Derecho hat sein Haus zerstört. Ein kleines Holzhaus im Wald, in der Vine Tail Road draußen am Naturreservat. Er wohnte damals dort mit seiner Mutter, und wenn ich mich recht entsinne, war sie gerade verstorben, insofern war es besonders schlimm für ihn. Ich bin damals rausgefahren und habe es mir angesehen, zusammen mit Eric – der Sturm hatte alles plattgemacht, als wäre ein Riese drübergestapft.«

»Und wo wohnt er jetzt?«

»Immer noch da.« Mein Vater stand auf, um den Tisch abzuräumen.

»Rich! Das ist Julias Aufgabe.«

»Jetzt lass sie doch mal. Ich bin doch noch am Erzählen.«

»Hat er das Haus wieder aufgebaut?«

»Nein, er hat einen Trailer besorgt und ihn auf ein erhöhtes Betonfundament gesetzt. So richtig hinterwäldlermäßig. Das, was er sich von dem Geld von der Versicherung halt leisten konnte. Ganz primitiv. Den Hund hält er draußen im Zwinger, und ich hab mir sagen lassen, der heult jede Nacht wie ein Werwolf.«

»Tolle Geschichte, nur hilft sie Julia nicht weiter mit ihrer Rede.«

»Hat der Derecho das Haus zerstört? Oder war es ein Ast?«

»Das kannst du ihn ja fragen. Aber der Sturm hat eine richtige Schneise geschlagen, die Tannen abgeknickt wie Streichhölzer – diese Schneise ist da auch noch, wie eine Straße durch den Wald –, und ich denke mal, dass das Haus genau im Weg stand. Ein Haufen Brennholz, hier und da ein paar durchnässte, verdreckte Möbel in der Gegend verstreut. So sah das aus, als ich da war.«

Meine Mutter seufzte. »Keine schöne Sache.« Sie nahm das Vanilleeis aus dem Gefrierschrank. »Ich finde, wir brauchen jetzt ein bisschen Pariser Lebensart. Wie wär's mit Poire Belle Hélène? Ihr wechselt das Thema, und ich mach die Schokoladensoße.«

»Ich finde, du solltest Rudy interviewen«, sagte mein Vater. »Seine Geschichte ist doch wie gemacht für einen Vortrag.«

»Aber war das denn der Klimawandel?«, fragte ich. Meine Mutter gab die Birnen in kleine Schälchen und schöpfte Kugeln aus dem Eisbehälter.

»Aber sicher. Einen Hurrikan – oder in dem Fall ein Derecho – so weit im Norden, im November, das hatte es vorher nie gegeben.«

»Alles klar«, sagte meine Mutter, »aber jetzt sind wir beim Essen, und Rudy kann warten. Erzähl doch mal vom Lacrosse-Spiel heute Nachmittag, Schatz. Wer hat gewonnen?«

Und so geschah es, dass ich mit Rudy Molinaro ein Interview führte und ihn zu seinem Haus befragte. Es machte ihn zu einer Art Verbündeten. Ich kannte bis dahin nur Erwachsene, die mit Kindern aus meinem Umkreis oder mit der Schule in Verbindung standen, insofern stellte er Neuland für mich dar. Bei Rudy wirkte das Erwachsensein seltsam kindlich – als ob einem Dinge zustießen, als hätte man keinen nennenswerten Einfluss auf sein Leben. Als wäre alles irgendwie vom Schicksal bestimmt.

An einem Sonntagnachmittag fuhr mich mein Vater zu Rudy und setzte sich an der Küchentheke auf einen Barhocker, während ich ihn mit dem alten Aufnahmegerät meiner Mutter interviewte – »das Handwerkszeug eines jeden Journalisten«, sagte sie, während sie in ihrem Schreibtisch wühlte und es schließlich triumphierend hochhielt.

»Dich kenn ich«, sagte Rudy bei unserer Ankunft. Er zeigte mit seinem stummeligen Zeigefinger auf mich. »Du bist doch immer mit diesem kleinen blonden Mädchen unterwegs. Weiße Haare wie ein Engel. Ich seh euch immer in der Stadt.«

»In letzter Zeit weniger«, sagte ich. »Aber ja, stimmt.«

Fast Knie an Knie saß ich mit Rudy auf dem kleinen, braunen Cordsofa. Ein Brandloch im Polster neben meinem Oberschenkel irritierte mich: Im Innern des Lochs sah ich weichen, gelben Schaumstoff und hatte den Drang, daran herumzuknibbeln. Am Ende setzte ich mich auf meine rechte Hand.

Rudys Geschichte war traurig. Er war in dem Haus im Wald aufgewachsen, und nach der Highschool hatte er bei einer Firma drüben in Lawrence eine Elektrikerlehre gemacht und irgendwann genug Geld zusammengespart, um bei seinen Eltern auszuziehen und sich im Stadtzentrum von Royston eine Wohnung zu nehmen. Das machte ihn zum ersten Roystoner Bewohner eines Apartments, den ich bewusst kennenlernte. Eine Zeitlang hatte er eine Freundin und man redete übers Heiraten, aber die Freundin wollte nach Boston ziehen und er in der Gegend bleiben, wo er alle kannte und alle ihn kannten. Dann hatte sein Vater im Alter von 59 am Steuer seines Pick-ups auf dem Highway einen Herzinfarkt, und Rudy, der damals 31 und alleinstehend war (die Freundin hatte sich abgesetzt), stand vor einer schwierigen Entscheidung.

Seine Mutter wohnte allein im Wald, sie war Diabetikerin und hatte ein schlimmes Bein, weshalb sie nicht Auto fahren konnte. In eine Stadtwohnung hätte sie wegen der Treppen nicht ziehen können. Also zog Rudy zurück in das Haus in der Vine Tail Road und schaffte sich statt einer Braut die Schäferhündin Bessie an und liebte sie genauso, auch wenn sie nicht bei ihm im Haus schlafen durfte. Rudy verbrachte dort den Großteil seiner Dreißiger – 2009 war er von der Elektrofirma in Lawrence entlassen worden, als die Rezession zuschlug und Stellen abgebaut wurden, wobei er der letzte nicht mit diesem verwandte Mitarbeiter von Doug Bergdahl war, dem Inhaber und Firmengründer, und Doug hatte ihm immer wieder versichert, dass er sehr traurig sei, ihn gehen zu sehen.

Danach lebte er von Gelegenheitsjobs und dem Posten als Wachmann plus Hausmeister für den Bauträger, zu dessen Land auch die Nervenklinik gehörte – es ergab ein Grundeinkommen, aufgebessert durch Reparaturjobs, die nicht allzu viel einbrachten, aber herrje, es war ein Job und die wuchsen nicht auf Bäumen, und immerhin konnte er so für seine Mutter sorgen. Ab dem Zeitpunkt seiner Rückkehr nach Hause baute sie ab, sie habe Sehnsucht nach ihrem Mann gehabt, sagte Rudy, wobei mein Vater später andeutete, dass Mrs. Molinaro sich ganz gern ein Gläschen genehmigte, was, wie er weiter ausführte, an sich schon problematisch ist, für Diabetiker aber erst recht. Irgendwann war sie dann mehr oder weniger bettlägerig, und bei der Erinnerung daran traten Rudy die Tränen in die Augen, und wir beließen es dabei, wobei er noch hinzufügte, dass das Hospiz großartig gewesen sei und er nicht wisse, was er ohne die Leute dort getan hätte, womit er vor allem Bev Burnes meinte. Ich konnte es mir vorstellen, auch wenn der Wohnwagen, in dem wir saßen und Instantkaffee tranken, logischerweise nicht das nicht mehr vorhandene Holzhaus war, aber ich stellte es mir ähnlich unaufgeräumt vor – mit speckigen Teppichen, Wollmäusen und klebrigen Ringen auf sämtlichen Oberflächen. Ich sah sie vor mir, die rastlose, voluminöse, selbstgerechte Bev, die in ihrem Honda Civic knirschend über die Auffahrt fuhr, um mit Stethoskop um den Hals, rotgesichtig und leicht kurzatmig in ihrer süßen Duftwolke und mit bonbonfarbenen Fingernägeln herumzuflattern und wie ein kleiner Wirbelwind aus Reinlichkeit im ganzen Haus Ordnung zu schaffen, hier eine Oberfläche abzuwischen, dort eine Stirn abzutupfen, hier einen Puls zu messen, dort eine Windel zu wechseln und schließlich – der Engel des Todes – ihr verführerisches und letztlich tödliches Morphium zu verabreichen.

Angesichts von so viel Aktionismus muss Rudy geplättet gewesen sein, und dankbar, unendlich dankbar. Er ist nicht, bis heute nicht, *wiederhergestellt* worden, wie meine Mutter sagen würde, und er war auch nicht das, was sie *kultiviert* nennt. Bev muss ihm erschienen sein wie ein Leuchtturm auf einem Fels, eine feste und barmherzige Erleuchtung in diesem finsteren Winkel von Royston.

Seine Mutter starb im März 2010 an einem Schlaganfall – »eine Gnade«, habe Bev gesagt –, als im Wald noch keine Spur von Frühling war und kein einziger Vogel tröstend in den Zweigen sang, und Rudy war sehr einsam gewesen, wenn man mal von Bessie absah, die drei Tage am Stück geheult hatte, als wolle sie seine Trauer aus der Welt schaffen.

Als also im Spätherbst der Sturm zuschlug und das Haus dem Erdboden gleichmachte und den letzten Rest des Lebens zerstörte, das er bis dahin gekannt hatte, war die Verzweiflung komplett. Das sagte er so nicht – dafür war er nicht der Typ; strenggenommen sah er nur auf seine Hände und murmelte: »War schlimm. Verdammt schlimm«, und ganze drei Minuten lang sagte er erst mal überhaupt nichts (schweigend beobachtete ich die Uhr mit den Leuchtziffern an seinem Herd, tauschte Blicke mit meinem Vater aus, wartete), als wolle er diese wenigen Worte, das volle und unsagbar schlimme Ausmaß seines Verlusts, im Raum um uns herum erst zur Blüte kommen lassen. So wie ich ihn verstand, hatte er das Gefühl, irgendeine dunkle Form von Gerechtigkeit sei am Werk und dass er die materiellen Dinge verloren habe, die das repräsentierten, was er mit dem Tod seiner Mutter ohnehin schon verloren hatte, und als zwinge ihn die Natur zu verstehen, dass er noch mal von vorne anfangen müsse, dass nichts jemals wieder so sein würde wie zuvor.

In der Nacht des Sturms war er in der Stadt bei einem Pokerspiel; einmal im Monat traf er sich mit alten Freunden von der Highschool. Wegen des Wetterberichts hatte er Bessie im Truck mitgenommen – »Die dreht durch, wenn's stürmt, wie alle Hunde. Die wittern so was immer schon vorher«, sagte er – und er hatte sie in die Führerkabine gesperrt, wo sie auf dem Beifahrersitz saß, die Nase am Lenkrad und die Ohren gespitzt. »Als es richtig schlimm wurde, bin ich raus, um nach ihr zu gucken, und sie hat gejault. Aber richtig schlimm. Ich hatte den Wagen extra so geparkt, dass keine Bäume in der Nähe waren. Wegen der Äste, du weißt schon. Aber das Gejaule brach mir das Herz. Also habe ich Ham gefragt, ob ich sie mit reinbringen kann, ich würd sie in die Küche tun, und er hat gesagt, na klar, und das hab ich dann auch gemacht. Aber sie hörte und hörte nicht auf zu jaulen. Ich und die Jungs, wir haben uns noch drüber lustig gemacht, so ein großer Hund und hat Schiss vor so 'nem bisschen Schlechtwetter. Ich hab natürlich gedacht, es muss der Wind sein. Der Wind hat dermaßen geheult.« Er schüttelte den Kopf. »Aber später … Ham meinte, fahr erst, wenn der Sturm sich gelegt hat, und wir sind alle geblieben, ein richtiger Marathon war das – hundert Dollar bin ich losgeworden an dem Abend –, und später, als ich zurück bin und das Haus sah … na, da hab ich gedacht, Bessie wusste es die ganze Zeit. Die wusste es in dem Moment, in dem es passiert ist.«

»Gut, dass Sie sie mitgenommen haben«, sagte mein Vater.

»Na klar.« Rudy lächelte. Ein Vorderzahn war grau und abgestorben und sein Lächeln hatte etwas von einem Halloweenkürbis. Und es fehlten ihm auch weiter hinten ein paar Zähne, sodass sein Mund an einigen Stellen eingefallen war. Er hatte eigentlich gar nichts Gruseliges, das konnte ich aus der Nähe sehen, mit seiner kleinen Wampe und den Wurstfingern und den fusseligen grauen Locken auf dem Kopf. Die Haut über seinen Wangen war gerötet und ledrig, während seine dunklen Augen wie Hundeaugen waren, hoffnungsvoll und traurig. »Bessie mitzunehmen an dem Abend war das Klügste, was ich je gemacht hab.« Ich sah ihm an, dass er sich gerade die andere Möglichkeit ausmalte. »Das«, sagte er, »hätte ich nicht gepackt. Sie ist alles, was ich habe. Sie ist meine Familie. Sie weiß mehr als ich.«

Ich dachte zurück an den Nachmittag im Spätsommer in der Nervenklinik, als Cassie und ich zu ihm und Bessie und dem Truck runtersahen und ich mir sicher war, dass sie uns wahrgenommen hatte. »Schäferhunde sind besonders intelligent, oder?«

»Intelligenter als die meisten Menschen«, sagte er. »Zumindest die, die ich kenne.«

Dann dachte ich wieder daran, wie ich mir vorgestellt hatte, sein Springsteen-Gewummer sei das Wiederauflebenlassen einer sorglosen Jugend; aber jetzt, mit direktem Blick auf Rudy, wusste ich, dass das niemals der Fall gewesen sein konnte. Er war nie dieser selbstsichere Typ gewesen, der mit einem Mädchen im Arm am Steuer seines Pick-up sitzt. Ich kannte aus der Schule die jüngeren Versionen von Rudy: Unbeholfen, einsam und ein bisschen schwerfällig suchten sie nach ihresgleichen, einfach um der Gemeinschaft willen, voller Hoffnung, aber ohne große Erwartungen, und dankbar, dankbar für das, was sie bekamen.

Die Rede wurde gut – »eine nahezu ideale Kombination«, so Mr. Cartwright, aus Persönlichem und wissenschaftlich Fundiertem. Ich pickte mir ein paar Details aus Rudys Geschichte heraus – rührende Details, den Moment am Morgen nach dem Sturm zum Beispiel, als er das Lieblingsfoto seiner Mutter von sich und seinem Vater fand, beide in jüngeren Jahren, von Schlamm bedeckt inmitten eines Gewirrs aus nassen Ästen und Trümmern. Auch wenn Bessies offensichtliche Intuition eine tolle Story abgab und für mich den wichtigsten Teil darstellte, hatte sie wenig mit Klimawandel zu tun, also ließ ich sie weg. Man muss die Geschichte zu einem Argument formen, erklärte Mr. Cartwright, das heißt, man wählt aus, was man einbaut und was man weglässt. Ich begann mit Rudy, kam davon ausgehend auf Hurrikan Katrina und andere, größere Wetterereignisse zu sprechen, und dann ging es los mit meiner Statistik. Mr. Cartright betonte immer, dass wir weniger auf das Kollektive als vielmehr auf das Individuelle reagieren – dass uns der Tod eines bestimmten Kindes betroffener macht als die Nachricht von 500 oder 1000 Toten –, und das hatte ich mir gemerkt. Vielleicht habe ich Rudy heroischer und stoischer dargestellt, als er es im wahren Leben war (im wahren Leben, meinte mein Vater, sah es ganz danach aus, als hätte Rudy sich seit dem Tod seiner Mutter mit einer ganz eigenen Sparversion von Johnnie Walker angefreundet), aber es half, um meinen Punkt rüberzubringen, und ich musste nichts dazuerfinden. Mr. Cartwright sagte, die Rede hätte gute Chancen bei unserem Turnier, was ungefähr das höchste Lob war, das er aussprechen konnte, also war ich glücklich. Am Ende wurde ich Dritte, wobei die beiden Schüler, die besser waren als ich, Achtklässler waren, und insofern fühlte es sich trotzdem an wie ein Triumph. Jodie, die in einer ganz anderen Kategorie war und einen Monolog aus *Der Widerspenstigen Zähmung* vortrug, war sogar ein bisschen neidisch.

Schon komisch, was die Zeit macht: Jeden Tag einen Tropfen Wasser, und unbemerkt wird der Stein darunter ausgehöhlt. Im späten Frühjahr dachte ich nicht allzu oft an Cassie. Es war nicht so, dass ich sie gar nicht mehr sah, nur unternahmen wir nichts mehr zusammen. Peter Oundle war für mich ein guter Freund geworden, und wenn der Grund dafür ihre gescheiterte Beziehung war, konnte ich Cassie dankbar sein. Auch wenn er sie vergötterte und vielleicht nach der Trennung sogar noch mehr liebte, wusste ich, dass sie nicht die Richtige für ihn gewesen sein konnte: Klar, er war der Schnellste beim 400-Meter-Lauf und wurde auf alle Partys eingeladen, aber im Grunde seines Herzens war er ein Dichter; er zeigte mir seine Gedichte, erzählte mir, wie sie entstanden waren, und bat mich an bestimmten Stellen um meine Meinung. Zu einigen komponierte er Musik und machte daraus gereimte Songs, und auch die probierte er an mir aus. Er lud mich zu sich ein – beim ersten Mal war ich richtig aufgeregt, als hätte es was zu *bedeuten*; aber sehr schnell wurde mir klar, dass es nichts sonderlich Bedeutsames hatte, zumindest nicht für ihn.

Peter hatte in seinem Zimmer ein Keyboard und eine Gitarre, und er spielte und sang mir Sachen vor und wir arbeiteten zusammen an den Texten. Ich habe so was nicht gelernt, aber irgendwie weiß ich, wie ein Lied weitergehen muss, um zu funktionieren, so wie ich weiß, wie eine Geschichte weitergehen muss, so wie ich den Plot eines Fernsehfilms vorhersagen kann, bevor er sich entfaltet, und fast immer recht habe. Peter meinte, niemand könne das so gut wie ich und dass wir Kollaborateure seien. Er sagte, er vergesse immer wieder, dass ich jünger sei als er, weil ich so gute Ratschläge erteilen und so klug wirken würde. Ich gab mir alle Mühe, sein Lob nicht falsch zu verstehen.

Ich konnte mir nicht vorstellen, dass er mit Cassie so was gemacht oder sie auf dieselbe Art gelobt hätte. Dennoch brach er immer eine Lanze für sie – zumindest für irgendeine Phantasie, die er von ihr hatte –, und ich suchte bei ihm vergebens nach auch nur einem Hauch von romantischem Interesse an mir. An der Art, wie sein Blick und seine Stimme weich wurden, wenn er über Cassie sprach, erkannte ich, dass er sie immer noch liebte. Er hatte außerdem die Angewohnheit, mit seinem linken Zeigefinger über seinen rechten Daumen zu streichen, wenn das Thema auf sie kam, als würde er seine Hand trösten, sich selbst trösten, als falle es ihm schwer, über sie zu reden, obwohl er es wollte. Davon abgesehen war er in meiner Gegenwart ganz entspannt: keine langen Blicke, kein peinliches Schweigen, keine unbeholfenen Gesten. Klar wartete ich darauf – ich hoffte sogar darauf; ich dachte daran, wie seine Hand an dem lang vergangenen Sommermorgen einen kurzen Moment auf meiner Schulter gelegen und wie sie gebrannt hatte –, aber da war nichts.

Mehr als einmal erzählte mir Peter, wie glücklich er sei, in mir eine so gute und kluge Freundin zu haben. »Du bist echt Gold wert!«, sagte er. Er erzählte mir alles Mögliche – dass seine Mutter zu viel trinke, nicht direkt wie eine Säuferin, aber gerne mal ein Glas Wein zu viel; und dass sie seinen Vater beschimpfe und wie schrecklich das für ihn sei, dass sie ihm gleichzeitig aber auch leid tue. Er erzählte mir von der schweren Legasthenie seines älteren Bruders – Josh war fünf Jahre älter und studierte – und dass er immer schlecht gewesen sei in der Schule und sich »im Schneckentempo durchs Studium quäle«, wie Peter mit verzagtem Lächeln seinen Vater zitierte; und wie enttäuscht seine Eltern von Josh seien und wie sie hofften, Peter werde das alles wettmachen. Er erzählte von seiner Insektenphobie, dass er als Kind Asthma gehabt habe und dass er auf oldschool Musik wie Bob Dylan und japanische Animes stehe. Er zeigte mir auf dem Rechner tonnenweise Fotos von Tokio – er träumte von einer Japanreise. Er redete mit mir über Gott und die Welt, aber so, als wären wir beste Freundinnen oder alte Leute. Er merkte nichts von meinem Interesse, ob nun gewollt oder nicht.

Meine Mutter sagte, er werde es irgendwann schon noch kapieren: »Hab Geduld, liebe Patientin!«, sagte sie, wobei ich mir nur mit Mühe ein Lächeln abringen konnte bei der Anspielung auf Anders Shute, dem Sinnbild aller schiefgelaufenen Dinge.

Zwischen dem Anfang der siebten und dem Ende der neunten Klasse liegt eine lange Zeit. Es passiert sehr viel. Manches davon passiert so schnell wie ein Autounfall oder ein Herzinfarkt; anderes passiert langsam wie die Auflösung einer Freundschaft oder einer Ehe, oder wie eine Krebserkrankung; man merkt gar nicht richtig, wie diese Dinge passieren, bis die Sache eskaliert und es zu spät ist.

Mit jemandem, den man immer schon gekannt und ohne nachzudenken geliebt hat, ist es seltsamerweise so, dass man alles und nichts über ihn weiß. In der Schule unterhielten wir uns manchmal im Gang oder in der Cafeteria, und Cassie verzog auf bestimmte Art das Gesicht, benutzte ein bestimmtes Wort oder fuhr sich mit der Hand durch die Haare und ich wusste genau, was sie empfand, und alles zwischen uns war immer noch da: Man konnte sich nicht das ganze Leben wegnehmen lassen. Aber gleichzeitig war unsere Freundschaft wie eine Stadt, die man lange nicht mehr besucht hat, wo man die Straßen kennt wie seine Westentasche, die Läden und Restaurants aber gewechselt haben, sodass man zwar problemlos den Weg von der Kirche zum Marktplatz findet, aber plötzlich nicht mehr weiß, wo man ein Eis oder ein anständiges Sandwich bekommt.

Cassie und der Elendspfuhl waren während dieser ganzen Zeit unzertrennlich. In der Achten gingen sie an den Wochenenden zusammen auf Partys. Auf Instagram war jedenfalls zu sehen, dass sie auf Highschoolpartys gingen, und Peter, mit dem ich immer noch telefonierte und simste und mit dem ich mich regelmäßig traf, obwohl sein Schulcampus in Royston war, meinte, immer wenn er sie gesehen habe, nach der Abschlussfeier, beim Lagerfeuerabend oder auf dem Winterschulball, steckten die beiden zusammen, lachten laut und rissen Witze übers Trinken und Kiffen. Wenn sie nicht gerade tatsächlich am Feiern waren, wollten sie zumindest den Eindruck erwecken, als wären sie es.

Es war mir schleierhaft, wie Bev das alles zulassen konnte. Vielleicht war sie einfach zu verliebt. An einem Sonntagabend war ich mit meiner Familie im Lotus Garden Chinesisch essen, als Bev und Anders Shute das Restaurant betraten. Sie blieben kurz an unserem Tisch stehen, und meine Mutter fragte nach Cassie, und Bev sagte, Cassie habe zu Hause bleiben und Hausaufgaben machen wollen. Ich fand das seltsam – sie musste doch auch essen, oder? Vermutlich waren Bev und Anders Shute froh um ihre Zweisamkeit, und Cassie war froh, sie los zu sein. Ich stellte mir vor, dass sie einsam war. Dann ging mir auf, dass sie womöglich gar nicht allein war und dass sie, selbst wenn, wahrscheinlich gar nicht Hausaufgaben machte. Nicht mal ich mit meinem Lernpensum hatte *so* viele Hausaufgaben. »Müßiggang ist aller Laster Anfang«, hatte Bev immer gesagt, als wir noch klein waren und sie uns Beschäftigungen gab. In dieser Zeit sah alles danach aus, als hätte Bev für Cassies Müßiggang keinerlei Blick.

Was ich erst später erfuhr – obwohl ich es vielleicht hätte ahnen können –, war, wie stürmisch die Dinge im Hause Burnes geworden waren. Mein Vater erfuhr von Mr. Aucoin, als der zu seiner halbjährlichen Kontrolluntersuchung in die Praxis kam, dass er eines Abends lange nach Einbruch der Dunkelheit auf der Route 29 auf Cassie gestoßen war, die am Straßenrand entlang zu Fuß in Richtung Stadt unterwegs war. Er hielt an und forderte sie auf, einzusteigen, er fahre sie nach Hause – so gab mein Vater Mr. Aucoins Erzählung wieder –, und Cassie habe das Angebot sehr höflich ausgeschlagen: »Nein, danke. Ich will zu einer Freundin«, und Mr. Aucoin sagte: »Na ja, wenn das der Fall ist, sollte deine Mutter dich hinbringen, um diese Uhrzeit. Du kannst nicht einfach die Landstraße entlangspazieren. Also steig ein, ich bring dich nach Hause.« Und wieder lehnte sie ab, und er sagte: »Cassie Burnes, ich bleibe so lange hier stehen, bis du dich ins Auto gesetzt hast. Aber wenn's dir lieber ist, wähle ich die 911, dann kann dich Officer Callaghan im Polizeiwagen nach Hause bringen.« Und dann, sagte mein Vater, habe Mr. Aucoin gesagt, sei sie eingestiegen, und er habe sie nach Hause gefahren.

Cassies Seite der Geschichte habe ich nie gehört, was heißt, dass sie das Gefühl gehabt hat, den Vorfall nicht von der komischen Seite sehen zu können. Aber ich dachte darüber nach, wie es wohl für sie war, so durch die Dunkelheit zu laufen – sie konnte doch nur verzweifelt gewesen sein, oder? Einfach nur laufen, ohne Ziel, bloß weg. Wieso sollte man so was sonst machen? Es sei denn, Bev hatte Dienst und Cassie musste wirklich irgendwohin (aber wohin? Delia wohnte viel zu weit weg. Ich konnte mir nicht vorstellen, wohin sie gewollt hätte – sogar unser Haus war fast zwei Kilometer und das von Peter mehr als dreimal so weit entfernt) und Anders Shute nicht hatte fragen wollen; oder beide waren weg, und sie war allein zu Hause, und vielleicht war ihr die Landstraße auch nicht gruseliger vorgekommen, als allein zu Hause zu sitzen – Electra, die Katze, hatte sich längst in den Wald verabschiedet.

Aber egal aus welchem Grund sie allein unterwegs war – wie fühlt sich so was an, wenn sich zwei grelle heiße Scheinwerfer auf einen richten, wenn sich aus dem Verkehr ein Auto löst und dieses Auto … wessen Auto? Man konnte in der Dunkelheit ja nicht erkennen, ob es ein bekanntes oder unbekanntes Auto war, nicht mal, welche Farbe es hatte. Wie in einem Albtraum gleitet das Fenster runter, und ein Mann befiehlt einem einzusteigen, und erst da geht einem auf, dass man ihn kennt, es ist der Nachbar von nebenan, und die Erleichterung überkommt einen wie neues Blut, plötzlich wechselt die Körpertemperatur – nur dass er plötzlich darauf *besteht*, dass man einsteigt, dass man das tut, was unsere Mütter uns immer strengstens verboten haben, nämlich bei einem fremden Mann ins Auto zu steigen … Aber es ist ja gar kein fremder Mann, es ist Mr. Aucoin, groß und haarig wie ein Bär, im reflektierenden Licht kann man seine pelzige Pranke auf dem Lenkrad sehen. Da läuft es einem wieder kalt den Rücken runter: Es *ist* doch seltsam, dass er auf diese Weise insistiert – man kennt ihn nicht gut; seine Frau und seine Hunde kennt man besser –, und hat man nicht schon oft gehört, die meisten Entführer seien Leute, die das Opfer gekannt hat? Wie ist man nur in diese Situation geraten, hier am Straßenrand, wo ein großer Mann einen gerade zwingen will, in sein Fahrzeug einzusteigen? Er wiegt bestimmt doppelt so viel wie man selbst. Man hätte keine Chance. Und wenn man nicht zu Mr. Aucoin ins Auto steigt, wie lange wird es dauern, bis das nächste Auto anhält, wieder ein Fenster runtergeht und ein anderer Mann – ein unbekanntes Gesicht diesmal, das Gesicht aus unseren schlimmsten Albträumen – genauso insistiert? Und dann sagt er das mit Officer Callaghan, und man ist beruhigt – er würde ja nicht den Polizisten ins Spiel bringen, wenn er vorhätte, einen umzubringen, oder? –, und man gibt nach, man steigt ein. Und das alte Kunstleder seines Buick Le Sabre ist rissig, aber auch glatt, und aus dem Gebläse kommt heiße Luft und trifft auf die ohnehin schon brennenden Wangen, und er reißt den Wagen so abrupt vom Straßenrand weg, dass der Kies unter den Reifen hochspritzt, und während einem der Gurt ins Fleisch schneidet, denkt man, ich hab's verkackt, ich hab's verkackt, er wird mich doch umbringen, und man atmet erst wieder durch, als er in der Auffahrt den Motor abstellt, den Bauch in dem fusseligen Pullover hinters Lenkrad gezwängt, und er sich auf seine charakteristische Art räuspert, die man manchmal im Sommer durchs offene Fenster hört, und sagt: »Muss ich mit reinkommen und ein ernstes Wörtchen mit deiner Mutter reden? Oder kriegst du das alleine hin?« Und zum ersten Mal fasst er einen an, nur ganz leicht am Unterarm, eine Berührung, die man durch die Jacke hindurch spüren kann, wie die Berührung eines Vaters, überraschend leicht für einen so fleischigen Mann, und er sagt mit einer gewissen Dringlichkeit: »Sie muss verstehen – du musst verstehen –, du kannst nicht einfach mitten in der Nacht allein über die Landstraße laufen. Das ist gefährlich. Hörst du?«

Man nickt und bedankt sich höflich, wobei man sich ein bisschen fragt, ob er ein Perverser ist, allein dadurch, dass er diesen Gedanken im Kopf hat. Er hat keine Töchter; was weiß er denn schon? Und man steigt aus dem Auto und winkt ihm von der Haustür aus zu, man schlüpft hinein in das gelbe Licht und sieht, wie er einem zunickt, ein kurzes Nicken, und man überlegt, ob er vielleicht mehr verstanden hat, als er sich anmerken lässt.

Und danach gibt es diese flüchtige Erkenntnis, die Angst, dass all die Gefühle und der Schreck, der einem noch immer in den Gliedern sitzt, vielleicht eine Art Pornographie waren, eine Art ausgedachte Angst wie die Angst beim Spielen oder beim Horrorfilmgucken, ein fast erotischer Nervenkitzel, der aus einem tiefen Verständnis dafür geboren wird, wie Geschichten gehen, wie sie weitergehen müssen, und wenn ein junges Mädchen nachts allein zu Fuß unterwegs ist, gibt es eine Geschichte dazu, und die handelt von Bestrafung, und ist diese Bestrafung nicht absolut – Vergewaltigung oder sogar Tod –, dann muss die Geschichte zumindest mit diesen Möglichkeiten drohen und mit der Angst, dass diese eintreten könnten. Und dazu die Erkenntnis, dass die vielen Geschichten, mit denen man aufgewachsen ist, einem das Gefühl gegeben haben, in diesem einen Moment auf der Landstraße nicht nur Opfer, sondern auch Heldin einer Geschichte zu sein, die andere über einen erzählen werden, und dies die eine seltene Gelegenheit ist, der Star der Show zu sein.

All das stellte ich mir in Cassies Fall vor, stellte ich mir schon damals in dem Winter vor, als wir in der achten Klasse waren, also spielt es keine Rolle, dass sie es weder mir noch sonst jemandem, den ich kenne, erzählt hat, denn ich habe es miterlebt. Wobei ich mich frage, ob Cassie, als das Auto neben ihr hielt, ausschließlich verärgert war – was denn *noch*? Kann dieser Tag denn wirklich noch viel schlimmer werden? –, oder ob sie bereitwillig eingestiegen wäre, in jedes Auto und umso bereitwilliger, wenn die Fahrt in die Ferne, in die große wilde Finsternis gegangen wäre? Wir sind unterschiedlich, Cassie und ich, und offenbar waren wir es immer schon, wir wollten immer schon unterschiedliche Dinge festhalten oder loslassen. Wie es in dem Janis-Joplin-Song heißt, den meine Mutter so mag – *freedom's just another word for nothing more to lose* –, war Cassie vielleicht da schon bereit für das nächste Ding, auch wenn sie keine Ahnung hatte, was es sein könnte.

Nach all dieser Zeit frage ich mich jetzt natürlich, wieso ich Cassie, nachdem mein Vater mir die Geschichte mit Mr. Aucoin erzählt hatte, nicht mal eine SMS geschrieben oder sie angerufen habe, wieso ich nicht mal vor ihrem Schließfach stehengeblieben bin und sie gebeten habe, mit mir zu reden. Ehrlich gesagt kam es mir gar nicht in den Sinn. Ich schüttelte den Kopf und behielt die Geschichte für mich. Ich erzählte nicht mal Jodie davon – wozu auch? Ich wusste ohnehin, was sie sagen würde; nur Peter erzählte ich davon, und wir unterhielten uns ein bisschen darüber, und er schrieb einen Song, einen langsamen, traurigen Song über ein Mädchen, das nachts die Straße entlangläuft, und von dem ich zu ihm sagte, er sei sein bisher schönster (das war er wirklich); und soweit ich weiß, redete auch er mit niemandem sonst über die Geschichte.

Aber bestimmt hatte sich Mr. Aucoin, als er bei meinem Vater im Zahnarztstuhl lag, den offenen Mund verletzlich unter anders gearteten grellen Lichtern, während die behandschuhten Finger meines Vater auf seinem Zahnfleisch herumdrückten, genau deshalb zu Wort gemeldet, bestimmt hatte er es deshalb erzählt, weil er wusste, dass Cassie und ich schon ewig lange befreundet waren, und er auch wusste, dass mein Vater es mir erzählen würde, und er dachte, dass die Information bestimmt in den richtigen Händen wäre und dass irgendjemand, wer auch immer, irgendetwas damit anfangen könnte.

In Sommer desselben Jahres machte ich zum ersten Mal alleine Ferien. Mr. Cartwright empfahl ein Ferienlager mit Schwerpunkt Theater im Norden von New York, am Ufer des Lake George, wo er als junger Mann unterrichtet hatte. Jodie und Jensen wollten auch gerne dahin, doch es erwies sich als zu teuer, zumal sie ja zu zweit waren, also fuhr ich, ohne jemanden zu kennen. Meine Eltern brachten mich mit meinem ganzen Zeug in unserem Kombi hin und verziehen mir, dass ich sie mehr oder weniger sofort verscheuchte, kaum dass wir auf dem Gelände angekommen waren. »Alles andere hätte uns gewundert, Hase«, sagte mein Vater – wie konnte er mich vor allen Leuten Hase nennen! –, und meine Mutter wurde sentimental. Sie war als Kind mit Begeisterung ins Ferienlager gefahren – Bogenschießen! Kanufahren! Lagerfeuer! –, fand aber diese Welt der aufstrebenden Schauspieler, von denen viele aus New York kamen, auch befremdlich und leicht beängstigend.

Ich dagegen fand diese Welt großartig: die staubigen Holzhütten mit ihrem Duft nach altem Holz, frühmorgens das Licht auf dem Wasser. Selbst das schlechte Essen und die schleimigen Duschkabinen mit ihren Nullachtfünfzehn-Plastikvorhängen trugen irgendwie zum Reiz des Ganzen bei. Vor allem liebte ich die Leute und die Theaterstücke. Beim Kulissenschieben riss ich mir den Mittelfinger auf, und noch heute betrachte ich die dicke weiße Narbe mit Freude und etwas Stolz. Ich war ebenso belustigt wie genervt von der »Teflon-Fraktion«, einer Riege eigenartig hübscher, beinahe erfolgreicher Kinderdarsteller mit allzeit griffbereiten Bewerbungsfotos und perlweißen Zähnen. Sie machten aber nur einen kleinen Prozentsatz der weiteren Truppe aus, darunter sechs Stipendiaten aus Chicagos sozialen Brennpunkten, eine kanadische Farmerstochter und der heldenhaft nerdige und kurzsichtige Sohn eines angesagten New Yorker Modedesigners. Er war berühmt für seine Kalauer und ständig damit beschäftigt, sich die Glasbausteine zurück auf die hagere Nase zu schieben.

Auch unsere Betreuer waren eine schräge Mischung aus Highschoolschülern und Collegestudenten, die obskure Monologe auswendig kannten. Ein Mädchen im Druidenlook konnte Alexander Popes »Lockenraub« von vorne bis hinten aufsagen, ein anderes hatte *Angels in America* vierzehnmal gesehen, ein drittes spazierte durch die Gegend und schmetterte dabei ununterbrochen die Songs aus *Wicked*. Die Technikfreaks waren Computergenies und meisterhafte Zimmerleute, die die Bühne mit bunten Lichtern, Sackleinen und bemaltem Sperrholz in eine Disco oder den Wald von Arden verwandeln konnten; und für eine Blackboxproduktion von *Cloud Nine*, die eine ältere Gruppe aufführte, baute die Szenenbildnerin mit ihrem Team eine rautenförmige Bühnenschräge aus schachbrettgemustertem Parkettboden – und zwar innerhalb von vier Tagen –, wodurch das ganze Stück wie ein Traum von Lewis Carroll wirkte.

Hier gab es eine andere soziale Ordnung, in der bestimmte Fähigkeiten – in unter zehn Minuten den Zauberwürfel lösen; ein Maid-Marian-Kleid aus fünf Meter türkisfarbenem Polyesterchiffon und ein paar Weihnachtsdekoschleifen nähen; das perfekte Gehör haben oder ein fotografisches Gedächtnis für Linien; oder das Talent, alle möglichen Akzente nachahmen zu können – eine weitaus stärkere Währung darstellten als tolle Haut oder ein Paar teurer Sandalen.

Es war mein erstes Jahr – einige der Leute kamen schon zum vierten oder sogar fünften Mal –, und ich ergatterte keine Hauptrolle in der wichtigsten Aufführung, sondern nur den Part der Amme in *Romeo und Julia*, aber immerhin spielte ich die Ann in einer Bühnenlesung von Albees *Zu Hause im Zoo.* Und ehrlich gesagt hatte ich genauso viel Spaß dabei, für unser Musical nur die Requisitenassistentin zu sein.

In diesem Monat rückte Royston komplett in den Hintergrund: Zum ersten Mal konnte ich mir vorstellen, ganz woanders zu sein und etwas Erfüllendes und Unerwartetes zu machen. Es schien mir durchaus realisierbar.

Als ich wieder zu Hause war, erzählte ich meinen Eltern und Freunden andauernd Storys aus dem Ferienlager. Sie lächelten und taten immer interessiert, aber ich konnte sehen, dass sie mit ihren Gedanken woanders waren. Ich schrieb viel zu viele Mails und Nachrichten an meine neuen Ferienlagerfreunde und freute mich unbändig über jede Antwort, als wäre ich in all diese Leute frisch verliebt.

Im August verbrachte ich mit meinen Eltern zwei Wochen in einem Ferienhaus in Mount Desert, wo wir Bootsausflüge unternahmen, im Acadia-Nationalpark wandern gingen und im eiskalten Meer schwammen. Ich las, und ich begann ein Theaterstück zu schreiben, das nie fertig wurde – es handelte von zwei Freundinnen, die zusammen zelten gehen, und eine davon verletzt sich –, und ich legte mir zurecht, auf welche Weise ich auf der Highschool anders sein, wie ich mich verwandeln könnte: Schauspiel-AG, vielleicht eine Rockband gründen. Ich fing an, Amanda Palmer zu hören, die Lieblingsmusik von Shu-Lee, mit der ich mir im Ferienlager ein Etagenbett geteilt hatte. Ich beschloss, von nun an Eyeliner zu tragen und mich anders zu kleiden – Secondhand schien mir das Richtige, irgendeine Kombination aus Fünfziger- oder Sechziger-Jahre-Kleidern und Arbeiterstiefeln. Ich fragte meine Mutter, ob ich mir in

Portland die Haare schneiden lassen könnte oder vielleicht sogar in Boston, jedenfalls an einem anspruchsvolleren und angesagteren Ort, als es der Supercuts neben dem Target in Haverhill war, und sie war sofort bereit, mit mir vor Schulanfang in die Stadt zu fahren.

Es wurde ein richtiger Mädchenausflug mit Maniküre und Mittagessen im Copley Plaza, dazu der Haarschnitt, den mir ein junger Typ machte, der allein am Kopf mindestens sechs Piercings hatte und an den Armen über und über leuchtend bunt tätowiert war, sodass man kaum noch nackte Haut sehen konnte. Nachdem er meine Haare durchgestuft hatte, sah mein Kopf mit den dunklen Locken ganz anders aus, und mein Gesicht wirkte zart gerundet statt eckig und groß. Er war in der Lage gewesen, die Vision zu sehen, die ich von mir selbst als angehende Schauspielerin hatte – tough, aber ruhig, extrovertiert, aber cool –, ohne dass man ihm groß was erklären musste. Als hätte er mich irgendwie *verstanden*. Er versicherte mir, dass ich wunderschöne Augen hätte, was mir schmeichelte, auch wenn er schwul war und permanent von seinem neuen Freund erzählte. Meine Mutter ließ sich zwar nicht die Haare schneiden, kaufte sich dafür aber in einer Boutique in der Newbury Street ein smaragdgrünes Cocktailkleid, nachdem sie es zweimal anprobiert hatte, einmal vor dem Mittagessen und einmal danach, und wegen des Preises ein bisschen mit sich gerungen hatte.

»Wann soll ich das denn anziehen?«, klagte sie. »Ich muss es auch wirklich anziehen, sonst ist es Quatsch.«

»Du kannst es ja als Nachthemd anziehen«, sagte ich. »Du kannst es zu einer Dinnerparty anziehen. *So* fancy ist es nun auch wieder nicht.« Ich merkte, dass sie es unbedingt haben wollte und dafür die Genehmigung brauchte. Meine Mutter schwankt ständig zwischen Extravaganz und unerwartetem Geiz. Wenn sie am dritten Tag in Folge halbvermoderte Reste auf den Tisch stellt, verweist sie auf die Kriegskindheit ihrer Eltern, als würde das die Sache erklären, und das klitzekleine Stückchen Seife am Waschbeckenrand wird so lange benutzt, bis man es nicht mehr in der Hand halten kann. Aber sie kann eine 180°-Wendung machen und an einem einzigen Tag ein paar hundert Dollar für Sachen verschleudern, die strenggenommen komplett überflüssig sind. Das nennt sie dann Spontankauf. Das Kleid hat sie wahrscheinlich dreimal angehabt.

Ich freute mich darüber, dass sie sich das Kleid gönnte, und zu unserem Mädchenlunch aßen wir an einem weiß gedeckten Tisch Salat mit Hummerfleisch, und ich fühlte mich schön und wie neu nach der Sitzung bei dem tätowierten Haarstylisten. Auf der Fahrt zurück nach Royston, mit Blick auf den Highway (sogar der Straßengraben wirkte in der alles sprenkelnden Nachmittagssonne schön), sagte ich zu ihr, dass ich dankbar sei für unseren gemeinsamen Tag und glücklich, sie als Mutter zu haben.

Erst als das neue Schuljahr begann, die neunte Klasse, jetzt wieder in der Innenstadt von Royston in dem Schulgebäude, an dem wir jahrelang vorbeigelaufen waren und in dessen Umkreis wir immer gespielt hatten, sah ich Cassie wieder. Sie war zwar nicht viel gewachsen – sie war wohl um die 1,58 Meter und immer noch wahnsinnig dünn –, doch ihre Gesichtsproportionen hatten sich verändert. Ihre Nase war breiter geworden, die Stirn höher, die Wangenknochen prägnanter. Sie hatte ein erwachsenes Gesicht, das eher zu einer Frau von Einsachtzig passte als zu einem Mädchen im

Puppenformat. Sie sah nicht mehr zerrauft aus, so wie ich sie immer gekannt hatte, sie war schön geworden. Schön auf eine Art, die meinen raffinierten Haarschnitt als Schwindel entlarvte, denn bei Cassie gab es nichts zu verschönern, und nichts musste von ihrem Gesicht ablenken. Ihre Haare, ewig fein und hell, waren glatt und schulterlang; und sie war entweder inzwischen so geschickt geworden mit dem Make-up, dass sie geschminkt aussah wie ungeschminkt, oder aber sie hatte das Schminken ganz aufgegeben. Ihre Haut mit den hellen Sommersprossen sah aus wie mit Zimt bestreute Sahne. Durch ihre Vollkommenheit wirkte die Lücke zwischen den Schneidezähnen wie das Werk eines cleveren Marketingmenschen, der in dem Wissen, dass zu viel der Perfektion eine abstoßende Wirkung hat, diesen einen betörenden Makel eingebaut hatte.

Auch ihr Ausdruck hatte sich verändert. Sie sah aus wie eine Erwachsene, ja, aber wie eine melancholische Erwachsene, als hätte sich in den Monaten seit unserer letzten Begegnung eine große Last auf ihre Schultern gelegt. Ihr Blick, sonst frech und koboldhaft, war jetzt misstrauisch und reserviert. Am ersten Tag war sie seltsam freundlich und rannte quer über den Vorhof der Schule, um mir um den Hals zu fallen. »Juju!«, rief sie. »Du hast mir *total* gefehlt!«

Ich konnte mich in ihrer Umarmung nicht entspannen. Jodie erzählte mir in der Pause, die Vosuls seien nach Maine gezogen – die bescheuerte Mutter hatte in Portland irgendeinen Job gefunden –, Delia war also nicht mehr da.

»Soll heißen, Cassie hat plötzlich zu wenig Freunde.«

»Möglich.«

Ein paarmal aßen Cassie und ich zusammen inmitten der anderen Schüler in der Cafeteria zu Mittag. Sie zog noch immer mit denselben Leuten rum wie in den letzten zwei Jahren – den Elendspfuhl-Leuten, abzüglich des Pfuhls –, aber ohne ihre engste Freundin gehörte Cassie nicht mehr so selbstverständlich dazu. Ich hatte sie immer für eine Abtrünnige gehalten, weniger Anführerin als Freigeist, aber wenn ich mir Cassie in diesem Herbst so ansah, hatte ich ein anderes Gefühl: dass sie klein und verzagt war und sich in ihre Verzweiflung verbissen hatte, dass ihre Mir-doch-egal-Nummer eine Antwort auf ihre Ohnmacht war, eine beherzte Flucht nach vorn. Sie war jetzt schön, aber auch deutlicher eine Verwundete, die sich alle Mühe gab, ihre Verwundung zu überspielen.

Eines Nachmittags Ende September kam sie mit zu mir nach Hause. Von der Schule aus konnten wir einfach zu Fuß gehen; es war nicht geplant. Während wir unsere Rucksäcke durch die Stadt schleppten, telefonierte sie mit Anders – sie nannte ihn jetzt Anders – und sagte ihm, er brauche sie nicht abzuholen, sie komme selbstständig nach Hause. Seine Stimme am anderen Ende der Leitung klang trotzig und höher, als ich sie in Erinnerung hatte. Er löcherte sie ein bisschen von wegen Hausaufgaben und Abendessen, aber er war nicht sauer oder so was. Nachdem sie aufgelegt hatte, gab sie ein entnervtes Grunzen von sich. »Arschloch.«

»Wie geht's damit denn so?«, fragte ich und versuchte dabei, nur mäßig besorgt zu klingen.

»Hör auf, mich zu bevormunden, Juju.«

»Mach ich doch gar nicht.«

»Okay, ich versteh schon. Wie meine Mutter und Shute

sagen würden: Die Welt trennt die Spreu vom Weizen. Steht in der Bibel. Die haben mich aufgegeben.«

»Du spinnst ja.«

»Meinst du? Meine Mutter sagt, aus mir wird nie was, und Anders – na ja, er würde alles tun, um mich auszubremsen.«

»Was soll das heißen?«

Sie schüttelte den Kopf. »Nichts. Es heißt überhaupt nichts.«

»Willst du mir irgendwas damit sagen?«

»Ich hab dich echt lieb, Juju – du bist so süß. Wenn ich dir irgendwas sagen wollte, würd ich's dir sagen. Nein, ich sag einfach nur, wie es ist.«

»Wir haben noch unser ganzes Leben.«

»Hast du gesehen, wie das aussieht in dieser Stadt? Haare schneiden bei Supercut? Bei Henkel am Fließband stehen?«

»Wir kommen hier beide raus. Man muss gar nicht weit reisen, um zu sehen, dass die Welt da draußen riesengroß ist und voll mit geilem Scheiß.«

»Korrigiere: Wir kommen hier beide raus, aber ich muss es alleine hinkriegen. Ich muss mir einen Plan machen.« Sie holte tief Luft, und die Worte schossen aus ihr hervor wie Dampf aus einem Kessel. »Hast du überhaupt eine Ahnung, was ich diesen Sommer gemacht habe? Einen Ferienkurs in Mathe. Dann hab ich bei Callaghans und Justices gebabysittet – diesen Kotzbrocken Jackson, der noch in die Windeln macht und ständig ausrastet und sich vor allen Leuten auf den Boden schmeißt und wie so ein Käfer mit Armen und Beinen in der Luft strampelt und nach seiner Mama brüllt. Der Horror. Und dann hab ich *Modern Family* geguckt und musste höllisch aufpassen, dass mich das Arschloch nicht erwischt, denn der lehnt das natürlich ab, wer hätte das gedacht! Du verschwindest in dein tolles Ferienlager und mit deinen Eltern nach Maine, und ich sitz hier drei Monate praktisch im Knast. Ich konnte es kaum erwarten, bis die Schule wieder anfängt – ich, Cassie Burnes, das musst du dir mal reinziehen. Ich konnte es kaum erwarten, aus dem Haus zu kommen.«

In dem Moment waren wir bei uns angekommen. Meine Mutter war gerade dabei, Einkaufstüten aus dem Auto zu laden, also halfen wir ihr. Sie machte viel Wirbel um Cassie und betonte, wie sehr sie sich freue, sie zu sehen (»Du hast uns gefehlt, weißt du das?«, sagte sie nachdrücklich und versuchte Cassie dabei tief in die Augen zu sehen), und dass sie hoffe, sie jetzt wieder öfter zu Gesicht zu bekommen, jetzt wo wir hier in der Stadt auf der Schule seien.

»Du kannst jederzeit vorbeikommen«, sagte meine Mutter. »Betrachte das hier als dein zweites Zuhause.«

»Mach ich. Danke, Carole.«

Mit dem altbekannten Gepolter, wie wir es in unserem Haus schon seit Jahren nicht mehr hatten, rannten wir die Treppe hoch in mein Zimmer, als hätten wir Spaß.

»Langsam, Mädchen.« Ich hörte meiner Mutter an, dass sie lächelte.

Worüber unterhielten wir uns? Über Peter, kurz zumindest. Über andere Mitschüler und über die Lehrer. Wir guckten uns Videos auf YouTube an – Popmusik und Rap, aber auch kurze Sketche, Eddie Izzard, Key und Peele, oberflächliches Zeug, ein paar Lacher, aber nichts, was irgendwie zwischen uns wichtig gewesen wäre. Dann rief meine Mutter die Treppe hinauf, sie müsse noch mal los, irgendwo was abholen, und ob sie Cassie zu Hause absetzen solle, und das war's dann.

Wenn meine Mutter glaubte, das würde der erste Besuch von vielen sein, lag sie falsch. In der Schule war Cassie immer ziemlich freundlich, als hätte ich keine Eissplitter im Herzen, als könnte das gar nicht sein; aber irgendetwas muss sie doch gemerkt haben. Entweder das, oder sie hielt bewusst Abstand. Ich konnte und wollte keine nennenswerte Annäherung starten. Mein Stolz hing davon ab. Sie hätte den ersten Schritt machen müssen, genug, um sich offen verletzlich zu zeigen; sie hätte meine Rache riskieren müssen. Ich sage mir gern, ich hätte sie nicht zurückgewiesen, aber wer weiß. Vielleicht hätte ich das Bedürfnis gehabt, meine Macht auszuspielen, hätte ich sie denn besessen. Doch sie gab mir dazu keine Gelegenheit.

»Sie benimmt sich total gekünstelt«, sagte ich, als ich Peter mein Leid klagte, der auch nur in der Schule hin und wieder mal ein Wort mit ihr wechselte. »Wie ein Cyborg. Das echte Mädchen, das all die Jahre meine Freundin war, hat sich dem Bösen verschrieben.«

Peter seufzte. »Sie hat Probleme.«

»Woher wissen wir das?« Ich wusste, dass er recht hatte, aber dennoch.

»Allein die Tatsache, dass sie uns gar nicht sehen *will*. Man versteckt sich nicht, wenn man nicht muss. Das ist wie bei einem Planeten: Man weiß, dass er rund sein muss, man sieht aber nur einen Halbmond oder einen Halbkreis. Also schlussfolgert man, dass ein Teil davon im Schatten liegt. Dann muss man rausfinden, was in diesem Schatten liegt und warum.«

»Aber was, wenn es dort gar kein Dort gibt?«

»Das ist Müll, Juju.« Das stimmte.

»Anders Shute«, sagte ich.

»Was ist mit Anders Shute?«

»Anders Shute ist der Schatten.« Wir überlegten zusammen. »Wobei, vielleicht«, sagte ich, »ist Bev ja diejenige, die sie in Wirklichkeit hasst; nur kann sie das nicht zulassen, also ist Anders der Sündenbock.«

»Vielleicht. Die Sache scheint mir aber komplizierter zu sein.«

»Du glaubst doch nicht, dass er irgendwas Schlimmes macht?«

»Wie meinst du das?«

»Du weißt, was ich meine.«

»Wieso suggerierst du das überhaupt?«

»So eine Scheiße passiert, weißt du.«

Peter runzelte die Stirn. »Hat sie irgendwas gesagt?«

»Nicht direkt.«

»Du musst aufpassen, Juju. Du darfst so was nicht einfach behaupten, nicht mal denken. Das ist gefährlich.«

»Okay. Aber was ist, wenn *er* gefährlich ist? Was ist, wenn er das Böse ist?«

»Was?«

»Was, wenn sie unsere Hilfe braucht, um ihn zu bekämpfen?«

»Sie müsste uns um Hilfe bitten, weißt du. Ansonsten würden wir nur die Pferde scheu machen.«

»Aber was ist, wenn –«

»›Was ist, wenn‹ ist kein Argument«, sagte er jetzt mit mehr Nachdruck. »Meine Mutter ist Anwältin, und sie betont das immer wieder. Außer, Cassie erzählt dir was – oder mir, was eher unwahrscheinlich ist –, ansonsten ist es reine Spekulation. Das heißt, es ist überhaupt nichts. Jetzt erzähl bloß keinem von dieser Idee, okay?«

»Okay.«

»Weder deiner Mutter noch Jodie noch sonst wem. Das ist kein Witz.«

»Ich weiß.«

Ich nahm es nicht auf die leichte Schulter. Aber nachdem ich es einmal im Kopf hatte, kriegte ich es nicht mehr raus. Es kam mir irgendwie logisch vor. Ich las Zeitung. Ich guckte fern. Diese schrecklichen Dinge passierten ständig, fast vor aller Augen. Im Prinzip war er doch ihr Stiefvater, oder nicht? Und wenn böse Stiefmütter in der gesamten Geschichte der Märchen den schlechtesten Ruf hatten, waren es in der realen Geschichte die Stiefväter, soweit ich das sehen konnte: Sie hatten die ganze Macht eines Vaters, nur ohne die Beschränkungen. Und wenn es nicht Anders Shute war, wer machte Cassie dann zu einem Halbmond?

Als sie das nächste Mal nach der Schule mit zu mir nach Hause kam, war es Ende Januar. Am späten Vormittag gab es einen Schneesturm, früher und heftiger als vorhergesagt: Ab ein Uhr mittags fielen Kurse und Training aus. Bev und Anders waren noch auf der Arbeit, und Cassie wäre nicht nach Hause gekommen, also bot ich ihr an, mit zu mir zu kommen. Bevor sie zusagte, fragte sie noch ein bisschen rum, aber die anderen wohnten alle viel weiter weg. Also liefen wir zurück durch den Schnee, den eiskalten Wind auf Nase und Wangen.

Ich erinnerte sie an unseren besten Schlittenwinter, da waren wir acht oder neun, und an die Schneeburg, die wir mit Hilfe meines Vaters bei uns im Garten gebaut hatten – ein echtes Iglu, schön glattgeklopft –, und wie wir hineingekrochen waren mit der heißen Schokolade, die meine

Mutter uns gekocht hatte, und dem spärlichen Rest meiner Halloween-Süßigkeiten. Wir waren begeistert von diesem Iglu und taten so, als wäre uns überhaupt nicht kalt, und wir hockten da drin, bis wir unsere Zehen nicht mehr spüren konnten. Danach nahmen wir in der großen viktorianischen Wanne mit den Klauenfüßen ein heißes Bad, halblachend und halbweinend, weil unsere Extremitäten beim Auftauen so brannten. Da waren wir wahrscheinlich zum letzten Mal zusammen komplett nackt. Selbst damals war ich ein bisschen befangen, denn ich war mir bewusst, dass ich in der Wanne wie ein schwerfälliger Riese wirkte.

Wir erinnerten uns fast verschwörerisch. Als wir bei uns zu Hause ankamen und meine Mutter nicht da war, machten wir uns als Hommage an die alten Zeiten heiße Schokolade und setzten uns zum Trinken auf die Barhocker in der Küche. Die schnellen, kleinen Flocken fielen im Wind fast seitwärts, die Küche war in weißes Licht getaucht. Unsere Gesichter prickelten von der Wärme – »gesund und rosig«, würde meine Mutter sagen –, und ich konnte durch Cassies verschneite Haare ihre rosa schimmernde Kopfhaut sehen.

Wir fühlten uns so nahe, schlenkerten mit den Füßen gegen die Schränke unter der Kücheninsel und steckten unsere Nasen in den Kakaodampf.

»Was ist eigentlich los mit dir?«, fragte ich. »Ich meine jetzt wirklich?«

»Was soll denn das jetzt heißen?«

»Ich krieg heutzutage immer nur die Sonnenseite mit. Dir fällt das vielleicht nicht auf, aber es stimmt. Und ich weiß, dass irgendwas mit dir ist.«

»Ach, das weißt du?«

»Komm, Cassie. Wie lange sind wir schon befreundet?«

»Sind wir noch befreundet?«

»Sind wir nicht?«

Ihr Gesicht war plötzlich ernst. »Klar sind wir befreundet. Weißt du noch, das Pfadfinderlied?«

»Natürlich.«

»Du bist meine goldene Freundin.«

»Aber?«

»Was aber?«

Ich wandte den Blick ab. »Nichts aber«, sagte ich, sah ihr wieder ins Gesicht und schenkte ihr ein schön gekünsteltes Lächeln.

DRITTER TEIL

Im April des neunten Schuljahres verschwand Cassie. Sie verschwand nicht nur einmal, sondern gleich zweimal, wobei von außen betrachtet die beiden Ereignisse zusammenzufallen schienen.

Ich hatte dazu ein paar Tagebuchnotizen gemacht. Ich weiß, dass es am 9. April, ungefähr eine Woche nach Ostern, in der Schule ein Thema war. Es war ein Dienstag. Offenbar war Cassie Freitagnacht oder Samstag tagsüber verschwunden, aber Bev und Anders meldeten es nicht der Polizei, jedenfalls nicht sofort. Es hatte Streit gegeben – Freitagabend war sie nicht zur vereinbarten Zeit nach Hause gekommen, erst um zwei Uhr morgens –, und Anders, so Peter, den Cassie während ihrer kurzen Rückkehr ins Vertrauen zog, drohte damit, sie endgültig rauszuschmeißen.

»Aus meinem eigenen Zuhause!«, hatte Cassie zu Peter gesagt, rotäugig und immer noch völlig aufgelöst. »Das musst du dir mal reinziehen! Steht der Typ um zwei Uhr morgens in Boxershorts in *meiner* Küche, steht da mit seiner weißen Hühnerbrust und seinen drei Brusthaaren und erzählt mir, ich darf demnächst mein eigenes Haus nicht mehr betreten?!«

Bev war offenbar oben im Schlafzimmer geblieben, während Anders seine Tirade losließ. »Und meine eigene Mutter kümmert's einen Scheißdreck?«, sagte sie zu Peter, selbst Tage später noch fassungslos. »Nach allem, was ich mitgemacht habe, Tag für Tag für Tag, zwei Jahre lang hab ich mir jeden verdammten Tag auf die Zunge gebissen, nur für sie, und sie kriegt nicht mal den Arsch hoch, um mir beizustehen?« Und wieder: »Ich hab mich ja fast gefragt, nein, ich hab mich *echt* gefragt, ob sie ihn vorgeschoben hat. Weißt du, was ich meine? Wär das nicht einleuchtend? Plustert sich die Haare auf und flötet zuckersüß: ›Ach herrje, meine Cassie ist einfach nicht zu bändigen, na los, Anders, mein Liebling, sprich ein Machtwort!‹ Dieses ganze Gesülze von wegen wir sind ein Team! Mein ganzes Leben lang hieß es ›Nur du und ich, Cassie! Wir schaffen das, wir müssen nur zusammenhalten, Cassie! Du bist mein Ein und Alles, Cassie!‹ Diese fette Fotze von einer Lügnerin! Alles nur Bullshit, alles Lüge. Und zwar von Anfang an.«

Cassie war zu Peter gegangen, ihm hatte sie es erzählt, weil er der Einzige war, dem sie vertraute. Er staunte nicht schlecht, als sie plötzlich vor ihm stand – sie hatten sich seit einer Ewigkeit nicht gesehen –, wobei es sich, wie er mir sagte, schon nach wenigen Minuten angefühlt habe, als wäre alles erst gestern gewesen. Sie sagte, sie wisse, dass er sie liebe – bei der Nummer verdrehte ich die Augen, ach was; seit Cassie hatte er mit keinem anderen Mädchen was gehabt –, und sie wisse, dass er stark und vernünftig sei. Zu mir sagte Peter, er sei irgendwie erleichtert gewesen, dass es zumindest den Eindruck machte, als sähe sie ihn mit klarem Blick. Peter würde sich nicht an sie ranmachen, das wisse sie, sagte sie, und sie hatte recht. Dennoch, als Peter versuchte, sie in den Arm zu nehmen – rein freundschaftlich, sagte er, nur um sie zu trösten –, drehte sie sich ruckartig und entrüstet weg und legte sich auf sein Bett, das Gesicht zur Wand. So aufgewühlt war sie.

Er durfte nichts sagen, und er durfte sie nicht anfassen. Er lauschte ihren stockenden, schniefenden Atemzügen, und sie warteten, sie und er, ganz still, als wäre sie ein verwundetes Tier in einer Falle, und er sah durchs Fenster das schwindende Licht, die noch frostig blaue Dämmerung, ein Himmel von der Farbe ihrer Augen, und er saß auf dem Boden, mit angezogenen Knien gegen das Bett gelehnt, und wartete und wartete, und irgendwann wurden ihre Atemzüge gleichmäßiger, und sie war eingeschlafen.

Das war natürlich nicht die Geschichte; es war der Bruch in dem Drama – in Cassies echtem Lebensdrama, das mit einem Spiel nun wirklich gar nichts zu tun hatte. Von diesem späten Mittwochnachmittag bis Donnerstagfrüh schlief sie in Klamotten auf seinem Bett, ohne sich zu rühren. Er sagte seinen Eltern kein Wort. Er tat, als fühle er sich krank und verzichtete aufs Abendessen, ging nur nach unten, um Bescheid zu sagen, dass er schon ins Bett gehe, und er blieb bei ihr und schlief irgendwann mit einem Kissen unter dem Kopf auf dem Fußboden. Gleich nachdem sie aufgetaucht war, hatte sie ihm das Versprechen abgenommen, dass er Bev nicht erzähle, wo sie sei; also durften auch Peters Eltern nichts erfahren, sonst hätten sie genau darauf bestanden. Immerhin war Cassie offiziell als vermisst gemeldet.

»Du musst verstehen«, sagte er, »sie hat gesagt, es geht um Leben oder Tod; sie hat gesagt, sie hat mehr als klargemacht, dass es sie umbringen würde, wenn sie zurück nach Hause müsste.«

»Dass *sie* sie umbringen würden?«, fragte ich. Als Peter und ich dieses Gespräch führten, war Cassie erneut verschwunden, und zwar diesmal, wie wir erkannten, im Ernst (wobei es einem das erste Mal auch schon ernst vorgekommen war, bis sie wieder auftauchte). Wir hatten keine Ahnung, was mit ihr passiert war.

Die offizielle Geschichte – Bevs Geschichte – war, dass es Streit gegeben habe, mal wieder, zum hunderttausendsten Mal, und dass Cassie einfach davongestürmt sei. Ein Streit schien ziemlich sicher nur die halbe Wahrheit zu sein, konnte aber genauso sicher unmöglich die ganze Wahrheit sein. Wir waren überzeugt, dass der finstere Anders Shute einen Anteil an der Wahrheit haben musste.

»Das hat sie nicht gesagt«, stellte Peter klar, »sie sagte, *es* würde sie umbringen. Was irgendwie einleuchtend war, nach dem, was sie mir erzählte.«

Laut Peter ging Cassies Geschichte so: Damals im Winter, wahrscheinlich um die Zeit herum, als sie im Schneesturm mit zu mir nach Hause kam, war das Leben im Hause Burnes für sie unerträglich geworden. Sie konnte den beiden einfach nichts recht machen – Bev und Anders und, wie es schien, Gott persönlich hatten sich gegen sie verschworen –, und ohne den Elendspfuhl, ohne mich, ohne Peter, war Cassie der Verzweiflung nah.

Ich versuche mir vorzustellen, wie das ist, sich so einsam zu fühlen, wie sie sich damals fühlte. Irgendwie kriege ich es nicht hin. Ich bin ein Hund, und sie war eine Katze: ich schlabbernd und aufgeregt, sie verschlossen und ganz und gar privat. So viele Jahre lang spielte das keine Rolle; aber dann war sie allein mit ihrer katzenhaften Art, und einsam. Eigentlich hätte ich ein Gespür dafür haben müssen. Sie war zu stolz, um zu mir zu kommen oder auch zu Peter; und ich war zu stolz und zu gekränkt, um richtig hinzusehen.

Aber Cassie hatte ja ihren Schutzengel. Sie hatte immer an ihn geglaubt. Er nannte sie Püppchen, er sorgte dafür, dass ihr nichts passierte. Er sah ihren Glanz, wo Anders und Bev nur Schatten sahen; sie glaubte an seinen Glauben. Sie war nicht verrückt; man hatte ihr erzählt, er sei tot, aber um ihren Weg zu finden, ihren Weg aus Royston, beschloss sie, sich auf die Suche nach Clarke Burnes zu machen.

Es war nicht das erste Mal. Einmal, als wir noch jünger waren, hatten wir zusammen bei meiner Mutter auf dem Computer eine Suche gestartet. Sie erzählte Peter, dass es ihr seit Shutes Einzug zur Gewohnheit geworden sei, nach Hinweisen auf ihren richtigen Vater zu suchen. Sie wollte rausfinden, sagte sie, wer sie sei – und was für ein Mensch mal aus ihr werden könnte. Sie hatte hundertmal seinen Namen gegoogelt und nie irgendetwas Brauchbares gefunden. Es gab einen Harvey Clarke Burnes in Rome, Georgia, eine lang verstorbene Lucile Clarke Burnes und eine Ann Clark Burnes, Clark ohne *e*, noch durchaus lebendig und mit einem Facebook-Account. Es gab Einträge, in denen ein Mr. Clarke und ein Mr. Burnes irreführenderweise nebeneinander aufgelistet waren und ihr Herz kurzzeitig schneller schlagen ließen. Diesmal jedoch, im Winter 2013, beim Googeln von Clarke Burnes, fand sie – nicht gleich auf der ersten, aber immerhin auf der fünften Seite – einen Eintrag mit Verweis auf einen Arthur Burnes: »Coach« Arthur Burnes, »alias Coach, alias Captain Clarke, alias Cap'n Crunch«. Das stand unter einem Foto in einer wenige Monate alten Ausgabe der *Bangor Daily News* aus Bangor, Maine, anlässlich des Football-Endspielsieges der Schulmannschaft der Bangor Highschool. Auf dem Bild sah man die gesamte Footballmannschaft zusammen mit Arthur Burnes alias

Captain Clarke, ihrem Trainer. Darüber hinaus war er, wie sie erfuhr, als sie »Arthur C. Burnes« und »Bangor« eingab, ein beliebter Mathelehrer an der Highschool, wo er seit vierzehn Jahren unterrichtete.

Sie sah sich das Foto aus der Zeitung genauestens an; sie zoomte es heran. Captain Clarke war klein und verschwommen, beim Heranzoomen wurde er größer, aber noch verschwommener. Ein grinsender stämmiger Mann mit Glatze, dicken Bäckchen und dichtem, graumeliertem Vollbart. Die Jacke in den Mannschaftsfarben spannte über seinem Bauch. Auf dem Bild wirkten seine Arme kurz, etwas affenartig, leicht unbeholfen vor der Brust verschränkt. War das der Typ im Flanellhemd mit den länglichen Haaren, damals vor der Scheune? Wer hätte das sagen können? Wie hätte es sein können?

Aber man muss sich mal eine Sekunde lang vorstellen, was Cassie empfunden haben muss, nur bei der Möglichkeit – der verblüffenden, erschreckenden, wundersamen Möglichkeit –, dass der grinsende Captain Clarke in diesem schlimmen Winter nicht *nicht* der Mann war, an dessen Tod sie, wie sie Peter erzählte, im Grunde ihres Herzens eigentlich nie geglaubt hatte: ihr Vater.

Cassie erzählte niemandem von ihren Nachforschungen. In der Überzeugung, dass Anders ihr nachspionierte, ihr Telefon abhörte, an ihren Computer ging, ihre Chronik überprüfte und ihre Accounts hackte, löschte sie alles auf ihrem Laptop und googelte Captain Clarke schließlich nur noch von der Schulbibliothek aus. Erstaunlich, sagte sie zu Peter, was sich mit ein bisschen Recherche alles rausfinden lasse über einen Menschen.

Arthur C. Burnes war 41 Jahre alt und seit 2001 mit Anna

Maria Machado, 36, verheiratet, Finanzangestellte der Stadt Bangor. Cassie malte sich aus, dass er ein sonniges Gemüt hatte und ein guter Esser war. Anna Maria – Cassie beschloss, dass sie beide Namen benutzte: Warum wären sie sonst aufgeführt? – war eine großartige Köchin, viel Fleisch in der Soße, und gutmütig, und sie sprach mit leichtem Akzent, vielleicht rollte sie das R.

Sie hatten vier Kinder zwischen drei und elf Jahren und wohnten in der Spring Street 36 in einem blassblauen Einfamilienhaus mit Basketballring über dem Garagentor und, wenn man nach Google Street View ging, einem spielenden Husky auf dem Rasen vor dem Haus. Der Husky hätte natürlich auch irgendein Hund aus der Nachbarschaft sein können, der gerade ins Bild lief, als der Google-Kamerawagen vorbeifuhr – ein Hund, der da gar nicht hingehörte. Schwer zu sagen.

Über die Monate Februar und März tauchte Cassie immer tiefer ins Leben der Burnes aus Bangor ein. Sie verbrachte viele Nachmittage in der Schulbibliothek, was die Leute gewundert hätte, wenn sie es denn bemerkt hätten; der einzige Mensch, der es tatsächlich bemerkte, war Lee Ann Barrocca, die zugeknöpfte und altmodische Schulbibliothekarin, die nicht in Cassies Privatsphäre eindringen oder durch unaufgefordertes Ansprechen ein erblühendes schulisches Interesse im Keim ersticken wollte. Also beobachtete sie Cassie nur von ihrem entlegenen Empfangstisch aus über ihre Lesebrille hinweg, lächelte in sich hinein und stellte sich vor, dass ihre geliebte Bibliothek einer Schülerin die Zukunft rettete, eine Phantasie, mit der sie sich immer dann tröstete, wenn sie beschädigte Bücher oder obszöne Schmierereien in den Lesekabinen entdeckte.

Mittlerweile hatte Cassie begonnen, ein Notizbuch zu führen, das sie zum Schutz vor neugierigen Blicken in ihrem Schließfach in der Schule bunkerte und in dem sie die Fakten festhielt, wie sie sie verstand: Auf Flickr erfuhr sie die Namen der Kinder aus einer Fotoserie, die Weihnachten 2012 bei einer Spendenaktion in der Stadthalle von Bangor entstanden waren und bei der die beiden ältesten Burnes-Kinder – Jason und Marisol – mitgeholfen hatten, bunt verpackte Geschenke unter dem hohen glitzernden Baum hervorzuholen und an Bedürftige zu verteilen. Auf einem Familienfoto aus derselben Fotoserie – unpraktischerweise ohne Arthur Burnes – waren alle vier Kinder zu sehen: Jason, Marisol, Jennifer und die kleine Brianna, ein winziger Lockenkopf in rotgrünem Tüll, zusammen mit ihrer Mutter. Jason wirkte nachdenklich und etwas schüchtern, er hatte eine Andeutung von dunklem Flaum über der Oberlippe: ein Musterschüler, bestimmt gut in Mathe. Marisol war das Gegenteil, breites Lächeln, Grübchen, die Art Mädchen, die Kringel als i-Punkte malen und in die Hände klatschen, wenn sie sich freuen. Jennifer war schwer zu deuten – das gefiel Cassie und gab ihr das Gefühl, ihr im Wesen wahrscheinlich am nächsten zu sein. Ihr Gesichtsausdruck wirkte melancholisch, und sie hatte dunkle Schatten unter den Augen. Anna Maria, die Mutter, dunkelhaarig, mollig und klein, trug einen Pferdeschwanz wie ein junges Mädchen und einen glitzernden roten Weihnachtspullover. Sie sah nett aus, aber müde. Cassie stellte sich vor, dass sie niemals laut wurde, wenn sie auf ihre Kinder böse war; dass sie eher leise und mit gepresster Stimme mit ihnen schimpfte – eine akzeptable Form von Wut.

Cassie erzählte Peter, sie träume von dieser Frau, von

diesen Kindern – ihrer Stieffamilie – und von diesen beiden Fotos, sie male sich ganze Nachmittage in ihrer Gesellschaft aus. Ich stelle mir vor, dass sie in den dunkeläugigen Gesichtern der Kinder Spuren ihrer eigenen Gesichtszüge suchte – die Ohren wenigstens? Die Knochen? Sehr schwer zu sagen. Von Arthur selbst waren keine weiteren Fotos zu finden. Schon richtig, dass ihr Vater vermutlich eher schlank als kräftig gewesen war, aber Menschen veränderten sich, und ein ganzes Leben – ihr Leben – war dazwischengekommen. Hatte Clarke Burnes als Student Football gespielt oder sogar schon in der Schule? Cassie wusste es nicht und ihre Mutter konnte sie nicht fragen. Sie sprach mit ihrer Mutter nie über ihren Vater; auch wenn es ein paar Lichtblicke gegeben hatte, als sie noch jünger war, jetzt war der Zug abgefahren. Die familiäre Dunkelheit war vollkommen.

Ob Cassies sich ausbreitende Familienphantasie eines Lebens mit den Burnes aus Bangor die Lage zu Hause verschlimmerte oder ob ihr Leben zu Hause auch so dem Untergang geweiht war, ist schwer zu sagen. Aber in diesen Spätwinterwochen herrschte bei Cassie, ihrer Mutter und Anders Shute Alarmstufe rot, ständig war mit Ausbrüchen zu rechnen oder einem Nachbeben infolge der Ausbrüche. Wir hatten damals keinen Einblick, aber Cassie schilderte Peter an jenem Tag in seinem Zimmer, was los war. Cassie hatte Telefonierverbot, Cassie hatte Hausarrest, Cassie musste sich mit ihrem Computer ins Esszimmer setzen und dort Hausaufgaben machen, damit die Erwachsenen immer sehen konnten, was auf ihrem Bildschirm war. Cassies Tonfall sei despektierlich, Cassie vernachlässige ihre Aufgaben im Haus, Cassies Taschengeld wurde bis auf weiteres gestrichen, das Schloss an Cassies Zimmertür wurde ausgebaut.

Bei so vielen Problemen zu Hause investierte Cassie immer mehr Energie in ihre Bangor-Phantasie. Das ist es, was sie Peter erzählte, der es mir erzählte. Sie fand heraus, wie man ohne Auto hinkam – mit dem Greyhound-Bus nach Boston, Abfahrt 6.10 Uhr beim Dunkin' Donuts auf der Route 29, dann mit dem Expressbus nach Maine (erster Halt Portland, dann weiter nach Bangor und schließlich nach Mount Desert). In Bangor gab es eine Jugendherberge, 29 Dollar die Nacht für ein Etagenbett im Schlafsaal (Bettzeug bitte selbst mitbringen). Vom Busbahnhof bis zum Haus der Burnes schienen es nur knapp drei Kilometer zu sein, also würde sie vermutlich zu Fuß gehen können. Ob es nun Bürgersteige gab oder nicht, sie konnte einfach laufen und die Auffahrt hochspazieren und an der Haustür klingeln. Nicht unbedingt am helllichten Tag – es wäre bestimmt niemand zu Hause, abgesehen von dem Husky, der am Ende vielleicht genauso unfreundlich war wie Aucoins Lottie. Man würde am frühen Abend hingehen, wenn die ersten Sterne am Himmel waren und Captain Clarke alias Cap'n Crunch das Footballtraining beendet hatte, um sich den eigenen Kindern zu widmen, und man würde fragen – ja, was eigentlich?

Eine Zeitlang wusste Cassie hier nicht weiter. »Sind Sie mein Vater?« wäre zu krass. »Wissen Sie, wer ich bin?« etwas sehr aggressiv. »Sagt Ihnen der Name Bev Burnes irgendetwas?« war eine andere Möglichkeit, aber wer weiß, was dabei rauskäme. Wenn Clarke Burnes lebte und nicht, wie Bev immer behauptet hatte, tot war, dann hatte er seinen Tod vorgetäuscht, um abhauen zu können, oder aber sie hatten sich im Streit getrennt. Das Timing war nicht unplausibel – eine Trennung und ein Umzug nach Maine; den

Job als Mathelehrer an der Highschool hatte er um die Zeit herum angetreten, als er angeblich den Planeten verlassen hatte. Und dann auch noch *Mathe*, so nah dran an Biologie, dazu das richtige Alter, der Name, und ganz in der Nähe, relativ gesehen … Das konnte doch unmöglich nur Zufall sein? Wie wär's mit: »Haben Sie schon mal den Namen Clarke Burnes benutzt?« Oder sogar: »Kennen Sie einen Clarke Burnes?« Vielleicht, beschloss sie, würde sie's einfach drauf ankommen lassen.

Das ist es, was sie Peter erzählte, der es wiederum mir erzählte, zumindest größtenteils. Ich kenne Cassie so gut, dass ihre Gedanken wie meine eigenen sind, oder meine eigenen Gedanken über ihre Gedanken. Jetzt, so lange danach, fühlt es sich fast an, als hätte ich das alles mit ihr zusammen durchlebt, auch wenn mir das erst im Nachhinein klarwurde.

Immer wieder googelte Cassie das Wetter in Bangor, sah sich Fotos von den Innenstadtstraßen zu verschiedenen Jahreszeiten an; versuchte sich das Leben dort auszumalen. Sie sagte zu niemandem ein Wort. Sie wollte keine andere Meinung hören, sie war sich sicher, dass ihr Schutzengelvater noch immer ihre Schritte lenkte und über sie wachte und dafür sorgen würde, dass sie den richtigen Weg nahm. Es ging ihr im Grunde gar nicht um Flucht – es war für sie okay, erst mal nur in Gedanken diese Beziehung mit Bangor zu unterhalten, eine Zeitlang zumindest –, aber dann kam die Eskalation mit Anders um zwei Uhr morgens, und sie hatte das Gefühl, dass ihr fast nichts übrigblieb, als hinzufahren. Sie hörte die Engelsstimme sagen: »Jetzt oder nie, Püppchen.«

Das Widersinnige an dem Streit mit Anders war, dass Cassie nicht deshalb zu spät nach Hause kam, weil sie gefeiert oder sich mit einem Jungen getroffen hatte. Das, sagte Peter, habe sie besonders fertiggemacht, dass Anders Shute sogar ihre guten Taten bestrafen wollte oder vielleicht gerade die. Sie war bei einem Mädchen namens Alma gewesen, einer neuen Freundin von der Schule, deren Freund gerade Schluss gemacht hatte. Alma glaubte, das Leben sei vorbei, und Cassie hatte stundenlang in einer überheizten, schlecht beleuchteten Küche auf der anderen Seite der Stadt mit ihr zusammengesessen und Cola Light getrunken, hatte zugehört und sie getröstet und versucht, Alma dazu zu bewegen, optimistisch in die Zukunft zu blicken. Almas Mutter arbeitete in einem Pflegeheim in Lawrence, sie hatte die Nachtschicht; und die Mädchen waren allein, bis Almas älterer Bruder Ugo irgendwann nach eins nach Hause kam und Cassie anbot, sie nach Hause zu fahren. Inzwischen hatte sie Alma lange zugehört beim Weinen und Klagen und scheinbaren Sichberappeln, auf das aber sofort wieder ein Zusammenbruch folgte. Cassie kannte Alma nicht allzu gut und war nicht mal sicher, ob sie sie überhaupt besonders mochte, aber sie war an diesem Abend stolz auf sich. Sie war mit dem Gefühl nach Hause gefahren, stark und geduldig und großzügig und gut zu sein – und auch froh, dass Ugo sich nicht an sie rangemacht hatte, wovor viele ältere Brüder widerlicherweise nicht zurückschreckten –, bis sich der magere Anders mit seinem langen, erhobenen Zeigefinger im Halbdunkel der Küche vor ihr aufbaute, sie als egoistisch, unchristlich und »inakzeptabel« beschimpfte und vor die Tür zu setzen drohte. Er hielt sie für eine Schlampe, auch wenn er das Wort nicht direkt in den Mund nahm. Und wie er sie ansah – diese verengten Augen, der Strichmund, die pochende Ader in seiner Schläfe, das äußerst Surreale daran, dass dieser hässliche, fremde Mensch sich aufspielte, als hätte er irgendein Recht, als wäre er ihr Vorgesetzter oder ihr Vater –, irgendwann reichte es, sagte sie zu Peter, und dann müsse man sich wehren.

Den Schulrucksack vollgestopft mit Klamotten, einem kleinen Handtuch, einem zusammengerollten Laken, einer Schachtel Cracker und einem Apfel verließ Cassie um 4.40 Uhr auf dem Fahrrad das Haus und war um 5.10 Uhr, also noch mitten in der Nacht, am Dunkin' Donuts. Dort war niemand bis auf den Typen hinter der Theke, verschlafen, mit ungewaschenen Haaren und flaumigem Kinn. Sie bestellte einen großen normalen Kaffee – ich schmecke ihn auf der Zunge, so süß, dass einem die Zähne davon schmerzen – und zwei Crullers mit Zuckerguss, kauerte sich mit übergezogener Kapuze am hintersten Tisch gegen die Wand und blickte hoch zu den Kunden, die vereinzelt in den Laden kamen. Ich kann den Plastiktisch unter ihren Fingern spüren, ich höre das leise Knarzen des festgeschraubten Stuhls, als sie sich darauf dreht. Pünktlich auf die Minute rumpelte der Bus auf den noch immer stockdunklen Parkplatz und leuchtete mit seinen Scheinwerfern in den Laden; und als sie die Stufen hinauf und in seinen zischenden, pneumatischen Schlund stieg, das Geld für die Fahrkarte in der geballten Hand, schoss es ihr durch den Kopf, dass sie jetzt innehalten, zurück nach Hause fahren und den Tag beginnen könnte, als hätte es diesen Plan nie gegeben. Ihr Fahrrad war auf der Rückseite des Dunkin'-Donut-Parkplatzes hinter den Büschen an einen jungen Baum gekettet, gut versteckt. Sie hatte einen Zettel auf der Küchentheke liegenlassen, auf dem stand: »Bin in ein paar Tagen zurück.« So wüssten alle Bescheid, dass alles okay mit ihr war, sagte sie sich. Es hieß zwar noch lange nicht, dass sie sich nicht an ihre Fersen heften würden – so gehässig war Anders Shute und so kontrollsüchtig ihre Mutter –, aber das war nicht ihr Problem. Wenn sie sich aus der Schwebe betrachtete, schien das, was sie da gerade tat, seltsam, unverantwortlich, vielleicht sogar gefährlich; aber wenn sie in ihrer Haut blieb und das kalte schmierige Metall des Busses unter den Fingerspitzen und die Riemen ihres Rucksacks durch den Parka spürte und das schweflige Glimmen des Sonnenaufgangs am Horizont sah, während die Scheinwerfer der Autos auf der Route 29 vorbeizogen … in ihrer Haut hatte Cassie keinerlei Zweifel, und auch keine Furcht.

Die Reise nach Bangor zog sich über den Großteil des Tages hin. Währenddessen dachte sie alles von vorne bis hinten durch: Sie hatte sich eine Rückfahrkarte gekauft, um auf keinen Fall plötzlich ohne Geld dazustehen. Nach dem Kauf der Fahrkarte hatte sie immer noch fast 200 Dollar übrig – Geld vom Babysitten und vom Kelleraufräumen bei Mrs. Aucoin. Sie steckte sich 50 Dollar zwischen ihren linken Strumpf und ihren Schuh, um nicht mittellos zu sein, falls sie ihr Portemonnaie verlor oder falls sie, Gott bewahre, überfallen wurde. Vor dem Umsteigen in den Bus nach Boston dachte sie daran, ihr Handy auszuschalten – inzwischen besaß sie sogar ein iPhone, und natürlich hatte ihre neugierige Mutter die Find-My-Phone-App. Cassie hatte kein Problem damit, ihr auf die Nase zu binden, dass sie im Bus nach Boston saß, womit sie sie auf eine falsche Fährte lockte, aber darüber hinaus wollte sie sich nicht nachverfolgen lassen. Sie wusste um die Auffälligkeit ihrer Haare – ihre Haare waren immer schon ein Leuchtfeuer, nicht nur für mich –, als sie also an der South Station aus dem Bus stieg, suchte sie als Erstes die sehr sauberen Toiletten im Busbahnhof auf und steckte sich das gesamte Weißblond unter eine Wollmütze, bis keine einzige Strähne mehr zu sehen war – »als wäre ich jüdisch-orthodox«, sagte sie zu Peter, »oder vielleicht muslimisch« –, und dann setzte sie sich eine leicht angeknackste Sonnenbrille aus der Wühlkiste bei CVS auf. Erst als es an der Zeit war, ging sie zurück in den Busbahnhof; sie wusste, dass Jugendliche, die von zu Hause abgehauen waren, sich gern in Busbahnhöfen herumtrieben, und dass ihnen dort schlimme Dinge passieren konnten. Sie gab sich alle Mühe, nicht unmotiviert zu wirken, las beim Warten auf den Bus an einem der Tische im Food Court des Bahnhofs konzentriert in einer Zeitschrift – es waren mehrere Stunden, die totgeschlagen werden mussten –, und dehnte ihre Mahlzeit aus Pommes von McDonald's sehr lange aus, indem sie zwischen den Bissen mehrere Minuten verstreichen ließ, sodass die Pommes größtenteils kalt waren und mehlig-fettig auf der Zunge lagen.

Beim Kauf der Fahrkarte nach Bangor nutzte sie den Automaten und nahm mit niemandem Blickkontakt auf, und zur richtigen Zeit fand sie sich mit zielgerichteten Schritten an der richtigen Parkbucht ein. Der Samstagnachmittagsbus nach Maine war ziemlich voll, und ihre Hoffnung auf einen Platz ohne Sitznachbarn zerschlug sich sofort. Also setzte sie sich neben ein Mädchen im Studentenalter mit Brille und Geigenkasten, denn von allen Optionen schien es bei dieser Person am unwahrscheinlichsten, dass sie ein Gespräch anknüpfen würde. Cassie hatte keine Lust mehr, so zu tun, als würde sie lesen, und Musik hören ging ja nicht, weil sie es nicht riskieren wollte, ihr Handy anzuschalten, nicht mal im Flugzeugmodus, also beschloss sie, sich schlafend zu stellen. Sie musste nicht lange so tun, als ob. Als die Geigerin in Portland ausstieg, blieb ihr Platz unbesetzt; also rutschte Cassie rüber ans Fenster und verschlief den Rest der Fahrt, den Schädel in der Wollmütze an der rüttelnden Scheibe und mit schmerzendem Steißbein.

Von Samstagnachmittag an war Cassie in Bangor. Das war der knifflige Teil: Sie durfte auf keinen Fall auffallen; sie sah ja kaum älter aus als fünfzehn. Siebzehn wäre ja noch gegangen, aber nicht fünfzehn. Das habe ihr in ihren Wochen der Planung Kopfzerbrechen bereitet, erzählte sie Peter, und falls jemand nachfragte, hatte sie sich zurechtgelegt, dass sie in der Stadt sei, um ihren Opa im Krankenhaus zu besuchen – im ehemaligen Krankenhaus von Anders Shute; was konnte dabei schon schiefgehen? –, und dass ihre Mutter ebenfalls unterwegs sei, auf der Arbeit jedoch irgendeinen Notfall gehabt habe. Sie hatte sich sogar einen Namen ausgedacht – Cassie Byrd –, und auch eine Erklärung für den Namen, nur für den Fall: dass nämlich ihr Vater, Clarke Byrd, verstorben sei, deswegen habe ihre Mutter einen anderen Nachnamen, oder dass sie es vorgezogen habe, den Namen »Byrd« als Andenken an ihn zu behalten.

»Eigentlich ganz cool, meinst du nicht?«, sagte sie zu Peter. »Ich hab mal gelesen, wenn man lügt, soll man immer möglichst dicht an der Wahrheit dranbleiben. Dann fällt's nicht so auf.«

Peter sagte, dass ihm in dem Moment, als sie das sagte, angesichts dessen, was sie über Bev erzählte, und angesichts ihrer Überzeugung, dass Bev unfassbarerweise imstande gewesen war, ihre Tochter ihr Leben lang anzulügen, die Notwendigkeit, möglichst dicht an der Wahrheit zu bleiben, nicht ganz so dringend erschien. Aber was soll's.

Von offizieller Seite fragte allerdings niemand nach. Die Jugendherberge befand sich in einem weitläufigen viktorianischen Gebäude in Innenstadtnähe (»wie das Haus von Julias Eltern, nur ungefähr fünfmal so groß«, erzählte sie Peter), und es mussten wohl gerade irgendwo Semesterferien sein, denn die Eingangshalle war gerammelt voll mit Backpackern – Erwachsene, sagte Cassie, aber mal soeben. Sie kam in ein Zimmer mit drei schwedischen Mädchen, von denen zwei, Anja und Linn, genauso blond waren wie sie selbst. Die dritte, Inge, war klein und dunkel mit großen Brüsten und großen blauen Augen, die Cassies Augen Konkurrenz machten, und sie war am kommunikativsten. Alle drei waren neunzehn, sprachen perfektes Englisch, kannten sich aus der Schule und hatten sich Zeit genommen, um zu reisen, bevor sie ihr Studium aufnahmen. Erst waren sie an der Westküste gewesen und jetzt unterwegs an die Ostküste – sie hatten noch eine Woche bis zu ihrem Rückflug; vorher wollten sie noch den Frühling in Maine auskosten und ein bisschen wandern gehen.

Cassie erzählte ihnen ihre zurechtgelegte Geschichte, und als sie sie fragten, ob sie Lust habe, mit ihnen abends eine Kleinigkeit essen zu gehen, lehnte sie dankend ab und sagte, sie sei zu traurig wegen ihres Großvaters – er sei sehr krank, sonst wäre sie nicht allein gekommen – und dass sie sich ausruhen müsse. Sie tat, als habe sie ihn früher am Abend schon im Krankenhaus besucht. Die schwedischen Mädchen waren sehr verständnisvoll.

»Ich habe auch meinen Opa verloren, ungefähr vor drei Jahren«, sagte Inge. »Den Vater meiner Mutter, genau wie bei dir. Er konnte sich da schon an nichts mehr erinnern, er wusste nicht mehr, wer ich war, aber ich kann mich noch genau an ihn erinnern – als ich klein war, haben wir immer Pferdchen gespielt. Ich durfte auf seinem Rücken reiten. Super traurig.«

Und dann: »Kann sich dein Großvater noch erinnern? Ich meine, erkennt er dich noch?«, fragte Anja.

Cassie musste sich schnell entscheiden. »Meistens ja«, sagte sie für den Fall der Fälle. »Meistens erkennt er mich, aber nicht immer.«

»Was hat er denn?« Jetzt war Linn an der Reihe.

»Krebs. Ganz schlimm.«

»Was für Krebs?«

»Überall. Hat sich überall ausgebreitet. In den Lungen und im Gehirn und auch noch woanders.«

Sie nickten ruhig und blickten auf den hölzernen Fußboden, und dann stand Inge auf und tätschelte Cassie das Knie. »Dann ist es wirklich gut, dass du hier bist. Er hat wahrscheinlich nicht mehr viel Zeit.« Und dann gingen die drei Mädchen im Gänsemarsch aus der Tür, um irgendwo was zu essen, und ließen Cassie allein unter einer Neonleuchte auf einer Plastikmatratze mit ihrem einsamen Laken und Handtuch als Bettzeug, zum Abendessen nichts als Cracker und zur Unterhaltung nur die zerlesene Zeitschrift vom Bahnhof.

Es war nie Cassies Absicht gewesen, an einem Wochenende nach Bangor zu fahren. So hatte sie sich die Begegnung mit Arthur Burnes und ihrer Stieffamilie nicht vorgestellt. Sie war außerdem tief verstrickt in ihre Lüge über den Großvater und hatte das Gefühl, dass sie sich von den schwedischen Mädchen auf keinen Fall beim Rumlungern im Hostel sehen lassen durfte, wo sie doch an seinem Krankenbett sitzen sollte. Doch die Mädchen zogen sich schon in den frühen Morgenstunden zum Wandern an, schlüpften leise aus dem Raum und ließen ihre Sachen ordentlich gerollt und gestapelt bis zu ihrer Wiederkehr am Abend zurück. Einmal klappte Cassie diskret ein Auge auf, um ihnen zuzusehen, und hatte Inges Brüste direkt vor der Nase, als diese sich vorbeugte, um in ihre Hose zu schlüpfen, stellte sich aber weiter schlafend. Es war ein Hostel, nicht das Hilton, sagte sie zu Peter; sie konnte nicht den ganzen Tag dort verbringen; außerdem hatte sie sich von ihrem fiktiven Großvater im Krankenhaus schon fast selbst überzeugt. Nachdem sie geduscht und sich angezogen hatte, machte sie sich zielsicher mit gesenktem Kopf und festen Schritten auf den Weg zum Bangor General Hospital, als gäbe es nichts Wichtigeres.

Der Frühlingsmorgen war kühl, aber sonnig, und die blühenden Bäume nickten ihr beim Vorbeigehen zu. Leuchtend gelbe Forsythien blühten in den Vorgärten, außerdem Krokusse und Glockenblumen. Für Cassie waren es Zeichen der Hoffnung, Segnungen auf ihrem Weg. Zwei Kirschbäume hatten früher als die anderen begonnen, ihre gerüschten Puschel zu entfalten, und sie blieb eine Weile darunter stehen und sah hinauf in den blauen Himmel hinter den rosafarbenen Blüten. Sie habe sich seit Monaten nicht mehr so gut gefühlt, erzählte sie Peter. Die Luft in ihren Lungen fühlte sich anders an, die kalten Fingerspitzen und der Wind in ihrem Nacken, die leicht rosige Sonne hinter den Blüten … es war, als würde man geküsst, aber nicht auf die romantische Art, sagte sie zu Peter, sondern so, wie man als kleines Kind von seiner Mutter – oder seinem Vater – geküsst wird, wenn sie einem sanft über den Kopf streicheln.

Die Haare gut weggesteckt unter der Mütze, aber ohne

Sonnenbrille, gelang es ihr, den Vormittag im Krankenhaus zwischen Souvenirshop und Eingangshalle und der desolaten Cafeteria zu verbringen, wo sie eine Tasse Minestrone, ein Vollkornsandwich mit Schinken und Käse und einen Milchreis aß, ihre erste richtige Mahlzeit, seit sie von Zuhause weg war. Das Essen war dankenswerterweise billig, und der Milchreis kam ihr angenehm vertraut vor. Sie gab sich unausgesetzt Mühe, so auszusehen, als hätte sie einen Plan – so wenig heimatlos zu wirken wie möglich –, und sie tauchte so tief in ihre Rolle ein, dass sie, wie sie Peter erzählte, der es mir erzählte, ihren nicht existenten Großvater genau vor sich sah, wie er oben in einem dieser komplizierten Krankenhausbetten lag, den Kopf aufgestützt, die Knie leicht angewinkelt, in einem blau gepunkteten Krankenhausnachthemd, darüber die Bettdecke, Schläuche in den hageren Armen, an blinkende Maschinen angeschlossen, das spärliche weiße Haar abstehend und die Augen halbgeschlossen. Sie stellte sich das gelbliche, altersfleckige Pergament seines Gesichts vor und seine lästige Angewohnheit, sich alle paar Minuten zu räuspern. Sie stellte sich einen echten Menschen vor, eine Zusammensetzung aus einigen der alten Männer, die sie am Vormittag gesehen hatte, und überzeugte sich so sehr von seiner Echtheit, dass ihr beim Gedanken an seinen bevorstehenden Tod Tränen in die Augen traten. Hätte jemand im Krankenhaus nachgefragt, wäre sie in der Lage gewesen, diesen Großvater bis ins kleinste Detail zu beschreiben und zu ihm zurückzueilen – nachdem sie die Tafel im Eingangsbereich studiert hatte, wusste sie nur nicht, ob er in der Geriatrie dritter Stock Westflügel oder in der Onkologie fünfter Stock Ostflügel läge. Doch in all den Stunden im Krankenhaus schien kein Mensch sie zu bemerken; angesprochen wurde sie schon gar nicht. Es war, als wäre sie unsichtbar, als gehöre sie zum Inventar.

Nur fragte sie sich jetzt mit Schrecken, ob es ihren Großvater nicht vielleicht wirklich gab, ob er tatsächlich vor langer Zeit gestorben war, wie Bev immer sagte, oder ob er ähnlich wie ihr Vater von Bevs Fiktionen getötet worden war und in diesem Leben irgendwo traurig vor sich hin lebte, am Ende gar in Bangor, Maine, und sich fragte, was wohl aus seiner Tochter geworden war und ob er wohl irgendwo auf der Welt ein Enkelkind hatte. Man muss sich vorstellen, dass Cassie in ihrem Glauben radikal erschüttert worden war, und das alles noch, bevor sie loszog, um bei den Burnes an der Tür zu klopfen. Die Realität begann ihr zu entgleiten. Bislang angenommene Wahrheiten lösten sich plötzlich in nichts auf, zumindest machten sie den Anschein. Sie hatte kein Vertrauen mehr in das, was sie geglaubt hatte; sie war sich allerdings auch im Klaren darüber, dass sie falschliegen konnte, dass Bev sie vielleicht gar nicht angelogen hatte und ihr geliebter Vater an jenem Abend vor so langer Zeit wirklich auf dem Highway Richtung Boston ums Leben gekommen war.

Cassie hasste Anders Shute und wünschte ihn sich mit aller Macht aus ihrem Leben. Ihre Mutter, in die sie lange ihre Liebe, ihr Sicherheitsgefühl und ihr Selbstbild investiert hatte, liebte diesen Mann, den Cassie verabscheute, und sie war offenbar bereit, ihre eigene Tochter, ihre einzige Tochter dieser Liebe zu opfern. Was hätte Cassie glauben sollen? Doch lieber, dass ihre Mutter verrückt war, eine zwanghafte Lügnerin mit furchtbar schlechtem Urteilsvermögen, als dass sie von ihrer Mutter mutwillig aus einem echten Grund heraus fallengelassen worden war. So oder so war Cassie auf sich gestellt; doch in ersterem Fall hatte sie zumindest Hoffnung – auf einen Vater, auf Großeltern, auf irgendein anderes Leben, das, wie sie fand, keinesfalls hätte schlimmer sein können als das, was sie hatte.

Der Sonntagnachmittag in Bangor war kniffliger. Sie konnte nicht den ganzen Tag durch die Korridore des Krankenhauses irren, ohne Verdacht zu erregen; dazu war es nicht groß genug. Zu Recht nahm sie an, dass die Stadtbibliothek sonntags geschlossen sein würde, aber sie ging trotzdem dort vorbei, vom Flussufer aus hoch bis zu dem weitläufigen Platz in der Harlow Street. An einem Sonntag sei es schwieriger gewesen, in der Menge unterzutauchen, erzählte sie Peter – weniger schwierig als in Royston, wo im Prinzip jeder jeden kennt, zumindest vom Sehen –, aber dennoch fiel sie mehr auf, als ihr lieb war. Sie fühlte sich beobachtet, und als die Sonne hervorkam und es warm wurde, hatte sie Angst, dass sie durch die Mütze über den Haaren noch mehr auffiel. Wobei ihre Haare – die berühmten weißblonden Haare – schlimmer gewesen wären. Sie rechnete die ganze Zeit damit, dass Leute ihr Fragen stellten – die blaustichige Oma, die mit ihrer Medikamententüte aus dem Rite Aid gehumpelt kam und ihr einen finsteren Blick zuwarf; der kleine asiatische Junge, der ihr aus Unachtsamkeit mit seinem Scooter ziemlich heftig in die Hacken fuhr; der Typ, der ein bisschen was von Peter hatte, dieselben dunklen Locken und schlaksigen Arme, ungefähr in unserem Alter, der auf den Stufen vor der Bibliothek saß und in sein Handy tippte. Das war das Schlimmste, weil sie eigentlich seine Aufmerksamkeit wollte, weil sie mindestens so oft zu ihm rübersah wie er zu ihr, flüchtige, verstohlene Blicke, die anders waren als die anderen, eine Art Flirtversuch. Aber er sagte nichts, und sie sagte auch nichts, was am Ende vielleicht ganz gut war, wenn sie sich nicht verraten wollte; und sie ließ sich so lässig wie möglich davontreiben in einen nahegelegenen Park, wo sie sich im Schneidersitz unter einen Ahornbaum setzte, sich den Hintern abfror und so tat, als warte sie auf jemanden – was ja in gewisser Weise auch stimmte. Erst dort habe sie begriffen, erzählte sie Peter, der es mir erzählte – dort in dem Park, die piksende, kompakte Erde unter sich und den schuppigen Ahornstamm im Rücken, die Äste über ihr noch winterlich kahl –, dass sie eine Ausreißerin war, dass sie sich selbst in die Kategorie von Polizeimeldungen und Suchaktionen versetzt hatte, dass sie eine Minderjährige war, die nicht dort war, wo sie hingehörte.

Der Irrsinn des Ganzen begann ihr zu dämmern: Warum hatte Anders Shute hinsichtlich ihres Schicksals überhaupt was zu melden? Wie konnte das sein? Was würde es bedeuten, nach Hause zu fahren, falls sie das überhaupt tun würde und wenn das denn überhaupt noch das richtige Wort war für das Bilderbuchhäuschen in der Sackgasse am Rande des übergriffigen Waldes? Wo würde sie überhaupt je zu Hause sein, fragte sie sich, und wie sie Peter erzählte, fühlte sie sich in dem kleinen Park tonnenschwer vor Traurigkeit, als stecke sie in einer Bleiweste; sie spürte, wie Schultern und Rücken unter ihr wegsackten, sogar wie ihre Wangen schwer wurden – genau das Gegenteil von der Freude, die sie morgens noch unter den Kirschblüten empfunden hatte. Denn plötzlich kam es ihr vor wie ein ganz schrecklicher Fehler, nach Bangor gekommen zu sein, und dass es, egal was sie über Arthur Clarke Burnes herausfinden würde, kein Zurück gäbe, keinen Weg in die Unwissenheit, und entweder hätte sie Bev und Anders ausweglos am Hals oder sie hätte Bev für immer verloren, indem sie sie als lebenslange Lügnerin entlarvt hätte, und ganz ehrlich, ihr größter Wunsch wäre es gewesen, die Zeit zurückdrehen zu können, nicht übertrieben weit, nur ein paar Jahre zurück zu dem Sommer vor der siebten Klasse, bevor alles anfing schiefzulaufen. Zurück zu einer Zeit des Nichtwissens. (Und als Peter mir das erzählte, war ich mir sicher, dass sie sich, obwohl sie sich auf ihre Mutter Bev bezogen hatte, auch zu mir zurückwünschte, zu *uns*, dass sie sich wünschte, der Knoten wäre nie gelöst worden.)

Als Peter mir das alles erzählte, alles, was Cassie ihm an jenem Mittwochnachmittag und -abend in seinem Zimmer anvertraut hatte, versteckt vor seinen wie vor ihren Eltern, bevor sie erneut verschwand und niemand wusste, wohin, wollte ich unbedingt glauben, dass ich irgendetwas hätte tun können, dass ich hätte helfen können, sie zu finden natürlich, aber auch, dass es ihr etwas bedeuten würde, sehr viel sogar, dass ich das tat, dass ich es war. Natürlich war das, was da oben in Maine passierte, ihre Geschichte, klar; es passierte nicht mir, selbst wenn ich heute das Gefühl habe, mit dabei gewesen zu sein. Am meisten beschäftigte mich ehrlich gesagt die Frage, wie sich die Ereignisse auf unsere gemeinsame Geschichte auswirken würden. Ich wollte, dass sie zu mir zurückkommt. Als Peter mir erzählte, was sie alles gesagt hatte, hingen wir in der Luft, gefangen zwischen Einatmen und Ausatmen, und wenn ich hier verrate, was mir am wichtigsten war, gebe ich ein schreckliches Geheimnis preis, denn alle anderen hatten damals nur eins im Sinn: sie zu finden.

Was passierte also tatsächlich am Ende in Bangor? Peter war sich darüber nicht hundert Prozent im Klaren. Nicht, dass Cassie es ihm nicht erzählt hätte, denn sie hat es ihm erzählt, doch das Erzählen regte sie sehr auf, und sie redete teilweise zusammenhangloses Zeug. Er wollte sie nicht bedrängen oder bitten, noch mal von vorne anzufangen, wo das alles offensichtlich sehr quälend für sie war; mein Gott, er dachte, dafür wäre immer noch Zeit. Er dachte sich, dass er sich die Geschichte in ein paar Tagen, wenn sie ein bisschen runtergekommen wäre, noch mal in aller Ruhe erzählen lassen würde, um sicherzugehen, dass er alles richtig verstanden hatte. Also ließ er sie hauptsächlich schluchzen und schniefen und sich verhaspeln und Sachen auslassen und Sachen doppelt erzählen und insgesamt etwas wirr erscheinen.

So wie Peter sie verstand oder wie er es mir erzählte: Nach dem gemeinsamen Frühstück mit den schwedischen Mädchen am Montagmorgen ging Cassie unter Zuhilfenahme ihres Google-Maps-Ausdrucks aus der Schulbibliothek in Royston (ein Ausdruck, den Miss Barrocca nachzuverfolgen erst tags darauf einfallen würde, was wiederum erst im Anschluss an Cassies Rückkehr nach Royston Früchte trug) bei leichtem, aber konstantem Nieselregen, stichelnd in seiner Beharrlichkeit, die drei Kilometer zu Fuß zum Haus der Familie Burnes. Das Haus Nummer 36 in der Spring Street erwies sich als etwas kahl und lag inmitten von neueren Häusern mit großen, zaunlosen Gärten und ohne Gehwege, wo ein reglos im Regen stehendes Mädchen durchaus hätte auffallen können; also machte sie auf diesem Erkundungsgang nicht halt, sondern spazierte einfach vorbei und ungefähr fünfhundert Meter weiter, bevor sie kehrtmachte und zurück Richtung Stadt ging. Das Haus wirkte im wahren Leben schäbiger als auf dem Bildschirm; vielleicht lag es am

Regen oder daran, dass der Winter zu Ende ging, doch die Farbe blätterte ab und die asphaltierte Auffahrt war rissig wie altes Porzellan. Hier und da hatte das Gras den Kampf gegen den Schlamm verloren, der bei diesem Wetter zu matschigen Pfützen zerflossen war. Das Haus war dunkel – die Kinder waren in der Schule, die Eltern bei der Arbeit. Cassie bemerkte, dass der Basketballkorb über der Garage ganz nach unten gebogen war, als hätte sich jemand drangehängt oder es zumindest versucht, jedenfalls konnte man so keine Bälle reinwerfen. Erst später fiel ihr dieses Detail wieder ein.

Als sie zum zweiten Mal vorbeiging, hatte der Regen längst aufgehört (ihre Klamotten fühlten sich allerdings immer noch feucht an, obwohl sie ihren Pullover in der Kellertoilette der Stadtbibliothek ziemlich lange unter den elektrischen Handtrockner gehalten hatte), es war Abend. Die Lichter in dem blauen Haus waren an, und in ihrem Lichtkegel konnte sie sehen, wie Leute sich in den Zimmern bewegten – es war fast wie Fernsehen, erzählte sie Peter. Als er mir das erzählte, musste ich daran denken, wie ich damals an Thanksgiving durch unser Wohnzimmerfenster hindurch meine Verwandten beobachtet hatte, an dieses eigenartige Gefühl von Losgelöstheit selbst dort, wo man eigentlich hingehört.

Natürlich hatte Cassie in dem Moment vor diesem Haus nichts zu suchen. Da habe sie kalte Füße gekriegt, erzählte sie Peter. Sie brachte es nicht fertig zu klingeln, sie brachte es nicht mal fertig, die Stufen zu betreten, sie stand auf der Straße im schwindenden Spätnachmittagslicht und sah hoch in den Schaukasten eines Lebens, das ihr Leben hätte sein können, vielleicht hätte sein sollen, bis im dämmrigen

Licht nicht ein, sondern zwei Autos einen kleinen Schlenker an ihr vorbei machen mussten, und wieder drehte sie um.

Die schwedischen Mädchen waren abgereist. Im Raum war es einsam und Cassie schlief schlecht. Sie stand früh auf, um vor Tagesanbruch in die Spring Street zu gehen; aller guten Dinge sind drei. Sie hatte die Situation und sich selbst auf jede denkbare Art satt, sie wollte Resultate, sie wollte Klarheit schaffen.

Es war noch nicht mal richtig hell, als sie endlich bei den Burnes an der Haustür klingelte. Genau wie am Abend zuvor waren die Zimmer erleuchtet, wenn auch anders: eine neue Szene, womöglich ein neuer Akt in diesem Schauspiel. Das älteste Kind, Jason, ging an die Tür, er hatte schon die Uniform seiner katholischen Schule an, sogar mit Schlips. Er war etwas dicklicher als auf den Fotos, etwas größer auch, er hatte einen Mund wie eine Putte und den dunklen Flaum, den sie von den Fotos kannte. Seine Lippen glänzten ein bisschen – Speck vielleicht? Danach roch es jedenfalls. Sie fragte nach seinem Vater, Coach Burnes, und der Junge sah sie von oben bis unten an – bestimmt hielt er sie für eine Schülerin von der Highschool –, bevor er sich umdrehte und die Treppe hinaufbrüllte.

»Moment mal eben«, sagte er, weder höflich noch unfreundlich. »Warte hier kurz, ja?«

Aus dem Innern des Hauses drangen muntere Radiogeräusche und helle Kinderstimmen, Wasser, das in die Leitung schießt, ein klapperndes Rohr. Der Flur, in dem Cassie wartete, war klein und zugemüllt mit Stiefeln, Schals, mehreren fallengelassenen Regenschirmen. Es roch dunstig. Der Junge war eine Weile weg, einige Minuten lang, und als er die Treppe wieder nach unten gepoltert kam, trug er über seinem Hemd einen Blazer mit einem Wappen auf der Brusttasche.

»Er kommt gleich«, sagte er diesmal leicht außer Atem, um sich sofort wieder zurückzuziehen.

Draußen, hinter ihr, war der Himmel inzwischen fast hell, ein verhangener Tag, der mit noch mehr Regen drohte. Cassie schob die Hände in ihre Jackentaschen, zog die Schultern bis zu den Ohren hoch. Sie erzählte Peter, dass sie versucht habe, langsamer zu atmen, wie wir es in der Theater-AG in der Schule gelernt hatten, indem man langsam ein- und ausatmet und bei jedem Atemzug bis fünf zählt. Sie schätzte, dass es ungefähr zehn Atemzüge dauerte, bis er aufgetaucht war.

Arthur Clarke Burnes war ein kleiner Mann – oder zumindest kein großer Mann –, aber kräftig gebaut. Sein graues Tweedjackett spannte über den Armen, und sein Hals war rot. Vielleicht hatte er mal Sommersprossen gehabt, vielleicht war er mal blond gewesen; jetzt war er nur noch rotgesichtig und ledrig und so gut wie kahl. Seine Augen, hellblau – genau wie ihre, wie Cassie sofort dachte –, waren feucht schimmernd und geädert … »ein wässriger Blick«, dachte ich, als Peter es mir erzählte. Sie sahen aus, sagte sie zu Peter, als wäre er womöglich Trinker, vor allem zusammen mit dieser sehr roten Haut. Und Coach Burnes sah gereizt aus. Er nestelte an seinen Manschetten und zupfte mit dicken Fingern sein Hemd aus den widerspenstigen Ärmeln hervor.

»Ja?«, sagte er leicht zerstreut. »Kenn ich dich? Was ist los?«

Sie habe sofort gewusst, erzählte sie Peter, dass es nicht das war, was sie gewollt hatte. Falsches Timing. Falsches Gefühl. Dieser bullige kleine Mann mit der Wulst über dem

Kragen, den zusammengepressten, dünnen Lippen. Er sah aus, als würde er gleich platzen.

»Ich heiße Cassie«, begann sie. Sie hörte ihre Stimme, als gehöre sie einer Fremden. Sie hörte ihre Stimme zittern, als wäre sie kurz davor, in Tränen auszubrechen. »Cassie Burnes.«

Er nahm ihren Nachnamen nicht zur Kenntnis; der Name schien keinerlei Eindruck zu machen. »Und?«

»Ich bin nicht von hier«, fuhr sie fort. »Aber ich glaube, Sie kennen meine Mutter, Bev?«

»Wen?«

»Bev. Beverly Burnes. Hospizschwester, Royston, Massachusetts, aber davor aus Boston?«

»Ich kenne keine Bev Burnes«, sagte er, aber beunruhigt habe er jetzt gewirkt, sagte Cassie zu Peter, als schwebte da etwas am Rand seines Blickfelds.

»Vor ungefähr fünfzehn Jahren?«

Er runzelte die Stirn.

»Ich hab ein Foto«, sagte Cassie und griff nach dem Notizbuch in ihrem Rucksack. Darin hatte sie sowohl ein mehrere Jahre altes Foto von ihrer Mutter als auch den Schnappschuss von dem noch jugendlichen Clarke Burnes – das eine verschwommene Foto.

»Was ist das?«

»Ich hab ein Foto, zwei Fotos.« Sie kramte danach. »Haben Sie sich früher mal einfach Clarke genannt?«

»Bitte?«

»Haben Sie früher mal Clarke als Vornamen benutzt?«

»Worum geht's hier überhaupt?«

Sie hielt ihm das Foto hin – seine Miene überzeugte sie davon, dass er es war auf dem Foto, dass er sofort wusste, wo das Foto aufgenommen worden war und von wem. Ihre Hände zitterten; das Foto flatterte zwischen ihnen. Sie war sich fast sicher.

»Woher hast du das? Worum geht's hier?«

»Art? Arthur, beeil dich – dein Rührei wird kalt!« Die Stimme seiner Frau, ahnungslos, leicht vorwurfsvoll.

»Er ist an der Tür«, rief der Junge zurück. »Irgendeine Schülerin.«

»Worum geht es hier?«, fragte er und sah Cassie zum ersten Mal richtig an, sein Mund war ein grimmiger Strich, sein korpulenter Körper auf einmal bedrohlich.

»Ich glaube, Sie kennen meine Mutter.« Sie hielt ihm das andere Foto hin, größer, schärfer, Bev mit ihrer honigblonden Haarwolke vor dem Kaminsims auf einer Party. »Oder eher gesagt, Sie haben sie mal gekannt.«

»Ich kenne dich nicht«, sagte er. Es war, als würde man einem Mann dabei zusehen, wie er eine Rüstung anlegt, sagte Cassie zu Peter. »Ich weiß nicht, wer du bist oder was du hier machst. Ich weiß nicht, was du willst. Aber ich finde, du solltest jetzt gehen.«

»Bitte sehen Sie sich das Foto an, nur kurz.«

Er warf einen sehr flüchtigen Blick auf Bev. »Wer ist das? Worum geht's? Ich kenne diese Person nicht.«

Aber Cassie erzählte Peter, dass sie hätte schwören können, dass er … na ja, nicht log, aber dass er unsicher war. Sie hätte schwören können, dass er sich sonderbar benahm, wobei natürlich die Sache an sich schon sonderbar war.

Oben auf dem Treppenabsatz tauchte der dunkle Haarschopf seiner Frau auf. »Art, es ist Zeit. Die Kinder kommen zu spät.« Sie sah nicht ganz so aus, wie Cassie sie sich vorgestellt hatte – auf den Fotos war sie mollig gewesen, aber ihre Schultern waren schmal, fast zerbrechlich. Und sie hatte auch keinen Akzent.

»Ich komm ja schon.« Als er sich wieder zu Cassie umwandte, hielt Arthur Clarke Burnes seine Handfläche vor ihr Gesicht. Als wäre ihm ihr Anblick schlichtweg zu viel. Er warf keinen zweiten Blick auf Bev, die hochglänzend zwischen ihnen flatterte. »Ich kann dir nicht helfen«, sagte er. »Tut mir leid.«

»Sehen Sie mich an«, habe sie dann zu ihm gesagt, sagte Peter. »Sehen Sie mir in die Augen –, es sind Ihre Augen – und sagen Sie mir, dass Sie nicht wissen, wer ich bin.« Das war meine Cassie, furchtlos.

Er habe vorsichtig um sie herum gegriffen, als hätte sie eine ansteckende Krankheit, sagte sie zu Peter, um die Haustür zu öffnen. Er habe sie überhaupt nicht angesehen; er wandte seinen wässrigen Blick von ihr ab. Physisch wirkte er, als könnte er immer noch gleich explodieren, und zugleich, als wäre er schon explodiert.

»Du musst jetzt gehen.« Seine Stimme war tief und gepresst. »Ich bitte dich jetzt zum letzten Mal.« Mit dem Kopf wies er hinaus in den grauen Morgen, ein kurzes Zucken seines Schädels, den Blick hinauf in die überhängende Wolkendecke.

Cassie ging aus der Tür, und er schloss sie mit Nachdruck hinter ihr. Sie hörte, wie er auch den Riegel vorschob. Erst als sie den ganzen Weg zurück in die Stadt gelaufen war, fing es an zu regnen, und sie fing an zu weinen, und sie sagte zu Peter, dass sie sich jedes Mal, wenn ein Auto an ihr vorbeifuhr, gefragt habe, ob er es sei, Arthur Clarke Burnes, der seine anderen Kinder in den neuen Tag brachte.

Dafür, für dieses Gefühl, gibt es keine Worte. Ich weiß es, selbst aus der Entfernung. Sie brauchte es Peter nicht zu erklären – auch er konnte es sich vorstellen. Cassie war von Wissen wie auch von Unsicherheit erfüllt, und zum Zustand des Nichtwissens führte kein Weg zurück. Im Grunde ihres Herzens war sie überzeugt, dass dieser Mann ihr Vater war. Sie hatte ihr ganzes Leben darauf gezählt und auf ihre imaginäre Version dieses Manns vertraut. Und hier war er nun, höchstpersönlich auf dieser Erde, sagte sie zu Peter (wirklich?, fragte Peter mich, denn weder er noch ich konnten auch nur einen Bruchteil von Cassies Überzeugung aufbringen: Warum sollte Arthur Clarke Burnes aus Bangor, Maine, ihr Vater sein? Warum sollte ihr Vater überhaupt am Leben sein, ohne jeden Beweis, nachdem er ihr ganzes Leben lang tot gewesen war?), hier war er endlich, ihr Schutzengel – nur dass er es am Ende eben doch nicht war, oder? Ihr Leben lang war sie in den Hüter und Wächter ihrer Träume verliebt gewesen. Doch als sie ihn am meisten brauchte, nämlich nachdem Anders Shute die Liebe und Aufmerksamkeit ihrer Mutter geraubt hatte, entpuppte sich ihr Vater als echter Mann aus Fleisch und Blut; und dieser Mann hatte sie verleugnet. Es sei genau wie in der Bibel, in der Jesus von Petrus verleugnet wird, sagte sie zu Peter. Er hatte sie angesehen und sich geweigert, sie zu sehen, sich geweigert, ihre Existenz auch nur zur Kenntnis zu nehmen. Er hatte den Blick abgewandt und ihr die Tür vor der Nase zugeschlagen. Und das, wo ihre eigene Mutter sie verstoßen hatte! (Oder aber, sagte Peter zu mir, Cassie hatte alles nur erfunden. Aber wozu?, fragte ich. Und dann kam ich selbst auf die Antwort, für mich und für Cassie, denn plötzlich war es mir klar: weil sie das Gefühl hatte, keine andere Wahl zu haben, keine Geschichte zu haben, die sowohl einen Sinn ergab als auch ihr die Möglichkeit der Hoffnung ließ.)

Kraft ihres Willens hatte Cassie ihren Vater zum Leben erweckt, und dann hatte der Mann, den sie für sich hatte einfordern wollen, der Mann, an den sie so sehr glaubte, dass sie ihm, lange bevor sie vor seiner Haustür stand, schon ihre Liebe geschenkt hatte – dieser Mann, der nicht imaginär, sondern echt war, hatte sie in Bausch und Bogen zurückgewiesen. Also wollte sie keiner, kein Mensch wollte auch nur Anspruch auf sie erheben; sie konnte nirgendwo hin.

Vor allem aber hatte sie keinen Grund, in Bangor zu bleiben, und so fuhr sie wieder nach Hause. In Boston übernachtete sie im Freien, nachdem sie den letzten Bus nach Royston verpasst hatte; und sie tauchte bei Peter auf – genauer gesagt vor seinem Fenster, nachdem sie am Mittwochnachmittag aufs Garagendach geklettert war, ungewaschen, verängstigt, erschöpft und halb wahnsinnig. Peter hielt das für das Ende der Geschichte, die Auflösung, aber er irrte sich.

Wohin jetzt? Was jetzt? Wer öffnet mir die Tür, wer öffnet mir die Arme? Ich kenne sie so gut, dass diese Gedanken meine eigenen sind, ich kann in ihre Haut schlüpfen und die Welt mit ihren Augen sehen – mit unseren blauen Augen, die uns immer zu Schwestern gemacht haben –, und ich bin dankbar und erleichtert, dass sie die Klugheit besaß, sich an Peter zu wenden. Peter ist derjenige, an den auch ich mich gewandt hätte, hätte ich aus irgendeinem Grund das Gefühl gehabt, mich nicht an mich selbst wenden zu können. Ich wünschte, sie hätte sich an mich gewandt. Aber Peter wusste, was zu tun war, und auch wenn sie nicht mehr zusammen waren, liebte er sie noch immer. Er war ein Beschützer.

Sie wusste es besser, als zum Elendspfuhl nach Portland zu fahren, und das sagt schon einiges.

Dennoch, als sie sich am Donnerstagmorgen endlich regte, in einem Flecken Aprilsonne, in Peters Zimmer, stellte sie fest, dass sie allein war mit einem Zettel von ihm – »*Heute Matheklausur, muss los, kann aber Spanisch und Geschichte blaumachen. Gegen 11 zurück*«. Sie wusste, dass sie nicht bleiben konnte. Seine Eltern, die sie nie besonders gemocht hatten – sie war nicht die Freundin, die die anspruchsvolle Amy Oundle sich für ihren Sohn vorstellte, der ja schließlich »für Großes bestimmt« war –, würden von ihrer Gegenwart in seinem Bett nicht allzu viel halten. Sie hätten sie auf keinen Fall begleitet, um ihr zur Seite zu stehen, während sie Bev und Anders Shute zur Rede stellte. Meine Eltern hätten es getan, zumindest glaube ich das. Ich hätte es getan, wenn sie mich gebeten hätte.

Stattdessen ging sie allein, sprang auf ihr Fahrrad, das sie hinter dem Dunkin' Donuts hervorgeholt und bei Peter um die Ecke an einen Laternenmast angeschlossen hatte. Wie sie an diesem Morgen nicht nur ein-, sondern gleich zweimal mit ihren flachsblonden, bei Tageslicht so leuchtenden Haaren unbemerkt durch die Stadt fahren konnte – ich kapier's nicht. Die ganze Stadt wusste, dass sie verschwunden war – zumindest die halbe –, aber nun, ich glaube, man sieht nur das, was man sehen will. Alles andere nimmt das Gehirn nicht wahr. Weil der Tumult des Lebens mit seinen unendlichen Geräuschen, Gerüchen und Signalen an einem vorbeirauscht wie ein Fluss: Man kann immer nur eine bestimmte Menge davon aufnehmen. Und wenn man Cassie schon als verschwunden abgestempelt hatte – so wie all die anderen Mädchen, die von einsamen Männern oder Nachbarn entführt, von Vätern erschlagen, von eifersüchtigen Liebhabern zerstückelt worden waren, die vom Fahrradweg oder aus dem Einkaufszentrum oder von der Nachtbushaltestelle in ein unsichtbares, unvorstellbares und nichtvorhandenes Jenseits gerissen wurden –, na ja, wenn sie nun mal verschwunden war, konnte man sie ja nicht mehr sehen, oder? So, glaube ich, muss das gewesen sein.

Das Haus – die Sackgasse – war am späten Vormittag wie ausgestorben: Bevs Arbeit im Hospiz, die Arbeit mit dem Tod, wartete auf niemanden; und Anders war zu Cassies Glück im Krankenhaus. Die Hunde der Aucoins regten sich kaum, als Cassie, ein vertrauter Anblick, ein vertrauter Geruch, am Garten vorbeischlüpfte. Sie duschte, sie zog sich um, sie kochte sich eine Portion Makkaroni mit Käse und verschlang ein paar Scheiben Toast mit Erdnussbutter. Sie ließ den schmutzigen Topf auf dem Herd stehen.

Sie schaltete ihr Telefon nicht an, nicht dann und auch später nicht, vielleicht deswegen, weil ihr das Telefon inzwischen vorkam wie das Tor zur Hölle, das Wurmloch, durch das sie erreichbar wurde, wo sie doch gar nicht erreicht werden wollte. Außer mit Peter – und, wie ich mir gern sage, mit mir, wobei sie überhaupt nicht an mich dachte – wollte sie zu diesem Zeitpunkt mit niemandem in Kontakt sein.

Was machte Cassie in den zwei Stunden, bevor Bev nach Hause kam? Was dachte sie? Ich sage immer, ich kann in ihre Haut schlüpfen, und das stimmt auch; ich sage, ich kannte sie besser als sie sich selbst, und auch das stimmt; aber jedes Mal, wenn ich versuche, mir diese Momente vorzustellen, höre ich nichts als lautstarkes, sinnentleertes Rauschen. Sie wusste nicht mit Sicherheit, dass Bev als Erste nach Hause kommen würde, auch wenn sie wusste, dass es wahrscheinlich war. Sie wusste nicht, wie Bev reagieren würde, wenn sie sah, dass ihre vermisste Tochter wieder aufgetaucht war; aber vor allem wusste sie nicht, wie sie selbst, Cassie, reagieren würde. Nichts planen, nicht überreagieren, es einfach geschehen lassen, man muss einen Weg finden, die Kluft zwischen hier und dort, zwischen dieser undenkbaren Gegenwart und irgendeiner undenkbaren Zukunft zu überbrücken … Aber nein, ich glaube nicht, dass da auch nur irgendein Gedanke an die Zukunft war. Von der Mutter verraten, vom Vater verleugnet, wusste sie nicht mal mehr selbst, was sie fühlte – aufgerieben, einsam, trostlos, gebrochen, aufgerieben –, wie hätte sie da denken können? Ich glaube nicht, dass da überhaupt ein Gedanke war, nur Geräusch, das Brüllen, das ohrenbetäubende weiße Rauschen.

Gegen zwei kam Bev nach Hause. Ich kenne nur ihre Version. Sie hatte nicht vor zu bleiben; sie hatte ein paar Unterlagen vergessen betreffs eines Hausbesuchs um 16.30 Uhr, irgendetwas wegen der Medikamente. Denn das kam später noch mal zur Sprache. Ich weiß noch, dass sie »betreffs« sagte und wie seltsam mir das vorkam. Ich stelle mir vor, wie sie geschäftig hin und her läuft, mit schwingendem, langem Rock und um den Hals drapiertem Stethoskop, das sich auf ihrem ewig atemlosen Busen hebt und senkt – vielleicht ist ja noch Zeit für einen schnellen Snack? –, und auf einmal sitzt sie vor ihr, Cassie, winzig in ihrem Daunenparka (den Parka hatte sie nicht an, als sie weglief, oder?, denkt Bev), die nassen Haare schlaff über den Schultern, an der Kücheninsel auf einem Barhocker, entspannt wie nur was.

Das ist nicht meine Tochter, habe sie gedacht, sagte Bev – nur eine Sekunde lang dachte sie an eine Betrügerin, so wie

Cassie sie ansah. Mir wäre fast das Herz stehengeblieben, sagte sie, ich glaube, ich fasste mir sogar ans Herz, so einen Schreck hat sie mir eingejagt, so still wie sie dasaß in der Küche, wie eine Diebin. Wie eine Diebin oder wie ein Gespenst.

Bev, sagte sie, die Stimme noch ruhig, fast bedrohlich, als wäre sie belustigt: Bev, du bist wieder zu Hause.

Ja, ich bin zu Hause, und du auch, erwiderte Bev. Ich glaube, ich hatte Tränen in den Augen, aber es stimmt, ich bin nicht um die Insel herumgegangen, um mein Mädchen in den Arm zu nehmen. Ich kann es nicht erklären. In dem Moment hatte ich Angst vor ihr, es war, als wäre sie eine Betrügerin. Ein Wechselbalg. Als hätte man mir ein anderes Mädchen zurückgegeben.

Und, ist es das noch?, fragte sie. Was wollte sie damit sagen? Ich meine, ernsthaft?

Ist das hier noch mein Zuhause?, fragte sie dann, die Stimme tief und kalt. Bev war verärgert.

Natürlich war ich das. Was wir durchgemacht hatten, Anders und ich. Ich hatte kaum ein Auge zugetan. Nächtelang. Und das alles nur, weil sie mal zu spät nach Hause kommt. Was meinst du, wie es mir dabei ging, sagte ich, nach all deinen Sperenzchen. (Wie gut ich, Julia, mich daran erinnere: an das Wort »Sperenzchen«, ein Wort aus einem anderen Land, einem anderen Jahrhundert – wer bitte benutzt heute noch das Wort Sperenzchen?) Aber Cassie ließ sich nicht aus der Ruhe bringen.

Ich wollte dir ein paar Fragen stellen, Bev, sagte sie mit einer Betonung auf *Bev*, die, wie Bev später sagte, regelrecht unheimlich war. Und dann waren es, wie Bev behauptete, gar keine Fragen, es waren Vorwürfe: Bev sei eine Lügnerin, sie habe Cassie ihren Vater vorenthalten, sie habe sich eine

Story ausgedacht, nur um sie nicht mit der schrecklichen Wahrheit zu konfrontieren: dass sie von einem Mann geschwängert worden war, der sie nie geliebt hatte und der kein Kind mit ihr haben wollte, Cassie sei ein Versehen gewesen, sie sei ungewollt gewesen … Na ja, sagte Bev, man kann sich vorstellen, wie weh das tut, eine solche Kränkung durch das eigene Kind, das kleine Mädchen, für das ich *alles* geopfert habe, und dann wiederholte sie demonstrativ: *alles.*

Habe ich, Julia, gewusst, hat irgendwer von uns gewusst, wem man hätte glauben sollen oder was die Wahrheit war? Keiner von uns war dabei, es gibt keine Zeugen. Als Bev also erklärte, Cassie, die schon in ihrem blauen Parka dasaß, als Bev hereinkam, als wäre sie auf dem Sprung – als Bev erklärte, Cassie habe die Hand auf die Küchentheke geknallt und ihre Mutter als kranke Lügnerin beschimpft, ehe sie hinaus in den kalten Frühlingsnachmittag rannte (eine schwache Sonne durch das Grau, die Forsythien neongelb im Garten), sich den Rucksack über die Schulter warf, die Haustür hinter sich zuschmiss und *spurlos verschwand,* O-Ton Bev, ein Ausdruck wie aus dem Fernsehen oder aus einem Kriminalroman – »Spurlos verschwunden«, die Rubrik für die Heerscharen obligatorisch *spurlos* verschwundener Mädchen und Frauen –, na ja, zu dem Zeitpunkt war es ganz schön schwer zu wissen, was Bev meinte, schwer zu wissen, was sich wirklich abgespielt hatte. Irgendwas schien einfach nicht zu stimmen.

Peter und ich waren nicht die Einzigen, die sich den Kopf zerbrachen. Schon am Donnerstag kursierten Gerüchte, dass die Polizei einen Verdacht habe. Sie führten ein langes Verhör nicht nur mit Bev, sondern auch mit Anders Shute, obwohl er ein Alibi hatte; will sagen, er war auf der Arbeit.

Meine Eltern blieben äußerlich verhalten und sachlich. Sie versuchten vernünftig zu sein, ruhig zu bleiben, nicht in dieselbe Hysterie zu verfallen, die nur einen Tag nach Cassies zweitem Verschwinden ganz Royston ergriffen hatte. Sie versuchten mir das Gefühl zu vermitteln, es gebe dafür einen Vorläufer – der nicht mit einer Leiche am Strand oder einem Haufen Knochen in der Asche eines Feuers oder einem Mädchen in einem besetzten Haus in einer Seitenstraße in Boston mit einer Spritze im Arm endete. Meine Mutter sagte: »Die Polizei macht nur ihre Arbeit. Die müssen rausfinden, wen Cassie alles kennt und wo sie hingefahren sein könnte.« Und dann: »Bist du dir sicher, Schatz, dass sie dir nicht doch irgendwann eine Nachricht geschickt hat? Nichts? Auch nicht deinem Freund Peter?«

»Sie hat sich ausgeklinkt, Mama. Sie hat ihr Handy ausgeschaltet, schon vor Tagen. Sie will nicht gefunden werden.«

Peter erzählte der Polizei, was er wusste. Irgendjemand meinte gesehen zu haben, wie ein Mädchen in einem blauen Parka auf der Route 29 in ein Auto gestiegen war, auf der Standspur, ungefähr einen Kilometer nördlich vom Haus der Burnes, ungefähr um die richtige Zeit. Das Auto, glaubte derjenige, war weiß oder silber, ein Kombi.

Freitagfrüh prangte Cassies Foto in der Nähe des Lotus Garden auf dem LED-Brett, sie grinste zu jedem Autofahrer und Beifahrer auf der Route 29 herunter, und die Polizei bis Boston war auf der Suche nach einem fast albino-weißblonden Mädchen, das von zu Hause ausgerissen war, 1,60 Meter groß und 47 Kilo schwer (dass ihr Gewicht publik gemacht wird, hätte sie nicht gewollt, das weiß ich), in einer himmelblauen, schmal gesteppten Daunenjacke, Skinny Jeans und schwarzen Nikes an den Füßen. Die offizielle Beschreibung sagte nichts über die Lücke zwischen ihren Schneidezähnen oder ihr schiefes Lächeln, und der Gedanke drängte sich mir auf, dass sie bestimmt längst die Jacke ausgetauscht und sich die Haare gefärbt hatte, als die Personenbeschreibung rausging – die ja doch ziemlich beliebig war, oder? Selbst ich hätte das gemacht.

Hatte Bev wirklich zugelassen, dass ihre Tochter, ihre einmalige, kostbare, wunderschöne Tochter aus der Tür rennt, wo sie doch gerade zurückgekehrt war aus der Hölle, ja geradezu von den Toten auferstanden, ohne zumindest den Versuch zu unternehmen, sie aufzuhalten? Warum war sie ihr nicht sofort mit dem Auto hinterhergefahren? Es musste einige Zeit vergangen sein zwischen dem Augenblick, in dem Cassie ihren Abgang machte und in den hellen Kombi einstieg, keine drei, sondern eher zehn bis fünfzehn Minuten, und wie konnte es sein, dass ihre Mutter in diesen Minuten nicht das Geringste tat, um sie zu retten?

Freitag schon hörten wir, dass sie überall gesichtet worden sei – in Haverhill natürlich, in Newburyport, aber auch in Portsmouth, vor der Faneuil Hall in Boston, sogar in Provincetown, wobei das keiner in meinem Umkreis glaubte. In der Schule hatten alle ihre eigenen Ideen. Ich dachte die ganze Zeit, dass man mich fragen würde, was ich wusste, weil ich Cassie doch besser kannte als jeder andere; aber Peter war der Einzige, der gefragt wurde. Es kam den Leuten nicht in den Sinn, dass ich irgendwas zu sagen haben könnte, denn unsere Freundschaft war ja seit dem Beginn der Mittelschule »vorbei«. Seit zwei Jahren – eigentlich zweieinhalb –, dabei war es ja nicht so, dass komplette Funkstille geherrscht hätte. Ein Leben lang waren wir eins gewesen, siamesische Zwillinge, bis der Elendspfuhl auftauchte. Unter der Haut waren wir Schwestern. Peter sah es ein. Er kam auf mich zu und erzählte mir alles, was er wusste, und alles, was er dem Kriminalbeamten gesagt hatte. Er erzählte mir, was in ihrem Freundeskreis geredet wurde – die Freunde glaubten, sie sei auf direktem Wege nach New York, dass das *total logisch* sei. Sie sagten, Cassie habe davon geredet, dort Model zu werden – so Mason, seit ganzen sechs Monaten Cassies Freundin, dumm, aber unfassbar hübsch in ihrer ständig wechselnden Lululemon-Kluft aus dem Outlet in Kittery, und Briannas Cousin Jae habe möglicherweise sogar von ihr gehört: Er hatte ein paar Anrufe von einer Nummer aus Massachusetts auf seinem Handy, die er erst nicht hatte einordnen können, aber könnte ja sie gewesen sein, oder? Eine andere ihrer Freundinnen, Alma, das Mädchen, dessentwegen sie Ärger bekommen hatte, wähnte sie auf dem Weg nach Florida – da unten waren immer noch Frühjahrsferien, und wenn Cassie den kompletten Weg getrampt war und außerdem noch den richtigen Typen aufgegabelt hatte, könnte sie da eine ganze Weile hängenbleiben.

Zum Glück musste ich mir das idiotische Gelaber dieser Mädchen nicht selbst anhören. Sie erzählten es Peter, dem ewig geduldigen Verbündeten oder unverhohlenen Doppelagenten, und Peter erzählte es mir, und an diesem Donnerstagnachmittag verließen wir die Schule und hockten uns auf das Klettergerüst auf dem Spielplatz ein Stück die Straße runter – derselbe Spielplatz, der damals im Sommer vor so langer Zeit, als Cassie sich im Tierheim an der Hand verletzte, neu gemacht worden war. Ein kalter Wind griff unter unsere Kleidung, ein Wind, bei dem man automatisch den Kragen hochschlägt, und auf der metallenen Plattform fror ich in meiner Jeans. Peter hatte gar keine vernünftige Jacke an, nur ein Sweatshirt – COLBY stand in großen, weißen Lettern vorne drauf –, er hatte die geballten Fäuste druntergeschoben, um sich die Hände zu wärmen, und sah aus, als wäre er schwanger. Normalerweise hätte ich einen Witz darüber gemacht.

»Du glaubst doch auch nicht, dass sie nach Florida oder New York ist«, sagte ich.

Er schüttelte den Kopf. Wir lehnten uns mit angezogenen Beinen gegen die bunten Metallstangen ganz oben auf dem Gerüst. Wir konnten durch die Bäume – hauptsächlich Zweige mit festen Knospen, die Vorboten des Frühlings – bis zur Straße sehen, wo hin und wieder ein klägliches Auto vorbeisauste. Ich hatte das Gefühl, als wären wir mitten in einer Geschichte über uns selbst, der Geschichte, die letztendlich vom Erwachsensein erzählte, und ich wollte das alles nicht. Schweigend saßen wir da. Ich zupfte an einem Faden am Knie meiner professionell zerstörten Jeans, von der ich meiner Mutter versprochen hatte, sie nicht in der Schule zu tragen.

»Du glaubst doch nicht …«, sagte ich.

Und dann verstummte ich. Ich konnte nicht aussprechen, was wir vermutlich beide dachten.

»Es passiert ständig irgendeine Scheiße auf dieser Welt«, sagte Peter. »Aber wir haben dafür keinerlei Indizien. Richtig?«

»Wohl nicht.«

»Nein, das ist so. Wir wissen nur, dass wir nichts wissen.«

»Das hilft aber nicht besonders.«

»Irgendwo muss man anfangen«, sagte er. Ich betrachtete seine Hände, seine langen Finger mit den sauberen, eckigen Nägeln. Manchmal konnte ich immer noch nicht glauben, dass er mich nicht genauso begehrte wie ich ihn. Selbst an jenem Nachmittag und dort oben im Gerüst konnte ich jede seiner Bewegungen voraussehen, als wäre er von einem Kraftfeld umgeben, dessen Stärke fast schon wieder abstoßend war. Er musste es doch merken, oder? Aber sagte er nicht gerade: Wir wissen nur, dass wir nichts wissen? Und wenn das in Bezug auf Cassie die Wahrheit war, galt es dann nicht für alles, für jede unsichere Handlung, der wir solche Gewissheit zuschreiben?

»Pass auf«, sagte er, und die Spitze seiner hageren Nase und die Ränder seiner Nasenlöcher waren rot vor Kälte. »Bevor sie am Dienstag plötzlich in meinem Zimmer vor mir stand, also direkt vor mir, haben wir ja noch gedacht, sie könnte tot sein, richtig? Bevor sie auftauchte, schien sie wie vom Erdboden verschluckt.«

»Stimmt.«

»Wir wussten nicht, ob wir glauben sollten, was Bev und Shute geschildert haben. Du kannst nicht behaupten, wir hätten uns nicht gefragt, ob sie im Wald hinter ihrem Haus unter einem Blätterhaufen liegt.«

»Im übergriffigen Wald«, sagte ich, obwohl nur Cassie verstanden hätte, was ich damit meinte. Ich biss mir mit den Schneidezähnen auf die Unterlippe, bis ich Blut schmeckte. Wie wichtig war es doch gewesen, in den paar Tagen diesen Gedanken nicht zuzulassen – dieses Bild –, es weder Peter noch meinen Eltern noch mir selbst gegenüber zu artikulieren.

Doch er hatte recht: Man konnte nicht behaupten, wir hätten uns nicht unsere Gedanken gemacht beim Anblick von Shutes Augen und seinen schmalen Lippen, bei der vermeintlich kummervollen Miene, die mit Leichtigkeit auch ein Ausdruck von Spott hätte sein können; und beim Anblick Bevs, die durch ihre Üppigkeit immer etwas Fröhliches gehabt hatte, genau dadurch nun aber potenziell dämonisch wirkte.

»Sie war da nicht in Gefahr«, sagte Peter, »warum sollte sie es also jetzt sein?«

»Weil sie beim ersten Mal einen Brief dagelassen und ihr Fahrrad mitgenommen hat.«

»Aber diesmal hat sie ihre Jacke mitgenommen.« Wieder verfielen wir in Schweigen.

»Glaubst du, sie hatte ein Ziel?«

Peter schüttelte leicht den Kopf und sah hinaus durch die Bäume. »Der geht es nicht gut«, sagte er. »Dieses ganze Ding mit Clarke Burnes hat irgendwas mit ihrem Kopf gemacht.«

»Dieses ganze Ding mit Anders Shute«, sagte ich, »und mit Bev.«

»Dieses ganze Ding mit dem Leben überhaupt.«

Ich schloss die Augen. Die Fahrgeräusche der Autos und die Rufe und das Lachen der Schüler drüben auf dem Schulhof der Highschool wehten gedämpft zu uns herüber. Auf dem Spielplatz war niemand außer uns, zwei Jugendliche, die viel zu groß dafür waren, und die Luft roch nach nasser Erde und kaltem Metall. Kurz dachte ich, dass ich nur die Augen aufschlagen müsste, und sie säße wieder da unten auf der lila Federwippe, die Knie bis zum Kinn hochgezogen, ein breites Grinsen im Gesicht. Aber dann wurde mir klar, dass die Cassie vor meinem inneren Auge nicht das Mädchen von heute, sondern das von damals war, ein reines Hirngespinst, verloren.

Genau in dem Moment tauchte Nancy auf, unser Reiher, diese unwahrscheinliche Vision, der Cassie und ich einen

Namen gegeben hatten, damals in dem Sommer, bevor alles anders wurde – vielleicht war es auch Nancys Cousine –, um mich an den Steinbruch zu erinnern. Es hatte keinerlei Logik, jetzt, da Cassie zuletzt auf der Landstraße beim Einsteigen in ein Auto gesehen worden war. Wenn sie hätte fliegen wollen, wäre es eher ein Flug zurück gewesen, fast wie eine Zeitreise. Dennoch war es extrem merkwürdig, im April in Massachusetts in der noch deutlich fühlbaren Feuchtigkeit des Vorfrühlings hinter Peters Schulter in der Ferne den langsamen, prähistorischen Steigflug eines Reihers aus dem halbleeren, laubdurchtränkten Kunstteich am hinteren Ende des Parks zu sehen. Das Schlagen dieser dünnen, dunklen, breiten Flügel störte mein peripheres Sehen, und ich fuhr herum – war es ein Geist, fragte ich mich flüchtig –, um den bedächtigen, unaufhaltsamen Aufstieg zu beobachten, den eingezogenen Hals mit der S-Kurve, die Füße mit den Schwimmhäuten, eingeklappt wie das Fahrwerk eines Flugzeugs. Und ich dachte: Es ist April, das kann doch gar nicht sein, Nancy, in Royston, jetzt. Und ohne nachzudenken, packte ich Peter am Arm, was ihn merklich überraschte. Er zuckte leicht unter meiner Hand zurück, zumindest zuckte sein Unterarm, denn wir berührten uns nicht oft, Peter und ich, um nicht zu sagen, wir berührten uns nie, eine Befangenheit, die sich unterschiedlich deuten ließ, als schmeichelhaft oder auch als unschmeichelhaft, und über die ich schon lange bewusst beschlossen hatte, nicht nachzudenken. »Da«, flüsterte ich, »Nancy.«

»Wer ist denn Nancy?« Ich hörte ihm an, dass er lächelte, aber ich sah ihn nicht an, weil ich den Blick nicht von dem Vogel wenden konnte, schwarz und anmutig und prekär vor dem ominösen Himmel. Ich zeigte hin und hörte wie Peter nach Luft schnappte. »Was macht sie hier?«, fragte er. »Ist das nicht die falsche Jahreszeit?«

»Irgendwie ist es, als wäre sie gar nicht real«, sagte ich, und inzwischen war sie auch schon zwischen den Schatten der Bäume jenseits des Parks verschwunden.

»Und wer ist jetzt Nancy?«, fragte Peter kurz darauf, stand auf und schwang sich an der Stange nach unten. »Mein Hintern ist eiskalt.«

»Stimmt. Ist echt kalt.« Ich nahm lieber die Rutsche. Als ich mit den Händen mein Hinterteil befühlte, spürte ich durch die Jeans mein kühlschrankkaltes Fleisch. Ich erklärte Peter, was es mit Nancy auf sich hatte, dass sie ein Insiderwitz zwischen Cassie und mir war in unserem letzten Zwillingssommer, als es uns nicht im Traum eingefallen wäre, dass wir nicht für immer und ewig Freundinnen bleiben würden.

»Ich hab schon lange keine Nancy mehr gesehen. Vielleicht hat *sie* sie ja geschickt.«

»Tja, sag niemals nie. Und was sagt uns das? Was ist die Message, wenn es eine gibt?«

Ich sagte, wir sollten zum Steinbruch gehen.

»Das ist nicht dein Ernst.« Er zeigte in Richtung Himmel. »Bei dem Wetter? Es ist fünf Uhr. Was hoffst du denn da zu finden? Was in Gottes Namen sollte sie da? Meinst du, die hat sich aus alten Tannenzweigen einen Unterschlupf gebaut und zündet sich gerade ein Lagerfeuer an, um Farnspitzen zu rösten?«

»Kann doch sein«, sagte ich. Normalerweise hätte ich Angst gehabt, von Peter ausgelacht zu werden, aber Cassie zu finden hatte nun mal Vorrang. »Vertrau mir«, sagte ich, und fast automatisch berührte ich ihn wieder am Arm. Es war kein Flirtversuch, es war Dringlichkeit, und er verstand das. Diesmal zuckte er nicht zurück.

Der Weg war länger, als ich ihn in Erinnerung hatte. Wir sagten beide eher wenig. Die späte Sonne versuchte erfolglos durch das wollene Grau zu brechen, der weiche Kies am Straßenrand unter unseren Füßen war immer noch durchnässt, und nachdem wir das Haus der Barkers hinter uns gelassen hatten, zog sich die triste und feuchtdunkle Wand aus Tannen endlos und bedrückend hin. Der Abzweig zum Steinbruch war zugewuchert, über die Wintermonate war hier niemand gewesen, und das Unterholz schien in einem Schwebezustand zwischen sterbendem Winter und Frühlingserwachen zu sein, eine Kombination aus schleimigen Laubhaufen und knubbligen Zweigen mit saftig grünen Trieben kurz vor dem Bersten. Der unbefestigte Sandweg mit den Spurrillen löste sich stellenweise in Pfützen auf, doch der Weg vor uns war frei. Der Parkplatz war natürlich leer. Nur hin und wieder huschte ein Eichhörnchen vorbei; ein paar frühe Vögel raschelten und zirpten. Das Wasser des Steinbruchs lag schweigend da, die Oberfläche schwarz und spiegelglatt.

»Das ist jetzt ein Witz, Juju, oder?« Peter schob sein Kinn in den Ausschnitt seines Sweatshirts. Seine roten Nasenlöcher glänzten.

»Es ist nur so ein Gefühl. Lass uns einmal eine Runde drehen, ja? Nur für den Fall.«

»Das lodernde Lagerfeuer mit den Farnspitzen?«

»So ähnlich.«

»Ein Vogel ist kein Zeichen.«

»Das weiß man nicht.«

Peter gab ein ärgerliches Räuspern von sich, er ließ mich aber nicht im Stich. Wir konnten es uns nicht leisten, nicht nachzusehen. Wir zogen los, um den Steinbruch zu umrunden. Der Weg erwies sich als unerwartet tückisch. Es gab keinen direkten Rundweg am Ufer; die schimmernden Felsen waren rutschig unter den Füßen, und die wildwuchernden Büsche griffen mit ihren stachligen Fingern nach unseren Hälsen und Handgelenken.

»Wonach genau suchen wir eigentlich?«, fragte Peter, die Arme in die Seiten gestemmt, als wir auf einer hohen Felsnase über dem stillen Wasser standen, dem vom Parkplatz entferntesten Punkt. Sein Atem bildete Wirbel in der frostigen Luft. »Das hier kommt mir nämlich vergleichsweise sinnlos vor.«

Ich konnte ihm nicht widersprechen. »Ich dachte, es wären vielleicht irgendwo Spuren von ihr zu finden. Ich dachte, dass sie vielleicht hierhergekommen ist.«

»Weil?«

Ich zuckte mit den Schultern. Ich konnte nicht sagen: weil dieser Ort eine besondere Bedeutung für uns hatte, für sie und mich, denn als wir hier waren, waren wir glücklich, und wir waren zusammen glücklich, und wir hatten ein Zuhause und Eltern und dachten, dass das immer so bleiben würde. Das wäre kein Grund für irgendwas gewesen.

»Julia«, sagte Peter, und diesmal berührte er mich, er legte mir die Hand auf die Schulter. Seine Stimme war tief und fast schroff. »Du glaubst, sie könnte hier sein, weil sie *dir* hier abhandengekommen ist. Aber das ist lange her.« Dann ließ er mich los und wandte sich ab.

Dennoch hielt ich Ausschau nach dem ersten Flattern einer Schleife oder dem Schillern eines Ohrrings auf dem

Waldboden, als wir uns einen Weg zu unserem Ausgangspunkt zurückbahnten. Ich suchte nach Fußabdrücken im Matsch – kleine Füße, frische Fußabdrücke – oder einem Handy, einem Hausschlüssel oder einem glänzenden Zehn-Cent-Stück. *Hänsel und Gretel, Scooby-Doo, Tim und Struppi, Picknick am Valentinstag*, immer, immer gab es ein Zeichen. Von Cassie im Steinbruch gab es kein Zeichen.

Peter begleitete mich nach Hause – es war schon fast dunkel, und ich musste zum Abendessen da sein – und rief danach seine Mutter an, um sich abholen zu lassen. Gegenüber meinen Eltern war er angespannt – sowohl super höflich als auch unbeholfen –, und obwohl der offensichtliche Grund dafür der war, dass wir seinetwegen mit dem Essen warten mussten, wollte er sie vermutlich nicht auf falsche Gedanken bringen, er wollte nicht den Eindruck erwecken, wir hätten was miteinander. Er blieb im Flur stehen – »Meine Mutter ist schon unterwegs« – und machte gestelzten, aufgeweckten Smalltalk über das Leichtathletikteam und dass es sein Traum sei, an der UPenn zu studieren, vorausgesetzt, er werde genommen. Seine Mutter habe da studiert. Wir sprachen nicht über Cassie, aber sie stand mit uns im Flur. Als seine Mutter vor dem Haus hielt, hupte sie und er schoss aus der Tür. »Sorry, dass ich euch vom Essen abgehalten habe«, sagte er zu meinen Eltern. »Wir hätten auf die Uhr gucken sollen.« Und zu mir sagte er, ohne einen Blick zurückzuwerfen: »Bis morgen in der Schule.«

Ich hob die Hand, eine Art Winken, aber wie hätte er es sehen sollen.

Beim Essen fragte meine Mutter, ob man uns in der Schule wegen Cassie irgendetwas mitgeteilt habe. Mein Vater sagte, eine seiner Patientinnen, Rose Bremner, habe im Polizeifunk gehört, in der Nähe von Newburyport seien ein paar Hinweise eingegangen. Ich nickte, schob meinen Kartoffelbrei auf dem Teller hin und her und drückte ihn mit der Gabel platt. Inzwischen war viel Zeit vergangen; sie konnte überall sein. Sie konnte sogar wieder in Bangor sein, wobei die Polizei auf diese Idee vermutlich schon selbst gekommen war. Eine ganze Weile machten wir einen Bogen um das Thema Cassie. Es gab nicht viel dazu zu sagen. Meine Mutter fragte, wie es im Debattierclub laufe und was ich für das nächste Turnier vorbereiten würde. Ich merkte, dass sie gern gefragt hätte, was mit Peter sei – sie wusste, dass ich ihn immer noch mochte –, aber sie fragte nicht.

Nach dem Essen, als der Abwasch gemacht war und ich nach oben wollte, kam sie und nahm mich in den Arm und drückte mich an sich. Dann löste sie sich und streichelte mir über die Wange, steckte mir eine Strähne hinters Ohr. Ihre Augen waren traurig. Sie sagte nichts. Es war auch gar nicht nötig.

Noch vor der Dämmerung wachte ich auf. Obwohl die Luft in meinem Zimmer kalt war, schwitzte ich unter der Decke. Samstagmorgen: Ich musste nicht aufstehen. Doch mein Herz war in Alarmbereitschaft, mein Traum noch immer mit mir im Raum. Cassie, was sonst. So, wie sie war, ja, aber nicht mit dem Gefühl, dass das die Vergangenheit war. Es war jetzt. Wir spielten ein Spiel, eines der Spiele, wie wir sie jahrelang gespielt hatten: Du bist das Monster und ich der edle Ritter. Du bist der Pilot und ich der Widerstandskämpfer. Du bist der Ausreißer, und ich finde dich. Du bist der dunkle Zauberer und ich der Zenturio des Lichts. Du bist der heimkehrende Soldat und ich deine Frau. In meinem Traum warf sich Cassie mit ihrem weißblonden Haar einen schwarz gefiederten Umhang über – ein Vogelkleid, ein Nancy-Kleid –, der sie zu verhüllen versprach, die Flüchtende, die Zauberin, den Teenager, und sie flugfähig machte. Nur brannte er sich innerhalb von Sekunden in ihre Haut und ließ sich vorzüglicher- und schrecklicherweise nicht wieder ausziehen. Der Umhang war vergiftet, es war ein vergifteter Mantel. Sie kreischte vor Schmerzen, ihre Augen waren weiß gerändert und traten hervor, ihre Arme griffen nach mir. Und ich konnte nichts tun außer dastehen und zusehen, eine widerwillige, doch unbeugsame Zeugin. Von ihrem Kreischen wurde ich wach und zurückgeworfen in die kalte Dunkelheit, aber ich kam nicht dahinter, mit welchem Außengeräusch das Kreischen korrespondierte – mit einer Fledermaus? Einer rolligen Katze? Und selbst mit offenen Augen konnte ich sie noch sehen, meine Cassie, bis auf den weißen Kopf und die Hände umfangen von fransiger, fedriger Schwärze und wie sie unter dem dunklen Mantel in sich zusammenfiel.

Wo war sie? Wo spielten wir? Wie hieß unser unglückseliges Spiel? Ich kannte es, ich konnte den Ort riechen, der Schauplatz schwebte auf der Schwelle meines Bewusstseins, zum Greifen nah. Wieder schloss ich die Augen, lauschte dem Echo ihrer Stimme, das die Wände zurückwarfen. In der Dunkelheit hinter meinen Lidern sah ich die flimmernden Buntglasfragmente und spürte das glatte feste Geländer unter meiner Hand. Ich sah hoch. Und dann wusste ich, was ich zu tun hatte, in der Nochdunkelheit des frühen Frühjahrsmorgens. Ich hatte zwar Angst, aber ich war mir mit einem Mal auch sicher, eben weil es kein Kinderspiel und kein imaginäres Szenario mehr war, denn mit jeder Minute brannte sich der Mantel tiefer in Cassies Fleisch, und wenn ich mich nicht beeilte, würde sie niemals fliegen, sie würde nicht mal überleben. Sie würde den Mantel nie wieder ablegen können.

Nur flüchtig zog ich in Erwägung, meine Eltern zu wecken. Sie hätten es nicht verstanden. Genau wie Peter hätten sie ein Hirngespinst vermutet. »Du hast eine lebhafte Phantasie«, sagte meine Mutter gerne. Ich brauchte einen Verbündeten, der wie ich an Vorwarnungen und Weissagungen glaubte, an Instinkte eher denn an Logik. Wie ein Kind oder ein Prophet – oder wie Hagrid. Ich brauchte nur eine Minute, um mich an Bessie und den Derecho zu erinnern; und auch das kam mir nicht als Gedanke, sondern als etwas, das ich in meinem tiefsten Innern verwurzelt wusste, ähnlich wie in einem Traum. Ich suchte die Nummer raus, die ich noch von damals in meinen Kontakten hatte, als ich in der siebten Klasse meinen Monolog vorbereitete, und obwohl ich nur allzu klar sehen konnte, dass das grüne Licht der Uhr 4.43 anzeigte, rief ich bei Rudy Molinaro an.

Hatte ich ihn geweckt? Schwer zu sagen. War er überrascht? Ich glaube, ja, sogar sehr; aber er ist kein Mann großer Worte und auch keiner, der seine Gefühle zeigt. Flacher Affekt, würde meine Mutter dazu sagen.

Ich sagte ihm, es gehe um das kleine blonde Mädchen. Um den Engel. Sie heißt Cassie, sagte ich. Sie braucht mich, sagte ich. Sie braucht unsere Hilfe. Während ich mit ihm sprach, sah ich seine Augen vor mir, matt glänzend wie Jellybeans in seinem aufgedunsenen Gesicht. Es war Samstagfrüh, eigentlich noch Nacht. Ich war irgendein Teenager am Telefon – ich war nicht mal halb so alt wie er. Aber er hörte mir zu und reagierte, als wäre ich der Bürgermeister von Royston, als wäre vollkommen klar, dass eine so ungewöhnliche Bitte nur einen Grund hatte, nämlich den, dass *es jetzt einfach passieren musste.* Weil es lebensnotwendig war.

Galt Rudy bei meinen Eltern, bei Peter als unintelligent *(nicht der Hellste, eher einfach gestrickt)*? Klar. Aber an diesem Morgen war ich dankbar, weil ich jemanden brauchte, der mir helfen konnte, und niemanden, der mir sagte, ich sei doch noch ein Kind, hätte Flausen im Kopf oder unrecht, noch bevor wir einen Fuß vor die Tür gesetzt hatten. Er wusste, wie wichtig Gefühle waren, Ahnungen oder Intuition. Er war der Typ, der vor allen anderen seinem Hund Bessie vertraute.

War er betrunken? Als ich mit ihm telefonierte, hätte ich noch gesagt: wahrscheinlich. Kaum dass ich in seinem Truck saß, war ich mir dessen absolut sicher. Trotz Bessie, die hechelnd zwischen uns auf der Vorderbank saß, war die Luft zum Schneiden dick von seinem Gestank aus Zigaretten und Schnapsfahne, als sickerte ihm alles aus den Poren. Es störte mich aber nicht. Es half mir wahrscheinlich sogar ein bisschen, dass er so betrunken war; es machte unsere traumartige Reise noch weniger real, als würde er sie ebenfalls träumen.

Ich hatte keine Angst, mich an einem Samstagmorgen im April um 5.20, es war noch dunkel, zu Rudy Molinaro in den Truck zu setzen, ohne dass jemand wusste, was wir vorhatten oder wohin wir fuhren. Ich kann nur sagen, dass ich ihm vertraute, betrunken und einsam, wie er war. Bessies wegen vertraute ich ihm; wegen all der Zeit und Liebe, die er seiner kranken Mutter gewidmet hatte. Weil er das Gegenteil von böse war und er wirklich nicht wusste, wie man darauf kommt, irgendetwas zu wollen. Erst sehr viel später, als alles in der Vergangenheit lag, fiel mir auf, dass ich in diesen Stunden – unter anderen Umständen – genauso gut auch entsetzliche Angst hätte haben können.

Wir redeten wenig im Dunst des Führerhauses auf der Fahrt zur Nervenklinik. Heiße Luft kam durch das Gebläse; Bessies Hecheln war Gespräch genug. Auch Rudy hechelte, wenn man so will, zumindest atmete er geräuschvoll, als wäre jeder mögliche Atemweg bei ihm verstopft. Sein Gesicht glühte fast lehmfarben im Licht des Armaturenbretts. Auch ich atmete wegen des Gestanks durch den Mund.

»Gucken schadet nicht, ich glaub, das ist eine gute Idee«, sagte er irgendwann, nachdem er eine Zeitlang auf seiner Wange herumgekaut hatte. Bessie leckte sich die Lefzen, als wenn sie ganz seiner Meinung wäre, gähnte und quiekte dabei im Rachen wie ein ungeöltes Scharnier. Ihre Zähne waren direkt neben meinem Ohr.

»Scheint mir auch so«, pflichtete ich ihm bei. Ich saß da, die Hände im Schoß verschränkt wie in der Kirche. Und dann verstummten wir wieder, und es waren nur das Gebläse, das Atmen und Bessies Schlabbergeräusche zu hören.

Rudy stieg aus dem Truck aus, um das große Vorhängeschloss am Haupttor an der Straße zu öffnen. Keine Ahnung, was ich mir gedacht hatte – dass wir uns im Morgengrauen vom Steinbruch aus durchs Unterholz schlagen würden? –, jedenfalls nicht, dass wir über die zentrale Auffahrt kommen würden. Sogar im Schritttempo rumpelte und wackelte der Truck durch ein Spalier aus scharfen, knackenden Zweigen. Seit geraumer Zeit war hier kein Auto mehr gefahren. Die Scheinwerfer hüpften auf und ab und beleuchteten mal einen Erdhügel, mal die Schlaglöcher vor uns, mal ein paar verwilderte Bäume. Hinter der Kurve ragte vor uns plötzlich die Bonnybrook-Klinik empor, ein eingefallener Koloss vor einem veilchenblauen, licht werdenden Himmel.

Von draußen sah es nicht aus, als hätte sich seit Cassies und meinen Tagen dort auch nur irgendetwas getan – die vieldiskutierten Bauprojekte waren offenbar nie in Angriff genommen worden, waren imaginär geblieben. Aber das hieß nicht, dass nie jemand einen Fuß in die Ruine gesetzt oder dass der Zahn der Zeit nicht weiter an ihr genagt hätte. Aus der Ferne wirkte es, als wären noch mehr Scheiben eingeschlagen worden, als würden noch mehr Fensterläden fehlen oder schief hängen. Auf den Mauern prangten noch mehr Graffiti. Als Rudy den Motor ausstellte, blieben die Scheinwerfer an und tauchten den zugeketteten Haupteingang, an dem Cassie und ich damals seitlich vorbeigeschlüpft waren, in grelles Licht. Rudy griff über mich hinweg ins Handschuhfach und holte eine große silberfarbene Taschenlampe heraus. Ich konnte ihr Gewicht in seiner Hand förmlich spüren. Als er zu Boden sprang, stieß er ein Ächzen aus. Bessie setzte hinter ihm geschmeidig auf. Mit gespitzten Ohren schnupperte sie in die Luft und beschloss, nicht zu bellen. Das Rascheln im Gebüsch interessierte sie nicht. Ich wünschte, ich hätte sie gut genug gekannt, um ihren rostbraunen Hals zu umschlingen und mich ihr auszuliefern.

Rudy leuchtete mit der Taschenlampe über die Fassade der Bonnybrook-Klinik, und der Effekt war ähnlich wie in einer Disco. »Was hast du gesagt, wo seid ihr damals rein?«

»Ich glaub, ich hab's gar nicht gesagt.« Ich führte ihn zu den Fenstern des Speisesaals.

»Das ist Hausfriedensbruch, weißt du.« Er sagte den Satz ohne offenkundige Wertung, einfach als Beobachtung. »Das ist verboten.«

»Wir waren noch jünger«, sagte ich.

Er stieß ein Grunzen aus und hielt inne, um sich das Auge zu reiben. »Aber das war euch doch klar«, sagte er beharrlich.

»Ja, vermutlich.«

Die Terrassentür, durch die wir eingestiegen waren, war noch verrotteter als damals und eigentlich kaum noch vorhanden; sie war nur noch ein Rahmen. Der Regen hatte das Parkett im Innern zerstört, es wellte sich wie Wasser in einem kleinen Hafen. Überall auf dem Boden glitzerten die Scherben. Der Raum fühlte sich irgendwie anders an: Als Rudy mit seiner Taschenlampe von einer Seite zur anderen Seite leuchtete, erkannte ich, dass alles, was man hätte mitnehmen können, alles Bewegliche, verschwunden war. Es stand nichts mehr im Raum, der Raum war nur noch er selbst. Sogar die Wagenräder hatte man aus der Decke gerissen und nichts als bröckelnden Putz und baumelnde Drähte zurückgelassen.

»Wo geht's lang?« Fragend neigte Rudy den Kopf von Seite zu Seite. »Welche Richtung?«

»Nach oben, glaube ich. Entschuldigung.«

Die Bonnybrook-Klinik sang ihre eigenen Lieder, ein Knarzen und Knacken und ein helles Heulen, jedes Mal, wenn der Wind durch das Gebäude fegte. Draußen begann das Tageslicht über den Horizont zu bluten, doch in der Vorhalle der Klinik war nichts davon zu merken: Ohne Rudys Taschenlampe wäre es stockfinster gewesen. Ruckartig leuchtete er um uns herum: Staubflocken trieben in der Luft,

Plünderer hatten die Bohlen ausgerissen und leere Rillen zurückgelassen, die Balustrade, das Buntglasfenster mit den Blumen – es war nichts mehr da. Es gab keine glamourösen Geister mehr, sogar die waren geflüchtet. Übrig war nur noch der kalte Geruch von Feuchtigkeit, als wäre die Erde gerade dabei, ihr Reich zurückzuerobern. Die Treppe wuchs skelettartig hinauf in die Dunkelheit.

Bessie, äußerlich ruhig, winselte nur leise und nahm die Treppe in Angriff.

»Ist ja gut, braves Mädchen. Wie du meinst.« Die Luft um uns herum war dicht, beinahe schon stofflich. Ich war so dankbar, dass Rudy da war in seiner kleinen Wolke aus Schnaps und Tabak, dass ich mit den Fingerspitzen an die Rückseite seiner Daunenjacke griff, nur ganz leicht, sodass wir auf der Treppe verbunden waren.

Zutiefst im Innern hatte ich gewusst, dass sie dort sein würde. Schon im ersten Moment des Aufwachens hatte ich es gewusst. Vielleicht hatte ich es von dem Moment an gewusst, als ich Nancy sah. Cassie war meine beste Freundin, ohne einander wären wir nichts. Bessie fand sie innerhalb weniger Minuten – als wir den ersten Stock erreichten, trabte Bessie los, ohne auf uns ängstliche Zweibeiner zu warten, ohne einen Blick zurückzuwerfen. Wir hörten ihre Krallen über den Boden klackern und ihren rhythmischen Gang. Wir hatten ungefähr eine Vorstellung von ihren Umwegen, rein ins Zimmer, einmal im Kreis und dann ins nächste, wir hörten das dumpfe Klimpern ihrer Hundemarken. Wir folgten langsam, und Rudy leuchtete mit seiner Taschenlampe im trüben Licht hin und her, aber inzwischen war es eigentlich nicht mehr nötig.

»Sie ist bestimmt hier, Rudy«, sagte ich. »Du wirst sehen.«

Sein Grunzen war neutral. Graublau brach der Tag an, er sickerte in Form von kalten, schummrigen Lichtbalken in den dunklen Flur. Das machte die Sache plötzlich weniger surreal und zugleich weniger real. In was für einem kindischen Anfall von geistiger Umnachtung hatte ich das hier inszeniert? Als wäre das alles nur ein Spiel oder eine Geschichte, als würde sie das tun, was ich mir ausdachte, was ich mir wünschte.

Doch dann bellte Bessie unten im dunkelsten hintersten Korridor dessen, was Cassie und ich den Isolationstrakt genannt hatten. Rudy verfiel – für seine Verhältnisse – in eine Art schwerfälligen Laufschritt, der ihn keuchen ließ, und ich rannte schon mal vor, denn endlich konnte ich die dunklen Flecken auf dem Fußboden erkennen und vermeiden, mir den Knöchel zu verstauchen.

Zimmer 7, ein Raum ohne Schimmelblüten in Gold und Rot an den Wänden, mit einem Waschbecken, immer noch schwarz und staubtrocken. Unser Zimmer. Drahtglas in den hohen Fenstern; eine Eisentür, die nur noch halb in den Scharnieren hing, als hätte sie jemand stehlen wollen, sich dann aber besonnen. Bessie bewachte eine Gestalt in einer blauen Daunenjacke, die zusammengekrümmt an der Wand lag, ein Klumpen Skijacke mit streichholzdünnen Gliedmaßen und einem schlaffen Wirrwarr aus weißblonden Haaren. Bessie stampfte vor Aufregung mit den Pfoten, wedelte mit dem Schwanz und bellte, dann stürzte sie sich nach vorn, um Cassie – wortwörtlich – zum Leben zu erschlecken. Cassie, die nicht bei vollem Bewusstsein, aber auch nicht bewusstlos war, hatte sich die Arme übers Gesicht geschlagen. Sie wand sich hin und her und stöhnte

– »Nein, nein, nein«, mehr konnte ich nicht verstehen – immer heftiger, um Bessies schlabbernde Zunge abzuwehren. »Nein, nein, nein.«

Ich ließ den Blick über den fast leeren Plastikkrug Smirnoff schweifen, die gelbe Schachtel mit den Crackern halb ausgekippt aus dem Wachspapier. Eine Zweiliterflasche Cola Light ohne Deckel, halbvoll. Da lag auch ihr fast leerer Rucksack, in sich zusammengefallen, und daneben zwei orangefarbene Pillenfläschchen, die Verschlusskappen wie leuchtend weiße Räder auf den schmutzigen Fliesen. Ich stand in der Tür und guckte nur, als Rudy keuchend hinter mir auftauchte. Ich sagte nichts.

»Nein, nein, nein«, stöhnte Cassie.

»Ich werd ja nicht mehr«, hauchte Rudy mir ins Ohr, als hätte auch er geglaubt, das alles sei nur ausgedacht, und als könne er jetzt seinen Augen nicht trauen. Nur Bessie, die nicht ganz ruhig war (sie war zu Recht aufgeregt; sie hatte das Spiel gewonnen), wusste, dass der Gewinn ein Mensch war und die Konsequenzen real. Als Rudy neben mich trat, hörte Bessie auf zu bellen: Sie stampfte noch immer mit den Pfoten und wedelte mit dem Schwanz, drehte den Kopf und sah erst zu Rudy, dann wieder zu Cassie und zurück zu Rudy. Es war deutlich, dass sie eine Ansage von ihm brauchte.

»Braves Mädchen, Bessie«, sagte er mühsam, und: »Sitz«. Zitternd gehorchte sie. »Ich werd ja nicht mehr. Ich werd ja nicht mehr«, flüsterte er immer wieder. Er reichte mir die Taschenlampe, ich schaltete sie aus – sie war überflüssig geworden. Wir brauchten sie nicht, um zu sehen, dass Cassie dort in der Ecke lag. Er kramte nach seinem Handy und wählte eine Nummer.

Erst langsam wurde mir der Gestank um uns herum bewusst, von Erbrochenem und anderen Dingen. Eine Art olfaktorische Ergänzung zu Rudy, in gewisser Weise. Cassie war keineswegs tot, aber sie hatte sterben wollen.

Rudy zuckte vor dem Gestank zurück, trat nach vorn und versuchte sie behutsam zu wecken, indem er vorsichtig an ihrer Schulter rüttelte. Wieder eine gedämpfte Abfuhr. Sie weigerte sich, die Arme vor dem Gesicht wegzunehmen. Ich stellte mir vor, dass sie die Augen geschlossen hatte, aber genau sagen konnte ich es nicht. Ihr berühmtes Haar lag verknäult um sie herum im Staub. Mit dem Rücken gegen die Wand, im größtmöglichen Abstand, ohne den Raum zu verlassen, rutschte ich zu Boden und verharrte dort mit angezogenen Knien. Gott, war das kalt in diesem Zimmer – obwohl das Fenster intakt war. Das fiel mir auf, dass sie sich ein Zimmer gesucht hatte, in dem das Fenster noch schließbar war, wo es windgeschützt war. Ich sagte nichts. Als Rudy und Bessie nach unten gingen, um die Sanitäter an der Auffahrt in Empfang zu nehmen, rührte ich mich nicht. Inzwischen war es draußen hell. Ich sah, wie sich die Daunenjacke mit ihren Atemzügen hob und senkte. Sie schnarchte leise. Soweit ich es wissen konnte, hatte sie gar nicht mitbekommen, dass ich da war.

Endlich tauchten die Sanitäter auf, sie polterten mit klappernder Trage und munteren Späßen die Treppe hoch und den Korridor entlang, und ich dachte, jetzt rührt sie sich bestimmt; aber obwohl sie direkt angesprochen und Dinge gefragt wurde, blieb sie stumm.

»Die ist am Leben«, sagte der eine mit dem Bart und zog erfolglos an dem Arm, den sie über den Kopf geschlagen hatte. »Das passt ihr vielleicht nicht, aber es ist so.«

»Schöne Scheiße«, sagte der andere. Und zu mir: »Bist du mal so lieb und packst den Kram da für uns ein?« Er deutete auf die Fläschchen und den Rucksack.

»Du bist die Freundin?«, fragte der Bärtige, während ich mich hinkniete, um seiner Anweisung zu folgen, und die Pillenfläschchen und die Cracker in den Rucksack packte und mich nach dem Deckel der Colaflasche umsah.

»Genau«, sagte Rudy, der in der Tür stand und rauchte, vielleicht um den Gestank zu übertünchen. »Ohne das Mädel da wären wir keinen Deut schlauer. Die Polizei dachte, die ist in New York oder weiter nördlich oder so.«

Der schlechtgelaunte Sanitäter schüttelte den Kopf und war fest entschlossen, Cassie, die sich jetzt absichtlich steifmachte, an die Trage zu schnallen. »Schöne Scheiße«, sagte er noch mal.

»Hast du gut gemacht.« Der andere Typ neigte den Kopf in meine Richtung. »Du hast ihr wahrscheinlich das Leben gerettet.«

Doch dann gab es einen Moment, während die beiden mit Cassie beschäftigt waren und Rudy erschöpft mit halbgeschlossenen Augen an seiner Zigarette zog und Bessies jetzt ruhigen Kopf streichelte und sie sanft hinter den Ohren kraulte, einen Moment, in dem ich Cassie für mich alleine richtig beobachten konnte – ihren Kopf, meine ich. Sie bewegte ihre schützenden Arme, nur so viel, dass ich kurz ihre funkelnden Augen dahinter sehen konnte, wie aus einer Höhle: Offen und wachsam sahen sie mich an mit einer Wut, die ich in all unseren Jahren nicht erlebt hatte, einer Wut, die geradezu mörderisch war. Ich hätte schwören können, dass sich ihre Lippen bewegten, dass sie etwas zu mir sagte – lautlos, meine ich, bewegte sie die

Lippen und formte drei Wörter, genau drei: *Du elende Verräterin.* Ich hätte schwören können, dass es das war, was sie sagte.

Mitte Juni waren sie bereits verschwunden. Als sich die neunte Klasse dem Ende zuneigte, neigte sich auch mein bis dahin gekanntes Leben dem Ende zu: Was auch immer vor mir lag, ich musste akzeptieren, dass meine Freundschaft mit Cassie – meine prägende Freundschaft – wirklich und wahrlich vorbei war. Über diesen ersten Sommer und Herbst hinweg suchte ich Halt bei Peter, und er bei mir: So gesehen gab mir Cassie dann doch, was ich wollte. Über ein halbes Jahr lang durfte ich Peter meinen festen Freund nennen, ganze sechs Monate, in denen wir uns gegenseitig versicherten, wir hätten das Bestmögliche getan, das Bestmögliche für Cassie, und wir seien – klar – die Einzigen, die sie wirklich gekannt und verstanden hatten.

Aber es ist schon eigenartig, seine Liebe mit einem Phantom zu teilen – oder mehr noch, das Gefühl zu haben, dass die Liebe zwischen uns eigentlich die Liebe ist, die für sie bestimmt war und die sie einem hingeworfen hat. Wie sonst hätten wir innerhalb weniger Wochen von der einen Situation, in der Peter vor meiner Berührung zurückschreckte, übergehen können in die andere, wo er kaum die Finger von mir lassen konnte? Jodie meinte, es sei alles absolut logisch, dass er sich distanziert hatte, weil er mich zu sehr wollte, aber das Gefühl hatte, es wäre falsch gegenüber Cassie, vor allem mit ihren ganzen Problemen und so weiter. Ihre Theorie war die Umkehrversion von meiner, ähnlich wie die Escher-Zeichnung des Treppenaufgangs in unserem oberen Badezimmer; ich konnte die Dinge einfach nur vorübergehend so sehen wie sie und hatte ständig Angst, dass er jedes Mal, wenn er mich küsste und die Augen schloss, Cassie sah, oder dass er, wenn er mir im Kino oder beim Fernsehen die Hand auf den Oberschenkel legte, im Geiste das puppenhaft schmale Bein von Cassie unter seiner Handfläche mit dem substanziellen Gewicht von meinem verglich. Wenn wir uns über Gedichte unterhielten oder Musik hörten, machte ich mir keine Sorgen; diese Leidenschaften, die Peter und ich teilten, waren nicht ihre. Dann aber schrieb er noch ein Lied über sie – wieder eine Ballade mit einem superschönen Refrain, in dem es hieß, sie dufte nach Rosen –, und dann war auch das vergiftet.

Insofern habe ich die Dinge womöglich kaputtgemacht, weil ich mir so sicher war, dass sie ohnehin den Bach runtergingen – wie alles andere, wie all meine Geschichten, so scheint es mir manchmal, machte ich das Ausgedachte durch meine Willenskraft zur Realität, Dichtung zur Wahrheit, als könnte alles Vorgestellte wahr werden. Vielleicht hatte ich aber auch schlichtweg die ganze Zeit recht. Um Weihnachten herum einigten wir uns darauf, lieber nur gute Freunde zu sein – man kam sich vor wie in einem Roman, und sicherlich war es sehr cool, bei seinem Exfreund in der Nähe zu bleiben, auf diese entspannte, aber liebevolle Art, bei der sich die nächste Freundin keine Sorgen zu machen brauchte, die sie sich aber trotzdem machte. Vor allem wollte ich nicht das traurige Mädchen sein, das seine Freundin nicht nur einmal, sondern gleich zweimal verloren hatte und dann zu allem Überfluss auch noch seine Liebe; wobei, wenn man die Dinge wie auf der Escher-Zeichnung erst mal von einer bestimmten Warte aus gesehen hat, kann man nie mehr ganz die Augen vor ihnen verschließen.

Die Sache zwischen Peter und mir ging am Ende ziemlich gut aus; wir blieben wirklich gute Freunde, fast unzertrennlich bis zur zehnten Klasse – elfte für ihn –, als er im späten Frühjahr anfing, sich mit Djamila zu treffen, einem neuen Mädchen in seinem Jahrgang mit grünen Augen und wunderschöner milchkaffeebrauner Haut und einer schönen – wirklich schönen – Seele. Sie machte ebenfalls Leichtathletik, und singen konnte sie auch noch. Alle mochten sie total gerne – auch *ich* mochte sie total gerne –, und wenn sie den Mund aufmachte, war es, als stünde Whitney Houston vor einem.

Aber das alles war sehr viel später. Ich bin noch hier. Mir geht es gut. Ich komme bald in die elfte Klasse. Ich fahre immer noch einmal die Woche nach Newburyport zu der Therapeutin, die unsere Schulpsychologin meinen Eltern empfohlen hatte. Meine Mutter fährt mich hin und wartet mit ihrem Laptop im Dunkin' Donuts, während ich bei der Frau in ihrer trübseligen Praxis mit Parkplatzblick sitze. In dem Raum steht eine Liege, die ich ignoriere, und ein harter Stuhl, auf den ich mich immer setze, und ein großer Farn. Überall sind an strategischen Stellen Kleenex-Schachteln platziert.

An der Wand hängt ein seltsames, unheimliches Gemälde, eine Art Märchenszene mit Elfen und Fliegenpilzen in einem nächtlichen Wald. Was soll das? Wer sucht sich so was aus, skurril, aber superdüster? Eine der Elfen – mit grässlich schimmernden Libellenflügeln – hat weißblondes Haar und erinnert mich an Cassie. Mehr noch, die Elfe erinnert mich an meinen Traum von Cassie in ihrem schwarz gefiederten, fliegenden Mantel, dem vergifteten Mantel, der sie zu töten drohte, anstatt sie zu befreien. Jedes Mal, wenn ich mir dieses Bild ansehe, ist es wie ein Anreiz, der Frau von diesem Traum zu erzählen, von diesem Mädchen, von dem, was ich jetzt über das Erwachsenwerden weiß – nicht in Worten weiß, sondern mit einem Wissen, das unbestimmbarer ist, wie eine minimale Druckveränderung in der Atmosphäre, wie der letzte Hauch eines Dufts. Jede Woche nehme ich mir noch fester vor, nichts darüber zu sagen.

Jetzt weiß ich – so wenig es mir auch nützt –, was es heißt, als Mädchen aufzuwachsen. Vielleicht kann man sich gegen den Mantel entscheiden, aber dann wird man niemals frei sein, man wird niemals fliegen. Oder man kann den Mantel annehmen, der einem gereicht wird; was aber die Konsequenzen sind, was der Mantel bewirken könnte, was das Tragen des Mantels nach sich ziehen könnte, kann man im Voraus nicht wissen. Andere mögen mehr sehen, aber retten können sie einen nicht. Alles, was wir für einen anderen Menschen tun können, ist, den Mut zu haben, sich nicht abzuwenden. Ich habe es nicht getan und dann eben doch.

Wir haben uns wenig zu sagen, diese Therapeutin und ich. Sie ist eine nette Frau, aber mal ehrlich, was weiß sie denn? Für sie bin ich irgendein leicht verstörter Teenager, ein Mädchen, dessen Freundin extrem depressiv wurde. Aber mein Fluch ist es, Dinge zu *sehen*, zu wissen, wie sich Geschichten entfalten, und zu erkennen, wie Leute sind. Ich suche mir das nicht aus, es ist einfach so. Ehrlich gesagt finde ich es anstrengend. Cassie wurde der prophetische Name, mir aber der Fluch gegeben – oder die Gabe, je nachdem, wie man's sieht. Wenn die nette Frau diese Dinge ebenfalls sehen würde, bräuchte ich nichts zu erklären; aber wenn das nicht der Fall ist – und ich würde wagen zu behaupten, sie sieht sie nicht –, können wir's uns auch schenken. Ich hätte gern jemand, der mir die Last von den Schultern nimmt oder sie zumindest mit mir teilt. Würde ich nicht sehen, würde ich mir keine Mühe geben zu wissen; und natürlich kann man nie wirklich wissen, was mit einem anderen Menschen los ist oder was er zu erleben glaubt – was am Ende auf dasselbe rauskommt. Ich kann nicht wissen, wie sich der vergiftete Mantel anfühlt, der sich in Cassies Haut brannte. Ich kann es mir eigentlich nicht mal vorstellen.

Als die Sanitäter losgefahren waren, um Cassie nach Haverhill zu bringen, kam die Polizei, um ihre Sachen in Verwahrung zu nehmen, und Rudy fuhr mich nach Hause. Meine Eltern waren noch nicht aufgestanden, also hätten sie theoretisch nie erfahren müssen, dass ich weg gewesen war. Rudy gehörte nicht zu den Erwachsenen, die mit mir zur Haustür marschierten, um meine Mutter in ein Gespräch zu verwickeln – wahrscheinlich hatte er mehr Angst vor meinen Eltern als die meisten meiner Freunde. Eine Zeitlang saßen wir drei im warmen Führerhaus seines Trucks – er, Bessie und ich –, ausgelaugt von den Ereignissen des Morgens. Der Gestank hatte sich inzwischen etwas gelegt, aber vielleicht nahm ich ihn auch einfach nur nicht mehr wahr.

»Rudy«, sagte ich irgendwann, »danke. Und Bessie –« Sie sah mit halbgeöffneten Augen in meine Richtung und entblößte schläfrig einen Eckzahn.

»Der Sanitäter sagt, das wird wieder mit ihr.« Mit seinen schmuddeligen Händen hielt Rudy das Lenkrad fest umklammert.

»Ich geh mal besser rein. Meine Eltern fragen sich bestimmt schon, wo ich bin.«

»Na klar, Fräulein.« Erst dachte ich, er wollte sich über

den Hund hinweg zu mir rüberbeugen, aber so war es nicht. »Wenn du sie besuchst, richte ihr aus, Rudy ist froh, dass alles okay ist mit ihr, ja?«

Während ich ins Haus schlüpfte, schoss mir der Gedanke durch den Kopf, dass Rudy überhaupt nicht hatte wissen wollen, warum ich Cassie in der Bonnybrook-Klinik vermutete. Er hatte sich einfach auf mein Urteil verlassen. Ich fragte mich, ob meine Eltern sauer auf mich sein würden. Ich würde ihnen notgedrungen von meiner Zeit mit Cassie dort erzählen müssen, Jahre zuvor; vor allem meine Mutter würde nicht begeistert sein.

Ich hatte recht. Ich sah, wie sich das Gesicht meiner Mutter verfinsterte, als würde sie ihre Tochter ansehen und erkennen, dass ich nicht das Kind war, für das sie mich immer gehalten hatte. Sie sagte nichts Bestimmtes, nickte nur, aber ich sah ihr an, dass die Geschichte von mir und Cassie und unseren Spielen in der Nervenklinik in jenem lang vergangenen Sommer sie fast so sehr beunruhigte wie Cassies aktuelle Geschichte. Auf irgendeinem Level, auf irgendeine unsagbare Art war Cassie meiner Mutter inzwischen egal geworden. Sie war erleichtert, dass man Cassie gefunden hatte und dass sie in Sicherheit war, aber das reichte ihr vollkommen. *Ich* war es, die ihr am Herzen lag. Damals, in all den Jahren, in denen sie ein Teil von mir war, war Cassie auch für meine Mutter wichtig. Doch meine Mutter hatte Cassie längst abgeschrieben. Für meine Eltern war sie das, was man gemeinhin »schlechten Umgang« nennt, diese Art von Mädchen, der man im optimistischsten Fall mit leisem Mitleid begegnet.

Und das galt nicht nur für meine Mutter. Es galt allgemein. Am Montag in der Schule hielt unser Direktor in der Turnhalle eine Schulversammlung ab, um zu verkünden, dass Cassie gefunden worden sei und dass sie sich im Krankenhaus in stabilem Zustand befinde, in der Obhut ihrer liebenden Familie, insofern könnten wir alle frohlocken; er benutzte das Wort »frohlocken«, was mir bizarr vorkam. Wuchtig stand er hinter seinem Podium und sah mit den dicken Oberschenkeln in seinem engen Anzug und den sorgsam frisierten Haaren aus wie ein alternder Rocker auf einer Hochzeitsfeier, und er bat uns, die Privatsphäre von Cassie und ihrer Familie (ihrer Familie? Anders Shute?) zu respektieren, eine Bemerkung, die hinter mir im Publikum vereinzeltes Gekicher auslöste, was mich wütend machte; und dann sagte er, dies sei eine rein private Angelegenheit, also sollten wir bitte von Spekulationen oder Gerüchten absehen. Dann entließ er uns in den Unterricht, und natürlich wurde in den Fluren über nichts anderes geredet als über Cassie.

»Hey, Julia.« Ein Zehntklässler namens Ollie, der noch nie ein Wort zu mir gesagt hatte, sprach mich von der Seite an. »Wie man hört, hast du die ganze Zeit gewusst, was läuft, und du hast sie versteckt.«

Ich reagierte nicht, sah zu Boden und ging weiter.

»Man soll nicht alles glauben, was man hört«, sagte Jodie an meiner Stelle.

»Das Mädchen war 'ne Schlampe«, sagte einer von Ollies Kumpels. »Weißt du nicht mehr, letzten Herbst auf der Party von AJ? Die war total hacke.«

»Und du nicht, oder was, du Flachwichser.« Ich war überrascht, denn ich wusste, dass auch Jodie Cassie für eine Schlampe hielt. Aber vor allem verabscheute Jodie die Heuchelei der Jungen.

»Na ja, ich weiß nicht«, bohrte der Typ weiter. »Stand *ich* am Ende halbnackt in 'nem Raum voller Mädchen?«

»Träum weiter«, entgegnete Jodie und zog mich am Ellenbogen fort.

»Ruf deine Mutter an«, schlug sie mir vor. »Fahr nach Hause. Mach heute frei und vielleicht auch noch morgen. Das hier wird sich beruhigen.«

»Vielleicht ja auch nicht.«

»Glaub mir, es wird.«

»Wieso bist du so sicher?«

»Weil«, sagte Jodie, »es genauso ist wie vorher, als du Cassie immer wieder für cool gehalten hast. Du kannst die Wahrheit nicht sehen, weil dir Cassie zu viel bedeutet. Deine Wahrnehmung ist verzerrt. In Wahrheit ist es nämlich so: Sie war für die Leute viel interessanter, als sie verschwunden war. Jetzt kennen alle das Ende der Geschichte. Es ist vorbei. Und das Ende ist längst nicht so spannend wie alles, was sie sich vorgestellt haben: Sie hätte auf dem Kinderstrich am Times Square landen können. Sie hätte in Florida einen Sugardaddy aufgabeln können. Sie hätte entführt werden können. Sie hätte ermordet und zerstückelt und über den Strand von Plum Island verteilt werden können. Wie auch immer. Alles davon hätte sie zu was Besonderem gemacht, und man hätte sich an sie erinnert. Irgendjemand hätte einen Film über sie gedreht, oder sie wäre in die Nachrichten gekommen. Vielleicht hätte es einen Gerichtsprozess gegeben. Aber so ist sie einfach nur eines von vielen Mädchen, das sich mit seiner Mutter verkracht hat und abgehauen ist, um ein paar Nächte in einem leerstehenden Gebäude zu schlafen.«

»Sie hat aus der Arzneitasche ihrer Mutter Pillen geklaut. Sie hat versucht, sich umzubringen.«

»Okay, dafür gibt's ein paar Interessantheitspunkte, aber davon weiß in der Schule ja noch keiner. Und es hätte eine bessere Geschichte gegeben, wenn es tatsächlich geklappt hätte.«

»Wow. Das ist hart.«

»Denk's dir einfach wie eine Geschichte für den Debattierclub, als müsstest du es aufschreiben. Das versöhnliche Ende ist kein Ende. Kein Mensch will das versöhnliche Ende, wenn doch die Geschichte wichtiger ist als die Person.«

»Wie kannst du so gemein sein?«

»Ich bin nicht gemein«, sagte Jodie. »Ich sag einfach nur, wie es ist.«

An diesem Tag fuhr ich nach Hause, nahm mir den nächsten Tag, Dienstag, frei und ging erst Mittwoch wieder in die Schule. Ein paar Leute schienen mich anzusehen und zu tuscheln, so nach dem Motto: *Genau, sie ist die Freundin, die sie gefunden hat;* und Cassies neue Freundinnen Alma und ein Mädchen namens Justine kamen in der Cafeteria zu mir und fragten mich, was passiert sei. Ich erzählte nichts Genaues – nichts von dem Erbrochenen, dem Wodka oder den Pillen –, ich erzählte nur, dass sie sich draußen in der Nervenklinik versteckt und ich geahnt hätte, dass sie dort sein könnte, wegen damals, als wir noch jünger waren. Ich wusste vom Hörensagen, dass zumindest Alma Cassie einmal besucht hatte, nicht im Krankenhaus, aber zu Hause, bevor sie wegzogen.

Nicht mir, aber ringsum erzählten die Leute alle möglichen Storys. Irgendwann bekam ich sie mit. Es hieß, Rudy Molinaro sei ihr Freund gewesen und sie hätten tagelang zusammen in der Nervenklinik gehaust, und Bev habe Cassie aus der Stadt geschafft, um sie aus Rudys Fängen zu befreien. Es hieß, Cassie habe Bev gedroht, für immer zu gehen, falls Anders Shute nicht zum Teufel gejagt würde. Es hieß, Anders Shute habe Cassie missbraucht und ihre Mutter sei erst dahintergekommen, als sie abgehauen war. Es hieß, Cassies Vater sei gar nicht tot und habe Cassie – nein, Cassie und Bev? – gebeten, zu ihm zu ziehen. Es hieß, Cassies Vater sei gar nicht tot; es hieß sogar, dass Rudy Molinaro Cassies Vater sei und sie fast ihre Mutter für ihn verlassen hätte, nein, dass sie eine Affäre gehabt und erst später gemerkt hätten, dass es Inzest sei, dass sie Vater und Tochter seien. Es hieß, sie habe versucht, sich umzubringen, weil sie sitzengeblieben sei, weil sie ein Drogenproblem habe, nein, weil sie von einer Gruppe älterer Jungen aus der Lacrosse-Mannschaft vergewaltigt worden sei. Es hieß, sie habe sich auf der Flucht die Haare gefärbt – oder abrasiert? Es hieß, sie habe einen psychotischen Zusammenbruch erlitten und sei orientierungslos gewesen, als man sie in der Nervenklinik fand. Es hieß, sie und ich seien heimlich ein Paar; es hieß, ich sei eifersüchtig auf ihre Beziehung zu Anders / Rudy / Peter gewesen und hätte sie in die Nervenklinik gelockt, um sie umzubringen, hätte es mir im letzten Moment aber anders überlegt. Es hieß, das Ganze sei ein Rätsel und niemand würde jemals wissen, was wirklich passiert sei.

Ich sagte nichts – nicht mal zu Jodie –, und auch Peter schwieg. Ich sah es als den einen, wenn auch verspäteten Freundschaftsdienst, den ich Cassie erweisen konnte: die Geschichte, die ich kannte oder zu kennen glaubte, für mich zu behalten. Sollten die Leute doch reden.

Die Stadt spekulierte, analysierte, kalkulierte, imaginierte – eine Zeitlang. Alle wollten eine Story, eine Story mit

Spannungsbogen, mit Motiven und Höhepunkt und Auflösung. Die Story, die sie wollten – egal in welcher Gestalt –, machte Cassie zu einer Art Opfer: Suchtopfer, Missbrauchsopfer, Opfer ihrer Mutter, Opfer von Anders, von Rudy oder sogar von mir. Eine Leiche hätte die beste Story dargestellt, *die* Schlagzeile, und alle hätten erschüttert sein können, geschockt und reuevoll und – viel zu spät – liebevoll.

Dann erst, befreit von ihrem fleischlichen, sündigen Ich, hätte Cassie unsterblich gemacht, vergöttlicht, entsprechend geläutert und erhöht werden können. Wäre sie ermordet worden, hätten wir sie als die grundgütige Cassie in Erinnerung behalten, die verwundete Cassie, die vernachlässigte Cassie, die wunderschöne Cassie mit den azurblauen Augen und dem feuerweißen Haar, eine Cassie, die reingewaschen war durch ihr Leiden. Die Stadt Royston hätte sie zurückgefordert und erlöst.

Aber weil ihr eben nichts, wie man so schön sagt, »zum Verhängnis wurde«, wusste niemand etwas mit ihr anzufangen, mit der Idee von ihr als einem »verstörten Mädchen«, wie Mildred Bell hinter ihrer Ladentheke mit bedrückter Miene murmelte, wobei die ja noch die Anständigste war – und nach ein paar wirren, stürmischen Wochen des Blödsinns wandten sie sich einfach ab.

In der Schule machten die meisten schon innerhalb weniger Tage mit anderen Dingen weiter: mit Sierra Franto, die aus dem Baum vor ihrem Zimmerfenster gefallen war und sich drei Rippen gebrochen hatte; mit dem Vater von Alex Paul, dem Leichenbestatter, der sich Ärger einhandelte, weil er im Bestattungsinstitut zwei tote Omas verwechselte. Im Prinzip war es wie Instagram: Wir hatten weitergescrollt; wir hatten Cassie einfach nicht mehr auf dem Schirm.

Bis zu ihrem Umzug weigerte sich Cassie kategorisch, mich zu sehen. Ich mailte ihr und simste ihr, aber sie reagierte nicht. Aus allen möglichen Gründen scheute ich mich davor, sie zu Hause anzurufen. Als Cassie also seit ein paar Wochen wieder zu Hause war, es war Mitte Mai, ergriff schließlich meine Mutter die Initiative. Bev ging ans Telefon.

»Das ist aber nett, dass Sie anrufen«, sagte sie zu meiner Mutter – sehr förmlich, sagte meine Mutter, als würden sie sich kaum kennen. »Und wir sind Julia wirklich unglaublich dankbar für ihre Hilfe bei der Suche nach Cassie.« (»Man hätte doch meinen können«, bemerkte mein Vater, »die Frau nimmt vielleicht mal selbst den Hörer in die Hand und bedankt sich bei dir. Dafür, dass du ihrer Tochter das Leben gerettet hast. Aber ach – Kinderkram.«) Und dann fuhr Bev fort: »Es war eine schwierige Zeit, wie Sie sich vorstellen können, aber vor allem für Cassie, die das alles ein wenig mitgenommen hat.« Meiner Mutter fiel dieser Ausdruck auf, und sie referierte ihn mir, denn sie hatte mit dem Wort »deprimiert« gerechnet, was schließlich auf der Hand lag; stattdessen aber hieß es »mitgenommen«, was zwar auch richtig war, aber irgendwie nicht ganz treffend schien in Anbetracht der Umstände. »Nun«, fuhr Bev fort, »wir versuchen uns jetzt zu freuen. Auf die Zukunft …«

»Natürlich«, habe meine Mutter gesagt, um sie zu bestärken.

»Und das heißt, in mehrfacher Hinsicht, und das ist wichtig für uns, die Tür zur Vergangenheit hinter uns zu schließen.«

»Natürlich«, habe meine Mutter wiederholt, wenn auch diesmal etwas unsicherer.

»Wir ziehen weg aus Royston«, sagte Bev. »Ein Neuanfang ist wichtig.«

»Natürlich. Aber wann?«

»Ende nächster Woche.«

»Ach du liebe Güte.« Meine Mutter war baff. »Aber wie soll das gehen? Euer ganzes Leben -«

»Ich habe das Hospiz informiert. Man hat dort Verständnis, es sind besondere Umstände. Wir können jetzt unmöglich in Royston bleiben.«

Auch das erstaunte meine Mutter. Sie wollte fragen: *Wieso denn nicht?*, aber Bev klang so angespannt, so seltsam, dass sie es nicht wagte. »Wo zieht ihr denn hin?«, fragte sie stattdessen so höflich wie möglich.

»Das würde ich lieber für mich behalten. Keine Sorge, das Gute an meinem Beruf ist, dass es für jemanden wie mich immer Arbeit gibt.« (»Ihr Metier ist der Tod«, bemerkte mein Vater. »Da hat sie also nicht unrecht.«)

»Aber was ist mit Anders?«, erkundigte sich meine Mutter. »Als Arzt in seiner Position braucht man doch sicher ein bisschen Vorlauf –«

Bev unterbrach sie mit einem Zungenschnalzen. Meine Mutter sagte, sie habe vor ihrem inneren Auge die Kritik in Bevs Gesicht sehen können, die sich zusammenziehenden Nasenflügel, die zusammengepressten Lippen. Ein Ausdruck, den wir alle gut kannten. »Anders Shute wird nicht mit uns umziehen«, sagte Bev. Nur diesen einen Satz, schlicht und ergreifend.

»Nur Sie und Cassie?«

»Jawohl.«

»Ach herrje. Verstehe. Wenn das alles so schnell geht – mir ist klar, dass Sie jede Menge zu tun haben –, aber es würde Julia sehr viel bedeuten, wenn sie Cassie noch mal sehen könnte«, sagte meine Mutter. »Bevor ihr ganz weg seid – nur damit sie weiß, dass es Cassie wirklich wieder gutgeht. Denn, wissen Sie, Cassies Anblick, zuletzt, war doch ziemlich traumatisch für Julia –«

Aber schon da, sagte meine Mutter später, merkte sie an ihrem eigenen beschwörenden Tonfall, dass sie mit Bevs Zustimmung nicht mehr rechnete.

»Ja, eben«, sagte Bev. »Meine Cassie hat eine sehr traumatische Zeit hinter sich, und alles, was diese Zeit wieder hochkommen lassen könnte, nun … Es tut mir leid, aber da muss ich leider nein sagen. Ich weiß, Sie werden das verstehen.«

»Natürlich«, sagte meine Mutter wieder, wobei sie zu mir sagte, sie habe kein Wort verstanden. »Und was ist mit *deinem* Trauma?«, sagte meine Mutter zu mir. »Es grenzt an ein Wunder, dass du sie gefunden hast. Und es ist furchtbar, dass du sie in diesem Zustand sehen musstest.« Sie schüttelte den Kopf.

Bei diesem Gespräch – in der Küche, beim Kochen, wobei ich wie so oft bei unseren Gesprächen an der Spüle stand und Salat wusch, während sie dabei war, gewürfeltes Rindfleisch für den Eintopf anzubraten –, merkte ich meiner Mutter an, dass sie sehr aufgewühlt war. Man konnte es an der Hektik ablesen, mit der sie das Fleisch in der Pfanne herumschob.

»Ich steig da einfach nicht durch«, sagte sie. »Es ergibt für mich alles keinen Sinn.«

Zu dem Zeitpunkt wusste meine Mutter noch nicht über alles Bescheid, zumindest nicht über das, was Peter von Cassie wusste, das mit Bangor und das danach. Ich rupfte an den Salatblättern herum, ließ sie in die Schleuder fallen und drehte mich von ihr weg. Mir war nicht klar, ob es Verrat war, alles zu erzählen, was ich wusste. »Was ergibt keinen Sinn?«, fragte ich stattdessen.

»Man fragt sich doch wirklich«, sagte sie, »was man wohl alles nicht weiß. Was überall um einen herum passiert, was man nicht sieht.«

Schweigend widmeten wir uns unseren Aufgaben.

»Ich frage mich, Julia, meine geliebte Tochter, habe ich denn überhaupt gar keine Ahnung von deinem Leben? Davon, wer du bist?«

»Ach, Quatsch, Mama.« Aber sie hatte nicht völlig unrecht. Auch ich war mir seit neuestem bewusst, wie allein wir alle sind, wie wenig wir unser Ich und unser Leben teilen, selbst wenn wir Räume, Stunden und Gespräche teilen. Ich hatte Cassie mein Leben lang gekannt, ihre Mimik und Gestik und den Klang ihrer Stimme, ich wusste, wie sie tickte, ich kannte ihren Humor und wusste genau, auf welche Art und Weise wir uns ähnlich waren und auf welche Weise nicht. Waren wir nicht insgeheim Schwestern, an der Nabelschnur verbunden? Aber ich hatte ihr meine Aufmerksamkeit entzogen und sie, wie es rückblickend schien, hatte sich sehr schnell verändert, alles hatte sich verändert. Tage waren ins Land gegangen, einer nach dem anderen, Monate, in denen ich dieselbe geblieben war oder zumindest glaubte, dieselbe geblieben zu sein – aber wer wusste das schon? –, und in diesen Tagen, während ich mich in vertrauten Bahnen bewegte, hatte sich Cassies Leben bis zur Unkenntlichkeit verändert, abgeschirmt hinter den Türen des kleinen Hauses in der Sackgasse, sodass ich das, was ich zu kennen glaubte, nicht mehr kennen konnte, und die Person, die ich äußerlich wiederzuerkennen meinte, innerlich längst eine Fremde geworden war. Ich war der nichtsahnende Goya am spanischen Hof und sie die Französische Revolution.

Ich wusste damals nicht, was in ihr vorging, was sie erlebte; aber noch immer wusste ich, atavistisch, wo ich nach ihr suchen musste – so groß war die Veränderung dann doch nicht gewesen. Was ich nicht vorausgesehen hatte, war, dass sie nicht gefunden werden wollte. Dass dieser letzte Blick, den sie mir zuwarf, ein Blick voller Zorn sein würde.

Mit meiner Mutter in der Küche, sie am Herd und ich an der Spüle, hatte ich zum ersten Mal die erwachsene Ahnung, dass auch meine Mutter vor diesem Abgrund Angst hatte, nicht in Bezug auf Cassie, sondern in Bezug auf mich, auf sich selbst und mich. Ich begriff, dass sie mich zu kennen geglaubt hatte – ihr Fleisch und Blut, mit Schmerzen geboren, immer an ihrer Seite und auch immer noch irgendwo in ihr, und dass sie jetzt vielleicht zum ersten Mal fürchtete, mich im Grunde gar nicht zu kennen. Ich drehte mich um und umarmte sie – sie war nicht mehr größer als ich; tatsächlich war ich die Größere von uns beiden –, nahm sie fest in die Arme, küsste sie auf ihre zarte Wange und flüsterte ihr ins Ohr: »Ach, Quatsch, Mama.« Und dann: »Du musst keine Angst haben.« Wie oft hatte meine Mutter genau das zu mir gesagt, hatte mir diese Geste der Liebe und des Zuspruchs entgegengebracht; jetzt war es zum ersten Mal umgekehrt. Und zum ersten Mal begriff ich auch, dass meine Worte vielleicht gar nicht der Wahrheit entsprachen.

Peter sah Cassie noch einmal. Nicht mit Absicht und nicht, um mit ihr zu reden, aber er sah sie. Ein paar Tage, nachdem Bev meine Mutter in die Wüste geschickt hatte, war Peter zusammen mit seinem Vater im Target, um Hundefutter, eine Vorratspackung Küchenrolle und ein neues Aufladegerät für sein Handy zu kaufen. In dem breiten Gang zwischen der Kosmetik und den Haushaltswaren trafen sie Cassie und Bev. Cassie, blass wie Milch, habe den Einkaufswagen geschoben, ganz klein habe sie gewirkt hinter dem roten Plastikgitterwerk, und ihre Mutter habe sich praktisch mit ihrem ganzen Körper – ihrem voluminösen, raschelnden, parfümierten Körper – vor sie geschoben, als er auf sie zutrat. Sie hätten einen Stapel weißer Badehandtücher in ihrem Wagen gehabt, sagte er, und eine goldfarbene Dose Haarspray. Das fiel ihm auf. Cassie habe hallo gesagt, sich aber nicht hinter dem Wagen hervorbewegt, und ihr Blick, sagte er, sei stumpf gewesen. Er glaubte, sie stehe unter Medikamenten, sie war dünn wie ein Spatz, verträumt in ihren Bewegungen. Bev, die für Peter nie etwas übriggehabt hatte, lächelte hart und strahlend.

»Wir machen ein paar Besorgungen«, blökte sie. »Es ist ja noch so viel zu tun!« Und dann schob sie Cassie und den Einkaufswagen energisch in den Tierfutter-Gang – wie ein Entführer, sagte Peter –, und das war's. Cassie hatte Hausschuhe an, flauschige aus Schafswolle. Er war gekränkt, weil sie sich nicht noch einmal umsah.

»Als wär sie eine Geisel«, sagte er noch mal. »Als wäre sie gar nicht sie selbst.«

Was immer das hieß.

Fast ein Jahr lang bewegte sich Anders Shute nicht vom Fleck. Er blieb in dem kleinen Haus in der Sackgasse wohnen – ich vermute, er zahlte Miete, bis Bev im darauffolgenden Frühjahr das Haus verkaufte –, und wenn man ihm, was selten der Fall war, bei Bell's oder im Rite Aid über den Weg lief, verzog er seine schmalen Lippen zu einem Lächeln, neigte leicht den Kopf zum Gruß und eilte weiter.

Aufgrund seiner Gegenwart ging die Gemeinde im Großen und Ganzen davon aus, dass er nichts falschgemacht hatte; dass man die wie auch immer gearteten Vorfälle in dem kleinen Haus schlichtweg unter »hat nicht funktioniert« oder »Bev und Cassie brauchten einen Neuanfang« zusammenfassen musste. Aber war Anders Shute nicht der eigentliche Grund für Cassies Verzweiflung gewesen? Hatte er sie nicht genauso zerstört wie der Pitbull Leo ihre Hand? Unseren Eltern gegenüber sprachen wir das so nicht aus, und falls unsere Eltern in diese Richtung dachten, wurden die Gedanken in unserem Beisein nicht artikuliert.

Vielleicht war Anders ja wirklich unschuldig – unansehnlich, seltsam und kalt, aber nicht mehr als das. Vielleicht, überlegten Peter und ich, ging es eigentlich um Bev, den Engel des Todes. Was an Cassies Geschichte war wahr und was unwahr? Hieß ihr Vater überhaupt Burnes? Wo kam Bev her und wo waren die beiden jetzt? Wohin auch immer sie so überstürzt gezogen waren, sie hatten es nicht getan, weil sie dort »ihre Leute« hatten – soweit wir wussten, soweit Cassie wusste, hatte Bev keine Leute. Hinzu kam, dass sie vielleicht dort, wo sie hingezogen waren, gar nicht mehr Bev und Cassie Burnes waren. Noch monatelang googelte ich ihre Namen und fand nichts, überhaupt gar nichts über ein Leben nach Royston, als hätten sie einfach aufgehört zu existieren. Ich hatte die Hoffnung, dass ich irgendwann eine Mail, einen Anruf oder eine SMS von Cassie bekommen würde, aber das passierte nicht.

Es wurde Sommer und Royston hatte komplett aufgehört, über sie zu reden. Die Ferien begannen, und alle nahmen Ferienjobs an, sie jobbten als Rettungsschwimmer oder

Betreuer im Ferienlager, sie machten Fahrradtouren oder Ferienkurse, wandten sich der Brustkrebsdiagnose von Jodies Mutter zu oder dem Brand in der Henkel-Fabrik. Die Erwachsenen hatten nichts mehr zu sagen und sagten daher auch nichts mehr, und dann wurde das Schweigen um Cassie so still wie ein Grab, als hätte es Cassie nie gegeben.

Peter und ich redeten anfangs viel über sie, während wir Händchen hielten und er unsere Freundschaft schließlich als Liebe erkannte, wie ich es die ganze Zeit getan hatte. Aber mit jeder Woche sprachen wir weniger über sie. Sogar wir, die wir weitaus mehr wussten als alle anderen, drehten uns bald im Kreis, wenn wir von ihr anfingen.

Peter war überzeugt, dass Bev Burnes ihre Namen geändert hatte, dass Cassie, wohin auch immer sie gegangen war, nicht mehr Cassie Burnes hieß. Nach langem Überlegen kam er zu dem Schluss, dass Bev schon ihr Leben lang eine Phantastin war, eine Hochstaplerin, die sich eine Geschichte nach der anderen zusammenspann und deren zehn Jahre in Royston nur eine Episode aus einer Reihe von Dramen waren. In seiner Version hatte es einen Clarke Burnes nie gegeben, und Cassies Footballtrainer aus Bangor war reiner, merkwürdiger Zufall gewesen. »Stell dir mal vor, der arme Kerl«, sagte Peter, »steht da eines Montagmorgens ein halbverwirrtes Mädchen mit Mütze vor seiner Tür, einfach aus dem Nichts. Was muss in dem vorgegangen sein?« Ich fragte mich, ob Arthur C. Burnes wohl mit Anna Maria, seiner Frau, darüber gesprochen hatte, ob sie über Cassie gesprochen hatten, ob sie irgendwie noch ein Thema war.

Peter glaubte, dass Bev von Anfang an einen anderen Namen hatte – wussten wir überhaupt, wo sie angeblich aufgewachsen war? Rochester, New York? Lancaster, Pennsylvania? Irgendwo hinter Wilmington? Wieso wusste das keiner so genau, und wieso war es keinem aufgefallen, dass es keiner wusste? Peter hielt Bev für eine dieser Betrügerinnen aus dem Fernsehen, die unter einem erfundenen Namen, unter falscher Identität mit ihrer Tasche voller Morphium, Oxycodon und Fentanyl im ganzen Land als todbringender – sogenannter – Gnadenengel unterwegs war. Vielleicht, sagte er, wusste Bev gar nicht, wer Cassies Vater war. Denkbar war auch, dass Cassie nicht mal Bevs Kind war.

»Jetzt gehst du zu weit«, sagte ich, und er sagte: »Wieso? So was kommt vor.«

Ich wollte nicht glauben, dass die dichtmaschige Geschichte meiner Kindheit sich einfach im Handumdrehen auflösen ließ. »Aber nicht sehr oft«, entgegnete ich. »Wir kennen diese Leute.« Ich war bereit, Anders Shute die Schuld zu geben: dass er aufgetaucht war in ihrem Leben, dass er Bev verführt hatte; sein gruseliges Interesse daran, Cassie zu überwachen, was natürlich diverse Gründe gehabt haben konnte. Sie hatte mir oder Peter nie irgendwelche Details anvertraut, aber irgendetwas stimmte einfach nicht in dem Haus. Das wussten wir beide. Warum also nicht an die Realität von Clarke Burnes glauben, wie Cassie es getan hatte? Warum nicht von Cassie glauben, wie Cassie es von ihrer verschwundenen Katze Electra glaubte, sie führe irgendwo in der Nähe ein anderes besseres Leben, sie esse von silbernen Tellern und blicke einer leuchtenden Zukunft entgegen?

Ich wollte es mit aller Macht glauben, für mich selbst genau wie für sie. Am Ende sind doch alle unsere Geschichten mehr oder weniger ausgedacht. Was mir nicht imaginär vorkommt – was sich noch am realsten anfühlt –, ist mein Albtraum von Cassie und dem vergifteten Umhang, meine Ahnung, dass es das ist, was es heißt, erwachsen zu werden. Egal welche Entscheidungen wir zu treffen glauben, was immer wir zu kontrollieren glauben, hat ein Eigenleben und führt uns schicksalhaft in eine Richtung, die wir nie ganz erkennen können. Dass ich ahne, wie sich ein Plot entwickelt, dass ich an dem Samstagmorgen im April vor zwei Jahren Cassie Burnes das Leben retten konnte – es ist nur eine Illusion, an der ich festhalte. Was sein wird, wird sein, ganz einerlei, und zwar nicht weil das Schicksal unanfechtbar ist, sondern weil es niemand von uns wirklich erkennen kann; wir sehen durch einen Spiegel ein dunkles Bild – besser kriegen wir's nicht hin.

Gestern Abend beim Essen fingen meine Eltern wieder die College-Diskussion an. Diesen Herbst wird es Zeit, mich zu bewerben. Schwitzend saßen wir bei offenen Fenstern und einer leichten Brise am Küchentisch, der Sonnenuntergang warf Licht und Schatten über den Garten, und die Silhouetten der Ahornbäume zeichneten sich gegen den blutroten westlichen Himmel ab. Wir hörten Laubfrösche und die fernen Rufe der Saghafi-Kinder in ihrem Swimmingpool (»Marco …!« »… Polo!«). Mein Vater brachte das Thema auf den Tisch: Für den August, bevor das neue Schuljahr begann, müssten wir jetzt mal ein paar Besichtigungen planen.

Er kippelte mit seinem Stuhl – was meine Mutter nicht leiden kann, weil sie jedes Mal denkt, er legt sich auf den Hinterkopf, außerdem ärgert sie sich über die Kratzer im Holz – und sprach, ohne mich anzusehen, was hieß, dass ihm meine Antwort völlig egal war. »Irgendwelche Ideen?«

»Ich will schauspielern«, sagte ich, was natürlich nichts Neues war, aber es war neu, dass ich diese Ambition an erste Stelle rückte.

»Natürlich willst du das, Liebling.« Ungefragt schnitt meine Mutter jedem ein zweites Stück Quiche ab und ließ es auf unsere Teller gleiten. »Aber das ist kein Kriterium bei der Auswahl einer Uni.«

»Wieso denn nicht?«

»Genau, Carole, wieso denn nicht?« Meine Vater knallte mit allen vier Stuhlbeinen auf den Boden und stach mit seiner Gabel in die Luft. »Wenn sie schauspielern will, was ist denn dabei?«

»Schauspielern ist kein Universitätsfach«, sagte meine Mutter.

»Das nicht«, sagte ich, »aber ich kann doch danach gehen, welche Unis interessante Schauspielkurse anbieten.«

»Was reizt dich denn so sehr an der Schauspielerei?«, fragte meine Mutter. Sie will, dass ich mich für Politik oder Naturwissenschaften interessiere; für sie war man als Frau dazu verpflichtet, selbst heute. Sie sieht die Schauspielerei als etwas Passives, etwas aus zweiter Hand – man spricht den Text, den jemand anders geschrieben hat, und tut so, als wäre man jemand, der man nicht ist.

»Ach komm, Carole, lass sie in Ruhe damit.«

»Ich will sie nicht bedrängen, ich bin ehrlich neugierig.«

»Muss ich das jetzt wirklich erklären?«

»Versuch's doch mal«, sagte meine Mutter. Sie machte ihr typisches, demonstrativ interessiertes Erwachsenengesicht mit den hochgezogenen Augenbrauen und dem leicht gekünstelten Lächeln auf den Lippen.

»Du kannst nicht behaupten, es sei kulturell irrelevant.«

Das klang nach Trotzhaltung. »Es gibt nichts, was in unserer Kultur wichtiger ist.«

»Als das *Theater*?«

»Als Schauspielerei. Okay, Fernsehen, Kino, so was halt. Das ist *das* Ding von uns Amerikanern.«

»Da komm ich nicht mit«, sagte mein Vater lächelnd. »Ich bin Amerikaner, und ich bin Zahnarzt. Mein Ding sind Zähne.«

»Du weißt, was ich meine.«

»Nein, Schatz. Erklär es uns.«

»Ich spiele einfach gern Rollen, okay? Reicht das nicht?«

Mein Vater tätschelte mir den Handrücken. »Natürlich reicht das«, sagte er. »Deine Mutter will dich nur ärgern. Wir wissen doch, dass dir das Spaß macht, und das ist völlig in Ordnung.« Er stockte. »Sie möchte nur, dass du darüber nachdenkst, warum. Denn es könnte ja sein, dass es noch was anderes gibt, ich weiß nicht, interessante Alternativen, die du in Erwägung ziehen könntest. Nicht stattdessen, verstehst du, nur zusätzlich.«

»Ein Mittel gegen Krebs finden, meinst du?«

Er lachte. »Ja, genau.«

Ich schüttelte den Kopf. Wir wechselten das Thema.

Wie hätte ich erklären können, dass mir alles vorkommt wie Schauspielerei, wie Theater? Wir ziehen alle unsere Kostüme an, setzen unsere Masken auf und tun so, als ob. Wir nehmen die gewaltigen, uns letztlich nie ganz begreiflichen Ereignisse und Gefühle, die um uns herum toben und in die wir eintauchen, und wir kanalisieren und simplifizieren sie zu einer einfachen Erzählung, die wir als wahr darstellen. Zum Beispiel: Ich liebe Avocados, aber ich hasse Rosenkohl. Oder: Ich bin super in Englisch, aber schlecht in Mathe. Oder: Ich bin eine treue Freundin, die alles tun würde für einen geliebten Menschen. Oder: Ich kenne dich so gut, dass ich genau weiß, wie dein nächster Schritt aussieht. Oder: Ich kenne mich selbst, und so sieht es aus, wenn man ich ist.

Aber eigentlich wissen wir überhaupt nichts, außer wie die Geschichte weitergehen sollte, und wir tun, als sei es unsere Geschichte, und hoffen, dass sich alles schon zum Guten wenden wird. Im Gegensatz dazu erkennen wir auf der Bühne oder in einem Film das Kunstprodukt an, wir akzeptieren, dass wir eine Welt geschaffen haben, die das ausschließt, was wir nicht wissen. Wie die Götter erfinden wir eine Welt, die Sinn ergibt.

In Cassies Lebensfilm erholt sie sich von ihrem Kummer (denn alles, was sie durchgemacht hat, lässt sich unter Kummer zusammenfassen), und Bev wird wieder das, wofür Cassie sie einst und sehr lange Zeit gehalten hatte – die rundliche, sehr spezielle, inbrünstig liebende Mutter, ihre feste Verbündete in einer einsamen Welt. In diesem Film fängt Cassie an einer Highschool in Stamford, Connecticut, oder Atlanta, Georgia, oder Portland, Oregon, noch mal von vorne an, sie beginnt ein neues Kapitel, in dem sie sein kann, wer sie will, beliebt und erfolgreich und unverletzt und frei und mit einer unbefleckten Zukunft vor sich.

In diesem neuen Leben, wo die Finsternis der Bonnybrook-Klinik für immer vergessen ist, geht sie schwimmen, gleitet an langen goldenen Nachmittagen vollendet durch kristallklares Wasser, gleich dem Wasser im Steinbruch. Der Grund ist niemals trübe oder trügerisch, und sie weiß, dass sie niemals ertrinken wird. Und wenn wir diesen Film sehen – sollte er denn je gedreht werden, sollte er je in die Kinos kommen –, werden wir sagen: ja, natürlich. *Das* ist es, was es heißt, eine junge Frau zu sein; *das* ist die wahre Geschichte, diese herrliche Vision: Cassies ruhige Züge und das sanfte Kräuseln des Wassers; ihr weißblondes, ausfaserndes Haar; das spiegelglatte, grün gesprenkelte Uferwasser unter den Ästen; die Felsblöcke aus gelblich braunem Stein; und darüber, unermesslich, der strahlend blaue Himmel. *Das* ist es, was wir nie vergessen werden.

DANKSAGUNG

Herzlichen Dank an meine kluge und großzügige Lektorin Jill Bialosky und das sagenhafte Team von W. W. Norton; und auch an Ursula Doyle, Charlie King und alle von Fleet / Little, Brown UK.

Unendlichen Dank an Sarah Chalfant und Andrew Wylie, meine Agenten, große Helden und herausragende Menschen.

Lieben Dank an Familie und Freunde für den Beistand durch dick und dünn: an James, meine Liebe und meinen Erstleser; an Lucian, der uns immer zum Lachen bringt, und an Livia, meine Zweitleserin, deren Perspektive und Anregungen unbezahlbar waren.

Dank auch an Louise Glück für ihr Gedicht »Midsummer«, eine Inspiration.